U0965544

有爱的青春陪伴者

四川文艺出版社

图书在版编目（CIP）数据

于春日热吻 / 礼也著 . -- 成都 : 四川文艺出版社 ,
2023.3（2024.3 重印）
ISBN 978-7-5411-6581-8

Ⅰ . ①于… Ⅱ . ①礼… Ⅲ . ①长篇小说－中国－当代
Ⅳ . ① I247.5

中国国家版本馆 CIP 数据核字 (2023) 第 020617 号

YU CHUNRI REWEN

于春日热吻

礼也 著

出品人 谭清洁
责任编辑 陈雪媛
特约编辑 廖唯佳 雪 人
装帧设计 Insect 唐卉婷
责任校对 段 敏

出版发行 四川文艺出版社（成都市锦江区三色路 238 号）
网 址 www.scwys.com
电 话 0731-89743446（发行部） 028-86361781（编辑部）

排 版 长沙大鱼文化传媒有限公司
印 刷 天津睿和印艺科技有限公司
成品尺寸 145mm × 210mm 开 本 32 开
印 张 10 字 数 290 千字
版 次 2023 年 3 月第一版 印 次 2024 年 3 月第二次印刷
书 号 ISBN 978-7-5411-6581-8
定 价 42.80 元

目录

CONTENTS

目录

CONTENTS

第一章 偶遇

那学妹，也喊句学长来听听？

1

元宵节还没过，九中的高三部已经提前开学。

大黑板上右侧课表边上竖写着“书山有路勤为径，学海无涯苦作舟”，再往下是大红色粉笔标注：距高考仅剩 137 天！

这个“仅”字还特地大写加粗了，生怕大家不重视。

实际上，够不上本科线的那一批人早就放弃挣扎。

而该冲刺的还是班上那前几十名，紧绷着神经，从早上五点多起床到晚上九点半的自习课，其间除了背书就是做题。

死气沉沉的教学楼，只有笔尖在试卷上沙沙作响的声音，除了九班。

最后一节晚自习，难得没有老师讲课。

因为本要上课的数学老师——乔琛，由于十分钟前收到一份匿名教评表而在讲台上哭哭啼啼。

教师评价表，是学生反馈老师教学水平的渠道之一。

这是乔琛教书的第二年，她本来该在这学期进行职称评定，前提是教育局领导没收到这张全打差评的匿名教评表。

说是匿名，但乔琛不知道从哪儿弄到了原件。对了对笔迹，她一口咬定在背后捅她刀子的是班里的害群之马：孙厘。

在班上骂了会儿，而后她直接把人提去办公室继续发泄去了。

乔琛在九班并不得民心，言语刻薄，迟到拖堂，占用自习课，一碗水端不平……每一点都让人喜欢不起来。

班上的人都在窃窃私语，无非是谈论一向横行霸道的孙厘，这次居然做了件大家敢怒不敢言的事。

“陈溺，要不你去办公室求求情？”

“刚好你也要去交作业，顺便把孙厘带回来呗。”

“对，让陈溺去！我上厕所回来，瞧见潘老师也在办公室里面，陈溺去准比我们去有用。”

理科班的女生不多，就连几个男生也起哄让陈溺过去“救队友”。

被“幸运”选中的女生肤白眉淡，坐姿端正，穿着洁白干净的校服，拉链拉到锁骨上方，袖口磨着桌沿也不沾半分脏污——一副安静认真的好学生模样，是典型的受老师喜爱的那一类模范优等生。

陈溺正低着头解数学题，闻言稍抬眼。

一群人都殷切地望着她。

她点点头：“写完这道题就过去。”

数列题没耽误陈溺多长时间，但陈溺抱着作业往楼下走时故意磨蹭了会儿，正好赶上孙厘挨完骂回来。

大概孙厘不想这么快回班上被看笑话，两个人在楼梯拐角那儿遇上了。

孙厘靠在那儿，眼眶有些红：“去交作业？”

“嗯。”陈溺并不好奇孙厘会主动和自己说话，轻声问，“你还好吗？”

“好个屁。”孙厘挠了一把头发，模样气愤，“都说不是我举报的，乔琛还硬咬定是我的字。千万别让我逮到那个让我背黑锅的罪魁祸首！”

陈溺眼睛眨了一下，若有所思：“不是你啊？可班上的人都在夸你呢。”

孙厘犹豫了会儿："夸……夸我？"

"是啊，大家都觉得你做了一件勇敢的事儿。"陈溺话题一转，"原来不是你举报的，其实我也不相信是你。"

孙厘蓦地生出"这口黑锅也并不难背"的想法，她问陈溺："为什么不相信是我？"

"因为你和乔老师在有些事情上还挺有共识的。"

陈溺问孙厘还记不记得文理科分班时，孙厘冒充过她给班上一个猥琐的男生写了一封信。

孙厘这人很浑，对早先的事情早就没记忆了。

楼道光线暗，孙厘看不清陈溺的表情，也摸不准她旧事重提是想怎样。

陈溺看出孙厘的防备，笑了笑："我没别的意思，就是想起当时乔老师还跟着搞恶作剧的你一起笑。我以为你们这么像，关系会不错。"

孙厘先是皱眉想反驳，又看了看她："刚分班都不认识，就跟你开了个玩笑。你不会介意到现在吧？"

陈溺笑得眼睛如月牙弯弯，十分无害地勾起嘴角安抚她："怎么会？都过去了。"

陈溺这一打岔，孙厘烦躁的情绪消散了不少。

楼梯口传来脚步声，上来的女生是艺术班的祝佳迎，来找孙厘陪她去校外。

孙厘没心情去，可碍于交情在，不敢表现得太明显："我倒霉死了，待会儿还要去写三千字检讨。"

"你胆子怎么这么小啊，都快毕业了还写什么检讨！"祝佳迎性格骄纵，假意推她一把，恰好把她推到在边上准备离开的陈溺身上。

祝佳迎也没道歉，只是随意地睇了一眼这个乖顺又没什么印象的书呆子，对孙厘说："算了，那我自己去。"

这个快下课的点，高年级教研组办公室里只有两个老师在：还在发脾气的乔琛和艺术班的班主任潘黛香。

陈溺把作业放在桌上，看见乔琛还在哭。

而潘黛香在旁边安慰乔琛说隔几年还能评，反正她还年轻之类的话。

陈溺无声地站在桌角，漠然地看着乔琛把眼睛哭肿后回了寝室，才拿出在口袋里放了一天的请假条给另一位老师："潘老师，我想出去买东西，能不能帮我签个字？"

"这儿都没别人在，怎么还喊老师？"潘黛香接过假条，飞快地给她签上名字，"来那个了？这个月来早了。请假耽误学习时间，要不妈给你买卫生巾去？"

陈溺摇头："我自己去。今天的作业都写完了，不会耽误多久。"

潘黛香不免唠叨："肚子不舒服就走慢一点……开学测验成绩我看了，数学还得加把劲啊。妈也帮不上你，不过刚那个乔老师对你印象不错，要不我请她周末给你补补课？"

陈溺低眸："暂时不用。"

潘黛香见状也不好再逼迫，毕竟这种关头多的是压力大到直接放弃高考回家的学生，她只好拿着水杯往外走。

入了春，南港的天气正是雨季，环境湿闷。

柏油路上刚有洒水车经过，陈溺的帆布鞋被淋湿了点，还被盛情难却的小姐姐塞了一张传单在手里。

绕过便利超市，她直接走到了学校侧门的老旧公交车站那儿吹风。

三年高中终于要结束了。

和那些还没毕业就在缅怀青春的同学不同，陈溺一点也不喜欢这几年的时光。

好学生觉得后排那些人碌碌无为、不学无术，坏学生瞧不上前排这些人自命不凡、自视清高。

谁说校园是座干净的象牙塔？

把恶意当玩笑的蠢钝同学，还有作壁上观的老师。恶人总是记性不好，遗忘时才像个干干净净的善者。

读书也闷，读死书、死读书，人渐渐都要读成个书呆子了。

距高考只余几个月，能不能考得上大学现在基本已经成定局。可她的成绩不进反退，难怪潘黛香都想给她请家教。

用这些老师的话说，她现在大概是“高考前焦虑症”。

状态不对劲，得随便来点什么给她一记当头棒喝。

陈溺重重地舒出一口气，拿着手上的传单在脸侧扇了扇风，散散脸上的热气。

路灯下，她终于注意到纸上的几个大字——一对一人流手术，全程私密女医生。

这是提醒她不认真读书就容易成为“失足少女”？

九中在老街区，虽然不至于电线杆上到处贴着猥琐小广告，但这种传单也能在学校附近发放，显然证明城管不怎么管事儿。

她瞥了一眼就懒得再看，只靠在马路牙子的栏杆上拿着传单继续扇风。

马路对面蓦地停下一辆机车，陈溺被这炸街的轰鸣声吸引了注意力，抬眼瞥过去。

机车停在街边一棵桃树下，夜风吹过，拂下一阵阒然春色，一片落叶恰好掉在车主平直的肩膀上。

陈溺常听班里那几个男生说谁新买了一辆哈雷还是雅马哈，说哪天要开出去兜兜风。

这个年纪的少年，估计都爱这些耍酷的东西。

车主是个很年轻的后生仔，深色工装裤包裹着笔直修长的腿，上身一件圆领白T恤，套了件黑色夹克，松松垮垮的慵懒样。大概是社会小哥，又或者，是学校门口那堆常聚在一起的其中一个？

男生拿下头盔，拨弄了两下额前短发。

暖黄色的光线照得他乌发泛栗色，像给他那张棱角分明的脸打上了一层雾蒙蒙的滤镜，朦胧了不少眉眼间的锋利。

有点意外，这人长得居然还不错。

陈溺仔细地瞧了瞧，岂止不错，简直是个五官出色的极品。

他单边眉梢刻意断一截，眼皮褶子极浅，盖不住那双野性勃发的眼。有颗浅淡美人痣生在他眼尾，却不显半分柔和。突出的喉结弧线嶙峋，轮廓收敛。

大约是在等人，男生单手插兜，两条长腿闲闲地靠着车身，须臾后似乎想起什么，把车又移开了点。

陈溺偏了偏头，瞧着刚才那块地方，原来占着了盲道。

他低着头，肤色白得泛着冷感。他拿出手机还没两分钟，不远处一个女生就火急火燎地朝他跑了过来。

竟然是祝佳迎，她身材高挑丰满，很受学校男生的欢迎。

和自己身上穿的肥大校服不同，她那件校服从腰身到裤脚都是精心剪裁过的。校服外套敞开，里头是一件露肚脐的吊带。

“怎么才来啊？”祝佳迎娇嗔一声，亲密贴过去，“是不是还在生我的气？”

男生还是没什么大反应的样子，从骨子里透出与生俱来的懒劲：“你说有东西落我那儿？”

“我的心啊……落在你那儿了。”伴随着这句甜腻的话，祝佳迎伸长手要钩住他的脖子。

但这动作在开始时就稍稍止住了，因为对方的态度太过冷漠。

他不特意低头，就任由她这么费劲地踮脚靠近，漆黑的眼眸里盛满了意兴阑珊的倦意和乏味。

察觉到男生的敷衍，祝佳迎不情不愿地松开手：“你干什么啊？”

他站直了点，白走一趟显然让他心情不太好。他居高临下地睨着女生，轻而易举止住她再度伸过来的手：“我记得我俩好像没关系了。”

祝佳迎涨红了脸，声音有了哭腔：“我昨天是说气话……”

“别漠视我的感情啊，我是认真的。”男生倒打一耙的本事很了不得，对眼前人的挽回视而不见，附在她耳边以吊儿郎当的语气说，“好聚好散，懂吗？”

他们的姿势更像是耳语。

后边的话，陈溺已经听不清，她索性把视线移开。不多时，祝佳迎娇俏的脸上流满了眼泪，给了男生一巴掌后，哭着跑开了。

陈溺挑了挑眉。

今晚真走运，已经看见两个人哭了。

难得见祝佳迎因为一个男生哭得这么伤心，她在学校就是只高傲的孔雀。就好像前一刻在楼道口说话时，她眼睛都是往上看的，没想到会有这么一幕。

陈溺有些唏嘘地看着祝佳迎的背影。

她再回头，却倏地撞进了对街男生玩味的黑眸里。

他确实是能让女孩目不转睛的类型，身上一股浑然天成的浪荡气质。

暖黄色的街灯和他漆黑深邃的瞳孔暧昧不清地勾兑着，酿就一个不平凡的夜。男生上衣下摆被吹得稍稍鼓起，像是藏了晚风。

眼神碰撞之间，他已经大步走过来。

不是直接走向陈溺，而是她边上的垃圾桶。他从口袋里掏出片口香糖，将糖纸丢进垃圾桶里，转身眯眼盯着陈溺。

女孩纤薄瘦削的身板套在不合身的校服里，看戏被逮个正着也不见半分窘迫。浓密的长睫下一双灵动乌眸，眼尾上勾，似一轮弯翘的月。

他视线下移，望向陈溺校服胸口处的校牌，嚼着口香糖，语调缓慢地念："南港九中，高三九班，陈……"

陈溺有些迟钝，现下才反应过来，手疾眼快地张开手掌挡住他没念完的名字，不动声色地取下校牌放进口袋里。

她眉梢微抬，表情看着像是给人一分笑都吝啬，嘴角习惯性地抿着，带着点似有若无的漠然。

"高三生啊。"男生没被她这冷脸影响到，蓦地发出懒怠的笑声，"不好好待教室里读书，逃课来偷看别人秀恩爱？"

2

前不久校长在主席台上说什么来着？

被抓到和社会上的男生厮混，就直接按退学处理。这么说来，这赫赫有名的校花还真是爱刺激。

欣赏完一番校花和街口混混的分手大戏，陈溺觉得还是读书更好玩点。

长得英朗的人面带笑意时，似乎很难给人造成畏惧感。

陈溺无所谓地直视男生打量自己的目光，实事求是地纠正他："没见到秀恩爱，只见到怎么打巴掌。"

没料到一个看着乖软的高中生竟有胆子回击他，配上她毫无表情的一张脸，语气听着更像挑衅。

江辙轻啧一声："欸，不怕我跑九中教导处那儿揭发你逃课？"

这人是有多无聊！居然在这儿威胁她这个高中生不遵守校规？

陈溺皱眉，一脸"你是不是玩不起"的疑惑："你们社会哥还喜欢做这种好人好事？"

不知道是哪个词触到他笑点，他忽然笑得胸腔都在震动。

离得近了，陈溺看清楚了他脖子上戴着一条银制的狼牙吊坠。

陈溺心想刚听祝佳迎扇那一巴掌的声音简直跟没吃饭似的，这么白净一张脸，没留个巴掌印实在太可惜。

他笑够了，一脸痞相："学生妹，你胆子挺大，敢和社会哥这么说话？"

听出他的话外之意，陈溺指指公交站上方亮着红点的摄像头："是我脑子正常。"

何况前十米就有一排商铺。

敢在学校附近闹事，除非他准备进派出所。

男生立刻给面子地做双手投降的样子，本就是张游戏人间的皮相，挑眉的模样更是浑得烦人："行，我怕你。"

他懒洋洋地往后靠在马路护栏上，侧头看着她，不太正经地补充："其实现在国家繁荣昌盛，我们社会哥也与时俱进了，都在争当三好市民。"

陈溺对他的话半个字都不信，嘴角稍扬："三好市民和准高考生谈恋爱？"

"你说刚刚那个？"男生撩了撩眼皮，对她的说法也懒得纠正，"这不就分手了，不能耽误人前途不是？”

陈溺不置可否，职业无贵贱这句话都是成年人的自欺欺人。他要真是个无所事事的混混，那确实更不该祸害未成年。

空气越加闷了，豆大的雨珠蓦地落在她手背上。

一场雨来得太让人猝不及防，小吃街用小推车做生意的人一个个嘴里骂着脏话，不知是躲雨还是躲城管，全往他们这个方向跑。

有人赏春雨，有人怪雨急。

风里隐约传来烧烤味和泥土、枯叶的腐烂味道，不太好闻。陈溺总觉得还缺一阵烟味，该像身边这位一样，浓烈又呛人。

可他不像那些男生一样喜爱抽烟耍酷，年纪轻轻就满嘴都是尼古丁味，反而嚼着颗清爽的薄荷味口香糖，时不时还吹出个泡泡。

最出众的是这张英挺桀骜的脸，混着一股好死赖活的野劲儿，莫名吸睛。

雷雨天说来就来，暴雨如注。

两个人不约而同地往后退到显示公交站路线图的 PC 板那儿，那里面正嵌着一张明星的海报，映得两人的肌肤都泛着莹白色的光。

江辙瞥过一眼女孩手上拿的传单，看清那上面的字之后顿了一秒，而后目光淡淡地移回到自己手机上。

有狐朋狗友的群里正叽叽喳喳吵个不停，他看着这雨似乎一时半会儿不会停，直接在群里发了个定位：【过来接人。】

收了手机，江辙注意到女孩另一只手一直揣在口袋里。

联想到刚才那块没看完的校牌，他把嘴里的口香糖包着纸扔了，百无聊赖地问：“哎，你叫什么？”

他声音很好听，配合着檐下的滴水，低冷得接近零下几度的冰酒。那句话怎么说来着，“宁为他跌进红尘，为那春色般眼神”。

陈溺回避，抬眼道：“陈绿酒。”

江辙随意问了一句：“绿酒一杯歌一遍？”

他在说自己名字的来源，陈溺有些吃惊地看了他一眼：“你还读过《春日宴》？”

对上女孩直言不讳的迷惑，江辙加重语气“嗯”了声：“狭隘了啊小朋友，这年头没点知识怎么当社会大哥？”

她明显被噎了一下。

陈溺对他们这类群体了解得不多。

毕竟港片里常见的只有从尖沙咀砍到铜锣湾的陈浩南，但这种吸引女生的帅气古惑仔只出现在二十世纪。而在他们这个时代的人印象中：地痞都是紧身裤、豆豆鞋，再染个非主流的红黄蓝发色，学校里爱玩的女生还总能和他们攀上关系。

她没多探究深谈的意思，敷衍地夸赞：“那你还挺棒。”

江辙回到刚才的话题：“陈绿酒？可我刚看你的校牌上名字好像没这么长。”

陈溺这次眼也没抬，回：“爱信不信。”

江辙眸底蕴着笑意，暂且信了，自报姓名：“三水江，车轱辘辙印儿的那个辙。”

被他这么接地气地一通解释，简直白瞎一个这么好的单字。陈溺轻声道：“就是南辕北辙的辙。”

他悠然自得，拍拍手：“文化人就是不一样，举一反三。”

被他煞有介事的语气逗乐，陈溺难得多嘴：“那你多大？”

江辙又低下颈脖看手机，侧着身，漫不经心地闷笑：“男人年龄能随便问？反正是你得喊哥哥的年纪。”

聊了没几句，他又变回那副放浪形骸的样子。

陈溺闭上嘴，很干脆地止住话题。

公交车站好几米长，可他们谁也没刻意挪开脚步，距离不过几尺，相安无事地做着各自的事。

江辙在玩游戏打发时间，陈溺在盯着被雨砸落的树叶。

渐渐地，陈溺把视线又偏移到侧前方男生微湿的肩头。他的肩线平直流畅，低头时露出白皙后颈处三截精瘦骨骼，尽显野蛮蓬勃的年轻和大男孩的生长朝气。

这个点，有人跟着夜市小食摊的烟火气往前跑去躲雨，而有人眼波流转，迎面撞进春日晚风里。

从他站在那个位置开始，风便不再把雨丝吹得她满脸都是。

十来米之外的两元饰品店里正放着二十世纪的粤语情歌，恰好是 Dear Jane 的《哪里只得我共你》。

男生边玩着手机边心不在焉地哼了几句，路灯把他的影子拉得好长。

陈溺踩在他肩膀处那片阴影上，听不清他的咬词，只是放在裤缝的指尖也跟着轻轻敲了几下。

雨幕渐渐变得纤细，落雨声也随之减小。

一束强烈的远光灯朝他们这儿照过来，那辆车还开了双闪，仿佛就是奔着公交车站来的。

红色出租车停在他们面前，后排车窗降下，一把伞蓦地从窗口撑出来。

紧接着两个男生的脑袋同时探出，紧挨在一起，看上去不太聪明的样子。

一颗黄毛，一颗红毛。

两人面容皆年轻俊朗，直勾勾地望着江辙和他边上的陈溺。

陈溺顿时明白了，这是社会哥的同伴们。

她心下又好奇了点，为什么江辙这个社会哥没染个非主流发色加入他们？难道大帅哥的审美是他们之中唯一一个在线的？

她上下打量着这两个男生。

与此同时，项浩宇和黎鸣也在默默打量眼前这位少女。

她的裤脚被雨珠溅湿，穿着件朴素又有点土气的高中校服，不抬起头来都难以让人注意到她。

对上陈溺清清亮亮的眉眼，项浩宇不自在地咳了两声，朝江辙眨了眨眼。

尽管他的神情在陈溺看来就像一只抽搐的红毛海狸鼠，但他的语气依旧不掩揶揄：“你急急忙忙地喊我们来，就为了让哥几个知道，小江爷居然换口味了？”

黎鸣也跟着附和，谴责道：“嘿哟，上次那个才谈了几天啊。江辙你这负心汉，当代陈世美！”

“看着这位妹妹身上熟悉的校服，兄弟我感慨万千！原来你只见新人笑，不闻旧人哭。”

两个男生下巴磕在车窗沿，一唱一和，跟说相声似的。

江辙哼笑一声，顺手拿过陈溺手上的传单卷成圆柱状往他俩脑袋上敲，跟打地鼠似的连敲好几下，一字一句：“嘴挺能说。”

“哎、哎，错了哥！我们错了！”

两个人看他这举动就明白是误会，识趣地赶紧道歉，脑袋就快碰撞成痴傻，撑着的伞也歪歪扭扭。

陈溺好心地帮他们扶正伞柄。

项浩宇不好意思地道了声谢：“后座还能坐下一个，妹妹一起去玩吗？”

陈溺还没回答，径直拉开副驾驶车门的江辙就开口帮她拒绝了，话听着又像是提醒：“免了。人家高三生，别带坏人家了。”

后面两个闻言只好点点头表示了解，收了伞先后坐回车里，朝陈溺无声地挥挥手，以示再见。

江辙往边上瞥了一眼，音色松散：“要伞吗？”

“谢谢，不用了。”陈溺摇摇头。

江辙听罢便收回眼，他也只是随意一问，没多强求。

他们不过是萍水相逢，短暂地一起躲了几分钟雨而已，充其量算互相知道名字的陌生人，可这记忆指不定都熬不过今晚。

这城市妩媚多情、车水马龙，今后也难相遇。

车窗升上去，缓缓隔绝车外嘈杂的雨声和潮湿流转的夜色。

江辙往嘴里塞了颗糖，剩余的糖直接往后面两个人丢过去，手撑着额，视线看向后视镜。

项浩宇把脸伸到前面来，假意推推他：“还盯着看啊，你真喜欢上这种乖学生了？图人家年纪小还是成绩好？”

黎鸣不乐意了：“这话说得，人家妹妹的眼珠子跟琉璃似的，贼亮贼干净。等上大学会打扮了，肯定是个美人坯子，必须把这张脸给我加进选项之一里头！”

江辙偏着头，觑着两人不经意道：“我在想，明天几点喊人过来拖我的机车？”

听听，这说的是人话？

项浩宇气愤：“直男思维真是令人发指！就当我们放了个屁，您可真就万花丛中过，没见您主动惦记过谁。”

江辙嘴角扯了扯，不作声，懒懒地躺回去，瞧着手边那张从女孩手里拿过来的传单。

听着后面两个人还在讨论女孩那张脸，江辙印象更深的是她脑袋上的发圈。身高原因，他盯着她马尾上的饰品倒是比看着她脸的时间还长。

发圈上是朵乳白色的花，看着像是蔷薇，纯洁却刺人。

如她本人，扎眼的长相藏在规规矩矩的校服下面，性格看上去也不好糊弄。

温软冷淡，不媚不艳，不是他会招惹的款。

手上那张广告传单被他随意折成纸飞机从车窗口飞了出去，被风载起又被雨淋湿，在几秒后落在将被清洁工处理的垃圾堆里。

3

潮湿闷热的三伏天终于到了末伏，转眼蝉鸣骤起，云雀回南，已经是高考完的两个月后。

潘黛香和陈父又在胡同口的大檀树下争吵，为这个月的收益和水电费的支出，零零碎碎再夹杂些鸡毛蒜皮的事。

陈溺一家，是在她读初二时搬到南港的。

那时候陈父做生意失利，又沾上一屁股赌债，被放高利贷的人追债时摔断了一条腿。一家人的生计来源被掐断，从舞蹈学院毕业之后就专心做家庭主妇的潘黛香无奈之下重操旧业，在九中找了份艺术班舞蹈老师的工作。而陈父则在小胡同里租了个小店面，开了家生活超市。

日子和以前自然是比不得，但有起有落，人生也莫过于此。

全家人最不受影响的应该是陈溺，她随遇而安，适应能力强。

放学、假期就坐在收银台看店，听父母在外面吵上十来分钟。骂声若是渐渐变小，一定又是隔壁文身店的老板来劝架。

那年正是2013年，高考后几天发生了件举国欢庆的喜事：神舟十号飞天，顺利与天宫一号对接。

街头巷尾不管懂不懂的叔伯婶子们都能对这件事唠上几句，感慨祖国的强大繁荣。

而在陈溺的印象里，她只记得这年网上有个叫鸟叔的人唱的《江南style》挺火，成了广场舞大妈们的首选配乐。

与此同时，一支叫“落日飞鸟”的三人乐队在华语歌坛中脱颖而出。

这支乐队主攻独立摇滚，爱好蓝调跟爵士的合成，是少见的迷幻蒸汽波风格。

陈溺当时是这支乐队的骨灰级粉丝，谁也不知道一个看上去文静的女孩会在手机里下满了这种风格的歌曲。

也因此，她两年前在歌迷会中结识了一位网友。

她们同年生，虽然从没有见过面，但高考前就约好了报考同一所大学。

登录许久没用的QQ，ID叫“我有钱你有病”的用户已经给她发过十几条消息。

高三下学期以来，陈溺摸到手机和电脑的机会都不多，也就一直没回过。看到最新一条消息，是在一个小时前。

【我有钱你有病：小美人，下午四点出录取通知，还有一个钟头！】

【垃圾小美人：现在还有一分钟。】

【我有钱你有病：啊——小美人你终于上线了，看着你灰色的头像大半年，我可太难挨了！！！】

【垃圾小美人：晚点聊，到时间了，先查成绩。】

每年到这种时刻，官网总是卡得要命。

那年的报考制度是分数出来之前就要先填好志愿，陈溺给自己估的分是 660 出头，在本科一批的线上徘徊。

她报考的第一志愿是靠北方一点的大学：安清大学。

好不容易登录进去，正要点击“查看录取”时，门外的潘黛香拽着陈父进来：“小九，赶紧查成绩，胡同口李家那孩子刚刚查了，说考上了港大！”

陈溺抿唇，顶着父母在边上一起看的压力，点了好几下刷新：总分 667。

页面上很快出现一行黑字：恭喜！您已被安清大学海洋环境工程专业成功录取。

“哎哟，考上了考上了！”潘黛香抓着陈溺的手拍了几下，眼睛都激动得红了。她立刻转身往家里走，念念叨叨说要回去给祖宗上炷香。

“瞧瞧你妈那样。不过这个环境工程是什么专业，捡垃圾的？”陈父没上过几天学，对这些东西一窍不通。

陈溺边打开浏览器搜索，边难得地开着玩笑：“应该不是，您看前头还有‘海洋’两个字呢。”

事实上，她的分数不算特别稳妥。为了保险起见，她报考时就直接勾选了“服从调剂”，但没想到会被录进一个她完全陌生的专业。

陈父思量片刻：“海里捡垃圾的？”

“……可能吧。”陈溺把详细的专业介绍看完，大致了解一点，懒得解释这么多，索性扯开话题，“您刚和我妈妈又在外面吵架了？”

“没有的事儿，这不昨晚下了场雨，柏油路滑着呢！我听隔壁忠婶说路口那儿有辆机车和小轿车撞上了，还没走过去瞧瞧就被你妈逮着了。”

陈父直起身来，拿出根烟在门口抽：“教训完我，她自己倒在那儿看热闹看得起劲。”

听见“机车”两个字，陈溺放在鼠标上的手微顿。

她突然想起小半年前某个烦闷的春夜，也有一辆停在雨里的机车。

那男生倚着车身等人的模样并不容易被遗忘，刀削般的轮廓，浓眉深邃，鼻梁高挺，一个眼神都凌厉到极致。

那张皮相像是一张电影海报，只是后来再也没见过。

潘黛香急急忙忙地从家里跑回来，把菜篮塞到陈溺手上：“小九，把这盒菠菜给你李阿姨送过去。她要是问你考到哪儿了，我们也别谦虚哈，实话实说就行！”

她妈已经很多年没这么喜笑颜开过了，陈溺听出她口中想炫耀的心思，也不拆穿，应了声就出了门。

她把菠菜送到李阿姨家，乖巧地站在那儿被问了一番念大学的事。原路折返时，陈溺脚步微顿，往胡同口街道上、人群拥挤的那个事故现场走过去。

警车和救护车的鸣笛声很刺耳，胡同里的人都在看热闹。路面上被雨打落的叶子中有几片沾上了血，看得人触目惊心。

有人感叹：“刚看见骑机车那男孩子好像很年轻啊，像个大学生。”

“可惜了，开车这么快还不看红灯，估计这腿是不能要了。”

大约是鬼迷心窍了，陈溺错开熙熙攘攘的人群，看见医护人员正用担架把机车主人抬到救护车上。

她隐隐约约地瞧见，那人好像染了一头黄发。

再踮脚看，是一张陌生的脸，她攥着的手莫名松开了点。

高三结束后的暑期总是漫长又炎热，许多城市的气温逼近火炉。

陈溺的大学录取通知书以邮寄方式姗姗来迟，同样受天气酷热和台风影响被推到国庆之后的，是安清大学的军训。

开学第一天，陈溺和网友“我有钱你有病”加上了微信，也互通了真实姓名。

女生叫路鹿，是传媒艺考生，考进了安清大学摄影系。

潘黛香忙着上课，陈溺懒得让腿脚不便的父亲陪着到外省走一趟，就独自来报到。

陈溺是第一个进寝室的，把床位上的东西整理好后，和路鹿约在校门口见面。

校门口此刻还有络绎不绝的新生入校，都有父母陪同，行李箱滑轮在柏油路上摩擦出聒噪的响声。还有忙着招新生进社团的学长学姐在热情地帮忙提行李，其中人工智能专业的社团摊子前新生最多。

陈溺了解过安清大学各个专业，这个人工智能专业是去年才设立的。

国内本科部设立这种专业的意义其实并不大，主要课程还是计算机编程软件和数学。

社团的学姐正在滔滔不绝地讲述他们社团有多好玩，甚至拿系里帅哥多这个筹码吸引人。

陈溺听得漫不经心时，一个背着双肩包的男生走过来拍拍她的肩：“学姐，请问一下航海船舶专业报到处要往哪儿走？”

陈溺抬起沉静的眼：“抱歉，我也是大一新生，不太了解。”

男生露出一个尴尬的神情，说了句“不好意思”就匆匆走开。

后来他又回头望了女孩一眼，她长得纤薄清丽，没有像大部分新生刚进校园时那样露出新奇表情，连标配的行李箱都没有，难怪会被误会是学姐。

秋阳灿烂，陈溺站在一棵梧桐树的树荫里，看着路鹿发来的消息：【梧桐树下那个穿白衬衫、牛仔裤的低马尾妹子，是你吗？】

陈溺回复了个“嗯”字，抬起头来张望。

离自己五六米远，一个戴着圆框眼镜的高个子短发女生笑得灿烂，跳起来朝她招招手。

“啊啊啊，终于见面啦，你皮肤好白啊，居然真的是个小美人！我哥之前还总说一般在网上用这种昵称的是‘肥宅’呢！”

路鹿身高至少有一米七三，冲过来时力气也很大。

陈溺被她抓着手晃了好几下，差点站不稳，澄澈眼底漾开点笑意：“很高兴见到你。”

路鹿咧开嘴：“我也高兴。你长得太对我胃口了！声音也好听，果然喜欢‘落日飞鸟’乐队的粉丝颜值都不低！”

路鹿本人和网络上表现得并无二致，是个爽朗活泼的女孩子。

明明是个御姐高妹，风格打扮却很二次元萌系。价格不菲的名牌单肩包也证明了她确实和 ID 一模一样，很有钱。

虽然是第一次见面，但因为在网络上已经很熟稔，两人一拍即合，相处愉快，坐在奶茶店外面，买了盒三色球冰激凌，大遮阳伞下依旧热得人要冒汗。

今天除了是开学日，还是“落日飞鸟”的粉丝见面会。

“公交车要等好久，地铁在这个时间肯定很挤，不如让我朋友送我们过去吧！”路鹿打开手机，咕哝着骂了一句，“这两位大佬又干什么去了，这么久还没回我信息。”

陈溺问了一句：“你朋友？”

“是啊。”怕陈溺会不自在，路鹿又解释了一句，“你别担心，不是啥乱七八糟的人。他们也是这个学校的，比我们高一届。”

说完又等了几分钟，一辆黑色越野车开到店门口的马路边上，朝她们鸣了两声喇叭。

“终于来了。”路鹿牵过陈溺的手往前走，还没见到脸就朝着驾驶位上的人抱怨，“江辙哥，你下次再这么慢，我就生气了！”

陈溺听到路鹿喊出的名字时，错愕地愣了片刻。

直到车窗缓缓降下来，她猝不及防地看见了一张清隽硬朗的侧脸。

男生眉骨英挺，单侧断眉已经长全，头发比初见时短了不少，下颌线弧度利落冷硬。他深邃漆黑的眼淡淡地望过来，语气稀松随意：“对不住啊，有点事儿耽搁。”

这话带着点哄人的意思，但路鹿显然是恃宠而骄的类型，不领情地噘嘴：“哼，迟来的深情比项浩宇还要假！”

坐在后排被无辜骂了一句的项浩宇习以为常，把后座车门打开让路鹿坐进来，接过话头：“是是是，我假我假，就我假。”

脾气发完就算事儿过的路鹿没再继续挑刺，看着还站在外面的陈溺，喊她：“小美人你还站着做什么？快进来呀！”

她这一喊，两个男生才把注意力放到杵在一边的陈溺身上。

路鹿推了一把边上的项浩宇：“你也真是的，怎么不坐前面去？”

“嚯，前面刚刚坐着小江爷的女朋友啊。”

知道江辙那情史丰富的德行，路鹿没再继续说，趴在窗户上给陈溺介绍：“你别害羞，这是我哥，叫项浩宇。前面这位也算我哥哥，都一块儿长大的。”说完又把陈溺向车里人介绍一遍，“这就是我认识两年多的小美人网友！之前在群里跟你们提过的——陈溺。”

驾驶位上的江辙对上陈溺直愣愣地盯着自己的目光，也许是见多不怪，没有半点吃惊，更没有其他表情。

他只是伸手把副驾驶的车门给她开了，眉梢挑起：“江辙。”

声音带着点午觉后的慵懒低沉，而不是再次见面的惊，又或者是喜。

他不记得自己，意料之中。

陈溺终于坐进去，礼貌地点点头。

车里开了空调，温度骤然降低不少，副驾驶上有股淡淡的香水味。不难闻，但她还是微微皱了眉。

项浩宇倒是见着陈溺觉得有点眼熟，看着她问：“这个妹妹我曾见过吧？”

路鹿一听这搭讪的话就奓毛，拿过靠枕砸他：“项浩宇你见着个漂亮的就来劲是吧！人家和我一样都是新生，你见过个屁！”

陈溺没料到他们会是大学生，更没料到会以这样的方式重逢。

陈溺闻言往后看了看项浩宇，她记得那天晚上出租车的后排确实坐着两个染了头发的男生，但不清楚这个项浩宇是其中的哪一个。

况且，就算说出他们之前见过也没什么意义。

项浩宇把身边的小祖宗路鹿哄好，才开口：“陈妹和你同一届？那得叫我们学长咯？”

路鹿靠着座椅，吃着刚才没吃完的冰激凌，顺着他说：“是啊，项学长、江学长，我真是倒了霉才来当你俩的学妹。”

项浩宇这话就是个调侃的玩笑，没人多在意。

可开着车停在红灯前的江辙听着低笑一声，侧首撩起眼皮，看着副驾驶的陈溺说：“那学妹，也喊句学长来听听？”

4

江辙这懒倦声音乍听还挺烦的，一脸的纨绔，蕴着笑意的眉眼给人第一印象就是一个痞坏到骨子里的男生。

陈溺亦安静地回视他。

片刻后谁也没说话，绿灯亮了，后面有车鸣喇叭催他们走。

一个小插曲就这么平静地被略过，后排压根儿没人注意到他们前面的十几秒沉默。

路鹿是个嘴闲不住的："江辙哥，你又换女朋友啦？"

江辙没搭理她，只有项浩宇回："可不是。小江爷魅力大得很，副驾上就没坐过重复的妹子。"

路鹿："你嫉妒？"

项浩宇笑了，两指放在太阳穴朝驾驶位上的江辙敬个礼："你这话说的，我那是 respect（尊重）！"

听着他们一来一回的斗嘴，车前排倒是一片宁静。

很快到了国贸汇。

下了车，路鹿拿好手上的专辑和海报，边拉着陈溺往里走，边打声招呼："两位学长，麻烦就在这儿等二十多分钟。签完名、合完照我们就出来！"

车停在停车道上。

项浩宇手上还抱着路鹿的包，盯的却是她旁边陈溺的背影。他点了根烟，手搭在江辙肩上："你觉不觉得陈妹妹长得挺眼熟？"

江辙把窗户降下，让风吹进来，懒洋洋地道："不觉得。"

"也是，你哪会记女孩的长相。"项浩宇没再探究，抽了会儿把烟蒂摁灭，打趣地说，"真戒烟了？"

江辙神色颓懒，冷白修长的指尖百无聊赖地在方向盘上轻敲："没，懒得抽。"

手机响了又响，他不用看备注也知道是刚刚那位梨花带雨的前女友。

江辙没有要接的打算，也不特意去挂断，任它在那儿响了五六圈，直到对面的人心灰意冷不再拨过来。

项浩宇听着直摇头，也不知道这些女生心里怎么想的，吵完架等着男生去哄，等不到又自己拉下脸来求和好，偏偏他面前这位哥从来不是主动的人。

见面会能入场的只有一百人不到，“落日飞鸟”乐队的三位成员都是低调内敛的性格，连合照都没拍几张就匆匆退场。

工作人员迅速上来撤牌板，安排下一场某位网红的见面会。

路鹿挽着陈溺胳膊，拿着手机看照片：“气死，笋子也太害羞了，连个名字都不给我签！”

“你让他签的那个位置……”陈溺试图委婉地解释，“正常人可能都不太敢签。”

路鹿自信地挺胸，拍拍自己饱满的胸口：“这位置怎么了？”

陈溺沉思须臾，认真地描述：“波涛汹涌，气势澎湃。”

“哈哈哈，小美人你一本正经胡说八道的样子真可爱……欸，等会儿，我接个电话。”

路鹿拿起手机在一边讲电话，陈溺顺便在边上买了几瓶汽水过来。

电话接了没半分钟，路鹿匆匆忙忙跑过来，脸色焦急：“小美人，我姥姥病情又反复了，家里人喊我过去医院。”

陈溺之前也听过路鹿说起家里有个病重的姥姥，当即接过她手上的签名专辑：“那你先过去。”

大厦门口，不到五分钟就已经停了一辆来接路鹿的车。

路鹿拍了拍在边上一起等着的项浩宇。

“你跟我一起回去。”她又转过头交代江辙，“江辙哥，麻烦帮我把朋友安全送回学校啊！”

陈溺推着路鹿往前走：“你别担心我了，赶紧去医院。”

“好。”应完，路鹿瞧见陈溺手上还提着汽水，又跑回来拿走两瓶，“谢谢小美人的汽水！”

车辆疾驰，项浩宇坐在副驾驶，接过路鹿递来的汽水，纳闷：“你怎么把我也拉过去？还不如让江辙跟你过去。”

“……看你对我们家小美人那个殷勤样，我当然得把你弄走。”路鹿眼睛飞快地眨了一下，理所当然地说，“江湖规矩——每一位拽姐都必须守护好身边的软妹小美人！”

项浩宇从后视镜里瞥着她，上下看了看：“你，拽姐？”

路鹿狠狠拍了一把他脑袋，故意板着微红的脸：“你有意见？”

“不敢。你是拽姐，人家陈妹也不见得是软妹吧。”项浩宇摸摸后脑勺，“再说了，我能比小江爷还如狼似虎？”

“谁不知道你这人面兽心的样子！”路鹿顿了一下，“何况江辙哥他……不会喜欢小美人这种类型的。”

两个人不约而同地想到江辙以往的女朋友类型，他喜欢的都太直接——身材性感、会撒娇、玩得起。而陈溺看上去就是单纯的乖乖女，这种少女大部分都向往风花雪月的浪漫，沾上了可能就是好几年，并非江辙习惯性交往的速食伴侣。

他们在这儿胡乱地猜测着，另一边，话题中心的主人公们却比他们想象的还要冷清。

车里空调开得有点大，陈溺用手掌心搓了一下胳膊肘。

明明目视前方的江辙却注意到她这小动作，调高了点温度，而后朝她伸出手。

陈溺错愕：“什么？”

他抬抬下巴，学着路鹿喊她：“小美人，水不是买给我的？”

陈溺突然在想自己初一刚开通 QQ 时，怎么取了个这么中二又自恋的网名。

她买了四瓶汽水，本来就是人人都有的。她把瓶盖扭松，递到江辙手上时，纠正了一句：“叫我名字就行。”

江辙闻言勾勾嘴角，没多废话。

在冰柜里放了许久的瓶壁冒出水珠，他那双白皙骨感的手握在上面，蓦地握紧，手臂伸直，横在陈溺胸前做了个缓冲阻挡，紧接着是一个急刹车，轮胎在马路上发出摩擦的刺鸣声。

车里人由于惯性往前倾，陈溺蒙了片刻，刚才似乎看见谁丢了一把拖把过来，试图挡住这辆车。紧接着车停下，一个穿着校服的高中生冲过来一屁股坐在车前面的地上，把拖把丢远后就开始喊疼。

江辙走的是回学校的近道，这条路属于新开发区，本来就没多少车，连个交警都没有，也难怪会有浑小子在这儿做些碰瓷的勾当。

高中生的演技非常烂，喊了几声之后就拍着车前盖喊："撞到人了，我的腿断了，今儿个你不赔钱就别想走！"

江辙手臂撑在窗户那儿，闲闲地探出头问："赔多少啊？"

对方伸出五个指头："一口价，五千块！我、我还要去医院做个全身检查。"

"五千？"江辙摁了声喇叭，下颌线条紧绷，语气嚣张，"我给你加个零，你待着别动，再让我撞一下。"

旁边的陈溺看了一眼车上的行车记录仪，应该全拍到了。

她索性也放轻松往后坐回去，一副事不关己、乖乖看戏的姿态。

江辙没熄火，锐利的黑眸沉下，车后排气声变大，车子往后倒了半米，倒真像是要蓄劲往那小身板上碾过去似的。

男生是个胆子小的，听着这躁动的声音就已经慌了，颤颤巍巍地站起身想跑。

江辙解开安全带，推开车门要下去。

陈溺瞥见那个男生一直往左侧街道里的方向看，张合的口型似乎在问怎么办。她拉住他的手，提醒："他不止一个人。"

"知道了。"江辙低眼看着她握在自己手腕上的手，柔软纤细，有种轻轻一折就断的脆弱感。

陈溺察觉到手心滚烫，立即把手松开。

等江辙走了几米后，她打了一通电话，也跟了上去。

高中生确实不是一个人，他跑到那棵大槐树下的弄堂口那儿，有五六个男人都在那儿等着他。那几个男人看上去装扮和他完全不一样，打耳钉，裸露在外的手臂上还有几片青龙白虎的大文身。

见男生来了，为首的大胖哥直接一巴掌盖在他背上："废物，碰瓷骗个钱都不会！"

江辙站在街口，看着他们欺侮那个高中生也明白点了。

年纪大的混子不好碰瓷，便抓个高中生加入自己的团队，一起实现"坑人暴富"。

"你们不行啊。"他一只手插兜里，满脸的毫不在意看起来像挑衅，"欺负中学生能有什么成就感？简直浪费你爸妈一晚上时间。"

"你算什么！少管！"大胖哥看江辙也就是个大学生模样，开的代步车却不便宜，扯开挡在前面的瘦鸡崽学生，"年纪轻轻穿得人模狗样，真是人命各不同！来都来了，不留下点过路费说不过去吧？"

江辙听着似乎觉得有道理，指指口袋里的钱夹："行，五千块？靠你本事来拿。"

他话刚说完，大胖哥后面一个急于表现的耳钉男就冲了上来。

江辙侧身躲过，伸手揪住耳钉男的衣领往后按在墙上，踢腿踹倒耳钉男的同时，膝盖狠狠顶上其小腹，再扼住耳钉男往这群人面前一扔，仿佛扔了一坨垃圾。

他肩宽腿长，立在那儿，朝那名摔坐在地上的高中生勾勾手指头，语调悠闲："过来哥哥这儿。"

江辙长相本就出类拔萃，打人的动作也干净利落。

一身气质骄傲混痞，张扬到死，孤身站在那群混混面前却不见落于下风。

那个高中生瑟缩着，抓起地上的书包往他那儿跑，可还没跑两步就被大胖哥拉住："跑？一群兔崽子真以为会打几拳就能耐了。"

大胖哥不屑地吐掉嘴上的烟，从口袋里掏出一把折叠水果刀朝江辙走来，说："敬酒不吃吃罚酒，老子最烦你们这些毛都没长齐的小孩装什么英雄救世主！”

陈溺赶过来，看见那人动刀了，往身边扫视一圈，立刻把地上摔开的拖把棍扔过去：“江辙！”

江辙转身稳稳接住那根棍子，在掌心里敲了敲。看着朝自己逼近的四个男人，他接过大胖哥的话，依旧是笑：“巧了，小爷最乐意当英雄。”

三四个人把他围住，却近不了他身。

混战圈里传出几个男人喊疼的哀号声音，此起彼伏。

一片混乱之中，那个高中生吓得不轻，趁机往陈溺这个方向跑过来，躲在她身后。

几个混混纷纷被撂倒在地上，大胖哥被江辙踩在脚下，动弹不得。

刀被江辙踢到陈溺脚边，她捡起来收好。

下一秒传来警笛声，几个穿着制服的警察赶到，收拾残局，挨个把人扣上车。

江辙看了眼在边上做笔录的陈溺，她面容沉静，不见半点慌张。

那个要被带上警车的高中生拉着陈溺的手，嘴里还在解释：“我无辜啊，我是被威胁的，不信你问这个姐姐！”

陈溺看了他一眼，没什么反应。

警察安抚着他：“到局里再说，我们不冤枉好人。”

“等会儿。”江辙喊住那个还在挣扎的高中生，从他校服口袋里摸出一包烟和一个翻盖的金属打火机，“啧”了声，“高中生不能抽烟，这个归我了。”

因为陈溺解释了他们只是被碰瓷的大学生，还要赶着回学校，警察做完笔录也没耽误他们时间，把注意力都放在了那群混混和那名高中生身上。

上了车，江辙就着车上的纸巾擦了把手。

陈溺坐回车里，抬眼仔细望了望他的脸。

他脸上没挂一丝彩，除了衣服褶皱，甚至看不出他刚刚打了场架。

拿着笔录单子的小民警又走过来，敲敲车窗：“同学，刚刚你忘了留电话号码和名字。”

她报完电话号码，又报姓名：“陈溺。”

警察离开，几分钟后，江辙仍未把车启动。

他手上有一下没一下地摆弄那个金属打火机，轻佻地拨过滑轨，发出轻脆的声响。他终于还是没忍住，望着她：“陈绿酒，不是这名儿啊？”

第二章
英雄救美

JZ 请求添加您为朋友

1

翻盖机匣在江辙手中发出清脆的“叮”声，一簇橘火噌地亮起。江辙没点烟，英气眉眼倒映出火光，侧首撩起眼皮觑着她。

陈溺喝了口水，对他还记得自己有点意外，对突如其来的质疑也没心虚。

陈父没文化，他本名叫陈三愿，就在《春日宴》这首词里随手扒拉两个字下来给了女儿。这名字用了几年，她生了一场大病，算命的说是五行缺水，才改了名字。

陈溺耸耸肩：“我没骗你，‘陈绿酒’是我的小名。第一次见面，你也没否认是社会哥。”

对社会哥能乖乖自报家门吗？显然不行。

她这话点到为止，又很快甩锅。

意思就是他俩半斤八两，反正都没把话说明白。

江辙听后低低地笑了两声，漆黑的眼睫垂下，重复一遍：“行，陈绿酒。”

他原先以为她只是不想承认自己高三逃课的荒唐叛逆，又联想到她当时手上拿着的那张小广告……一时想岔，也就一直没提起之前见过的事。

于是两人都没再刻意说到那个春夜的偶遇，如今日的相见般。

靠缘分，没头绪，也不必特意在意。

陈溺回寝室时已经是傍晚，车没开进校园。

他们并肩走着，挺多从食堂吃完晚饭的人回寝室，往这边经过时都会朝江辙和他边上的“新女伴”看上几眼。

陈溺抱着包，站在女寝楼下问他：“我到了，路鹿的专辑是给你还是放我这儿？”

江辙往后退了一步，揶揄道：“我可不碰那小祖宗的东西，弄坏了她得哭。”

他兜里的手机还在响，振动了一路。他皱眉接起，冷淡地“嗯”了几声，像是有点无奈：“可以，我现在就在女寝楼下。”说完也没挂电话，他随意地招招手示意陈溺先上去，转过身继续听对方说话。

陈溺看着他忙碌的背影，也没多嘴说再见。

上楼那一刻，她看到一个踩着拖鞋的女生风风火火地往下冲，长发凌乱也盖不住娇艳的皮相。

擦肩而过时，陈溺闻到了她身上那股香水味，和刚才在副驾驶上的一模一样。

陈溺脚步放缓，往后又瞥了一眼。

女生穿着超短裤，白细的大腿格外风情勾人。她直接朝着男生宽阔的背跳着抱上去，嘴上娇嗔着：“原谅你了，还知道来找我呀！”

手机上，路鹿的信息恰好发过来：【小美人，我江辙哥有把你安全送回去吗？】

陈溺抬步往楼上走，回：【嗯，他怕我找不着路还送到了寝室门口。你姥姥怎么样了？】

路鹿回道：【唉，还是老样子。我明天回学校找你拿专辑哦。】

刚刚那个女生住二楼，应该是大三学姐。

那女生脚步踢踏着又上楼跑进寝室，匆忙披了一件长薄款外套出来，还不小心撞了陈溺一下。

那女生喜上眉梢，没注意到这么多，回头朝室友喊了句：“江辙带我出去吃饭，晚上记得给我留门！”

寝室里传出室友们揶揄的声音：“阿一古，晚上还用得着留门？”

那女生没回答，早就一溜烟儿跑没了影。

空旷的楼道里还有回声，陈溺面上没半分情绪，看着楼层继续往上慢慢走，一直走到了自己寝室门口。

环工系女生少，她们这个四人寝加上陈溺也只有三个女生。

靠在床头打游戏的叫倪欢，因为床位离门近成了寝室长。

倪欢看到陈溺进门只对她努努下巴表示友好，就十分高冷地把注意力放回到手机上。

另一个留着蘑菇头的女孩叫盛小芋，嗓音细细的，是个念念叨叨的小话痨：“陈溺，沉溺。你这名字还挺好玩，家里人是不是叫你溺溺？”

从洗衣房回来，不知道又从哪儿听来了八卦的盛小芋凑过来，亲热地喊着陈溺名字：“溺，你刚从楼下过来，有没有看见那个江辙？”

“是那个江辙？”垂死病中惊坐起的倪欢丢开手机，从床上探出脑袋。

盛小芋接话无压力：“对，就是那个江辙！”

陈溺没点外卖，洗了三个苹果，给她们各分了一个。

她蜷缩在椅子上咬一口，一点也不刻意地加入闲聊中：“哪个江辙？”

“人工智能专业大二一班的那个超帅的学长！”盛小芋热情地分享自己刚听到的第一手资料，“我们专业最漂亮的那个大三学姐现在是他女朋友，刚还听见她学妹聊江辙！”

倪欢咳了一声，没把自己的好奇表现得太明显，随口问：“聊他们惊天地泣鬼神的爱情传说？”

盛小芋翻个白眼：“拉倒吧，我校这位风云学长在论坛的外号叫‘一分钟恋人’‘芳心粉碎机’听过没？听着就能猜到人有多浪荡了。我要说的不是他俩，而是这个学长为啥这么出名！”

倪欢：“因为帅？帅哥美女谁不爱看。”

盛小芋摇头：“肤浅！不知道各位还记不记得，去年我们学校上过一次热搜。那个家里司机开劳斯莱斯送人来报到的学长，就是他！”

陈溺了然地点头：“哦。因为帅，还很富有？”

盛小芋伸出一根手指头：“NoNoNo，这还远远不够！他一家人都特别厉害有名，爷爷是退休的老将，爸爸是本市的房产巨鳄。思澜公馆知道吗？想买房都得先证明有九位数存款，才接待你。

“他妈妈你们估计都认识，就算你们不认识，你们爸妈肯定也认识！70 年代的南港最红女明星，黎中怡！那个游泳差点进国家队，但是最后退圈嫁进豪门大院当少奶奶的女神……

“不过，也不能说是嫁进豪门吧，女神自己家境也殷实，家里都是搞科技开发的。”

倪欢听了咂舌：“天之骄子？赶紧说点他不好的让我平衡平衡。”

盛小芋老老实实道：“我扒过，但江辙在这种家庭中怎么可能长歪？人家是他们专业的模范生，成绩也好，大一下学期就拿了好几个机器人竞赛大奖。圈子里的朋友也都是豪门子弟，他们专业论坛那儿还有人贴出他暑假无聊去考了个 USPA 单人跳伞执照的照片……真会玩啊。”

“真是开眼了，多亏我最后冲刺那八十天踩线考上来！”倪欢躺回去，喃喃，“果然越牛的学校，牛的人越多。”

盛小芋这才空下嘴，咬了口苹果：“要说真的有一点不好，就是他换女朋友换得挺快。溺，你说是吧？”

陈溺含糊地笑笑，没评价。

开学没几天，也许是因为关注过室友的科普资料，陈溺一连几天都有意无意地听见关于江辙的各种八卦：

他和漂亮学姐分手了，他又和新生里一个学妹谈上了。

有个理工科女学霸当众向他告白，因为太过古板无趣被他拒绝了。

……

七七八八的谣言左耳进右耳出。

一直到陈溺去环工学院的学生社团面试，她才再度碰上了这位八卦主人公。

社团的面试题目是让她介绍藻类生物和赤潮，海洋环境工程系的课上了有一段时间，陈溺多少也能讲点出来。

边上一个学长也许是见她长得白软纤弱，挺乖挺好欺负的样子，憋着股逗人的劲儿故意让她多说几次。

陈溺看出他捉弄人的意思，舔舔干涩的唇不再开口。

要不是环工院没几个女生，被两个室友架着过来，她才懒得进这个社团。

门外的倪欢和盛小芋面面相觑，看着会议室的冷场不知所措。

不知道谁在走廊上喊了一声，先走进门来的是项浩宇。

他朝那位学长点点头，看见陈溺，他惊奇地喊了声："陈妹，在这儿面试呢。"

"你们认识啊？"那学长再一抬眼，瞧见门口另一个男生也进来了。

屋里其他几个学长学姐也看见了，都站了起来说话："江辙，怎么有空来这儿了？"

陈溺闻言抬起头，走进来的宽肩长腿的男生眼皮耷拉着，眉梢带着点没睡醒的惺忪懒倦，手上还拿着瓶冰镇柠檬茶，正扭开瓶盖。目光对上坐在中间位子的陈溺，他压了压下颌算打了声招呼，手上那瓶柠檬茶就顺势放到了她手边。

陈溺抿抿唇，抬眼和他眼神交汇不过两秒。

江辙看向站起来那一小片人，示意他们忙自己的，随后朝最前面的学长开口问："篮球馆大门的钥匙在你们系？"

"对，上次体育课打完球忘记还给管理处了。"那学长赶紧在身上摸出钥匙给他。

江辙拿到钥匙就转身离开。

身后跟着一块儿出去的项浩宇朝后边这群人挥挥手："行了，没啥别的事。陈妹好好玩，这些学长学姐人都挺好的。"

会议室一下安静下来，刚刚还在为难陈溺的学长看着她手边那瓶水也不知道该说什么。

那学长摸摸鼻子，战术性地咳了声，说道："可以了，学妹你通过了。

往后开会记得来啊。”

走出会议室，外面两个室友就急吼吼地朝她扑过来：“溺啊！你和江辙学长认识啊？”

陈溺摇头：“只是见过几次，我和他边上那位学长的妹妹是追星时候认识的朋友。”

“这也行！他身边的朋友好像家里也蛮厉害的。”

倪欢边揽着她往食堂走，边说：“不过你们有没有注意到江学长一进去，我们系那些师哥师姐都特别恭敬？”

盛小芋很捧场地眨着星星眼：“这就是气场压制吗？”

倪欢：“还真有点这个意思。他本人好高啊，有一米八七左右吧？那张脸也是真帅，明明是笑吧，但就是给人一种生人勿近的感觉。”

“什么生人勿近！我们同届舞蹈系的那个方晴好知道吗？进校就被那群论坛人投票成新一届校园女神的那个。”盛小芋叹气，“听说人家现在成江辙新女朋友了。”

察觉到陈溺一直不作声，倪欢推推她的手肘：“想什么呢？”

陈溺摸着手上那瓶瓶身挂着水珠的柠檬茶，拧开喝了一口。冰凉汽水顺着喉咙往下流，她有一瞬间的激灵。她诚实地说：“就是在想他那样面热心冷的人，热烈地爱一个人该是什么样。”

倪欢拿出校园卡排进打菜的队伍，语气无所谓：“浪子哪会爱人。”

盛小芋也赞同：“还能是什么样呀？江辙这种人确实谁碰谁上瘾，但有句话这么说的——喜欢海你能跳海，可喜欢风你又抓不住风。”

陈溺听着没什么反应，只是很轻地笑了一下。

很难形容那个看上去很单纯普通的笑容里藏了什么，不甘、好奇、倔强，又或者是少女的无聊。

2

考试周过后，安清市的暑热终于给了秋季一点面子。

天气渐渐转凉，路鹿约陈溺出去喝奶茶，美其名曰要和小美人喝秋天的第一杯焦糖味奶茶。

路鹿一路上都在吐槽奇葩室友偷用她的护肤品，某位教授总是把一本书都画成重点，还有经常骂的那位哥哥项浩宇。

陈溺见他们不同姓，就下意识地认为是表兄妹，夸了一句：“有兄弟姐妹的家庭比较热闹啊。”

“热闹个屁！我小时候第一次见到项浩宇这个黑胖球就烦死了，还总抢我的零食，跟我爸妈告黑状！”路鹿想起来，“那时候整个大院里，我就特别羡慕江辙哥。”

陈溺笑了笑，顺着这话聊：“因为他是独生子？”

路鹿嚼着嘴里几颗珍珠，又拿着勺子撬了一大口蛋糕，含糊道：“对呀……不过现在想想，江辙哥也没什么好羡慕的。他小时候在爷爷家被看得很严。江爷爷以前是军人，经常喊人给他安排体能训练，做错事也是体罚。”

陈溺状似无意地问：“那依他这么张扬不受拘束的性格，岂不是经常被罚？”

“还好，他小时候其实不算闹腾调皮的那种男生。”路鹿知道江辙在大学的名声，不好意思地笑着说，“说起来你可能不信，他以前在我们初中算是小男神那种，我们全校女生指不定都暗恋过他。”

初中离自己有点遥远了，但陈溺从小就觉得“喜欢她就欺负她”的这类男生都是傻子，所以那时候她会喜欢的小男神一定是干净礼貌的白衬衫少年。

不过把眉眼凌厉的江辙和这类人联系在一起，听上去一点也不合适。

路鹿回忆了一下：“说真的啊，我江辙哥那时候就是个温柔洒脱的三好学生。谁知道几年后他会浑成这副德行，历任女朋友的胸居然比我的还大！”

话题转得太快，陈溺一口奶茶差点呛喉咙里：“咳，他是经历什么事了？”

“我也不太清楚，应该是在他初二那年变了样吧。就听我爸妈聊过几次，说江辙哥的父母那时候关系很僵，都快离婚了，经常吵架！后来他们搬出大院，我就没怎么见过黎阿姨了。”

涉及别人太隐私的家事，路鹿也不好说得太直白。

况且商业巨鳄和退圈顶流女星这一段郎才女貌的佳话，至今还被那个时代的粉丝津津乐道。

路鹿跳过这一段，猜测道：“再之后，听说江辙哥成绩一落千丈，被送进军事化管理的高中就读。不过他这样都能正儿八经考上咱学校，估计高中也吃了不少苦。苦完了，现在就放飞自我了呗！”

陈溺了然，安清大学的人工智能专业虽然是从江辙那一届才开始设立，但分数线肯定也不会低到哪儿去。

手机响了几声，无疑又是QQ群的消息。

路鹿看她漠不关心的样子，一脸八卦：“哎，不喜欢的追求者发的啊？”

“哪有这么多追求者？班级信息，让班委干活的。”说到这儿，陈溺看着她，“托你的福。”

路鹿无辜：“我怎么啦？”

陈溺：“上周的应用文写作选修课，你帮我去上的吧？”

路鹿是个金鱼记忆脑子，疑惑：“啊？”

本来这门选修课也只是喊个到就能有学分的，但陈溺的寝室离那栋教学楼最远，几乎跨越了大半个校园。

那天下大雨，陈溺在复习高数，就托近一点的路鹿帮忙去喊个到，谁知道第二天就被通知说她竞选的班委通过了。

听完，路鹿总算有了点印象：“哈哈哈，我想起来了！那天刚下早上第一节课，我回寝室补觉去了，就在群里发了信息喊那两位大哥过去。竞选班委这种操作，应该是江辙哥跟你开的玩笑。”

陈溺心想，我谢谢他。

两个人坐在那儿听了会儿歌，又点了份烤槟榔叶牛肉和鸡翼饭当午餐。

吃完午饭，路鹿的同学约她去大学城一家清吧听歌，说来了几个挺有名的民谣歌手驻唱。

进去之前，路鹿问她：“你来过酒吧吗？”

陈溺摇头。

“也是，看起来你从小到大就是那种无欲无求的三好学生。”路鹿边说边牵着她往里走，嘟囔一句，“不过我也来得不多，项浩宇平常都不让我来。”

清吧比迪吧安静太多，何况这还是大白天。

来喝点小酒的大部分都是小资派、学生和无业游民。不过酒吧驻唱的嗓音也就那样，并没让人感到惊艳。

路鹿的同学在这里做兼职，看见她们来了特意自己调了两杯果酒端过去：“跟你们说，咱们这届那个小女神也在这儿！”

路鹿翘起兰花指，一脸嫌弃：“哼，咱们这届女神不是我们仨吗？”

同学忙着给别桌拿酒，直接忽略她这做作的废话：“喏，在那儿呢！”

陈溺朝吧台高脚凳那里看过去，认出了是舞蹈系的方晴好。

路鹿很少关注这些校园红人，上下看了一眼：“为什么说她是女神啊？小美人，你也不比她差啊！”

陈溺抿了口果汁，随口说：“可能因为她最近和江辙在谈恋爱，所以受的关注也多。”

“他俩没在一起吧！我前两天听我哥说她好像是在追江辙哥。两人要真在一起了，她还能在这儿独自买醉？”

路鹿刚说完，那边的方晴好突然大声吼了一句：“走开呀！”

两人一惊，看见一个穿着花衬衫的男生搂着方晴好的腰，在她耳边说着悄悄话。见有人望过来，那男生又笑着说：“我女朋友和我闹分手呢。”

这种现象说难听点叫“捡尸”，趁独身女孩喝得酩酊就开始装成熟人把人捞去酒店。

但方晴好显然没有喝得不省人事，挣扎着推开那男生。

那男生恼羞成怒，几乎是使蛮力要把她拖走。边上的人也许是忌惮他腰间的超跑车钥匙，也不敢上前得罪人。

路鹿灌了一口酒壮胆，压抑许久的中二之魂快要爆发：“气死本小姐了！青天白日，朗朗乾坤，居然没有一个人上前阻拦这种衣冠禽兽！”

看着她一脸要去见义勇为的坚定表情，陈溺也没拦着。

那边的方晴好试图把男生的手推开，那男生一脸不屑，大放厥词：“穿这么少来酒吧还装什么？不就是给男人看的？”

路鹿大步走过去：“你那么嚣张，是仗着有动物保护协会为你撑腰？”

就差被指着鼻子骂的杜元飞指着路鹿的鼻子：“你是谁啊，再骂老子一遍试试！”

“姑奶奶凭什么听一个畜生的话！”路鹿打开他的手，拍拍方晴好醺红的脸，“方同学，醒醒，要不要喊人来接你回去？”

被视若无睹的杜元飞气急攻心，气得伸手要来拽路鹿的头发。

“我天，鹿姐怎么冲上去了？”那个兼职服务生的同学慌张地跑过来。

陈溺抬眸，催促她：“别愣着，喊老板来。”

那同学端着托盘干着急：“老板不在啊！这人在我们酒吧待几天了，好像是老板朋友的儿子。”

这倒是让陈溺没料到，她原想着要是那男生真动手，至少还有酒吧老板会来帮忙把人劝走。

男女力量悬殊，路鹿被杜元飞一推，腰差点磕在桌角上。她躲闪了一下，就见杜元飞不罢休地扬起手想扇一巴掌过来。

陈溺随手从水果盘里抓起一把银刀叉就要上前，但有人早她一步。

杜元飞的手腕霎时被一只骨感修长、白皙有力的手攥住。

大步迈过来的江辙把杜元飞往那张低矮桌子上摁，听着杜元飞欺软怕硬的喊疼声，他这才回头看向路鹿：“怎么回事儿？”

后面跟过来的项浩宇和两三个男生也看过来。

路鹿指指边上买醉的方晴好，麻溜地告状：“江辙哥，他想欺负我们的校友！”

“刚才他是不是还想对你动手？”项浩宇听得怒火中烧，一掌拍在杜元飞脑袋上，“你以为她是谁啊，也敢乱碰？”

从洗手间出来一个男人，一眼认出来自家少爷面前这尊大佛。

他赶紧上前拉开杜元飞，操着一口不太流利的普通话道歉："小江爷，对唔住（对不起）、对唔住！不知道是你朋友，杜少喝醉酒了，怪我没看好他。"

江辙本来是没怎么太使劲地拽着杜元飞的衣领，但听见第三方插进来想当和事佬，他侧眼霎时沉下脸，语气薄冷得如同零下八度的冰酒："我跟你说话了？"

那男人悻悻地赔了个笑脸，松开想来干预的手，不敢再多嘴。

杜元飞在南港也是出了名的纨绔公子哥，自以为给江家面子，道了歉就能了事。但挨了一拳，他又被这么不留情面地对待，脾气也上来了。

人还被按着，口中却白话混着普通话骂声不断："死衰仔！再碰我你也别想好过！"

这威胁对江辙来说没点痛痒，他伸手直接拿起边上的蓝色鸡尾酒泼上杜元飞的脸。

他像是存心挑衅，表情狂傲至极，声音极为冷淡又欠揍地回一句："碰你，咁又点（那又怎样）？"

3

意料之中，这注定是场不可能会打起来的架。

虽然双方都是血气方刚的年轻人，但江辙这边人多不说，他还以压制性的力气把杜元飞摁死了。

更何况杜元飞边上还有个知道轻重的中年男人，知道江家人惹不起，连拉带拽地把人拖出去，临走时还好声好气地赔礼道歉。

看戏的观众都坐回去继续喝酒，场子重新冷了下去。

江辙带来的那群学长里有几个出手很阔绰，抬手点了一套黑桃 A 的酒，那位服务员同学因此瞬间变得忙忙碌碌。

陈溺手里还拿着把叉没丢开。

被江辙瞧见，又是一阵哂笑，明摆着的意思就是——你们两个女孩子，见义勇为是不是也该考虑考虑自身实力？

他这调笑也没有怪谁,但就是嘲讽意味太明显。他盯着陈溺手上的刀叉,作势要拿过:“这玩意儿能有什么用?”

陈溺被他笑得心烦意乱,有股克制不住的恼意轰上脸来,头脑一个发热,竟然趁他不注意直接顶上他脖子,以一种威胁的姿势。

银叉光滑面反射出酒吧里绚烂的灯光,周边人看着都不禁倒吸口凉气,一时之间安静下来。

项浩宇惊得微张开嘴,和路鹿对了对惊惶的眼色——

这位妹妹已经不是胆子大的问题了,在江辙眼皮子底下能把银叉架在他脖子上的,她还真的是“古往今来”第一个。

陈溺没露怯,盯着江辙修长脖颈的一颗黑色小痣,轻声开口:“你看,关键时刻,这玩意儿也有点用吧?”

像是被惹恼了的猫,要伸爪子挠挠人。

当事人江辙倒是在这种关头更加兴奋,不知道是笃定了她不会伤到他,还是压根儿不在意自己会不会在她手上出意外。

他先是愣了愣,盯着女孩细长的眉,而后嘴角弧度变大,笑得胸腔震鸣,拍拍手:“厉害厉害。”

因为这个姿势,陈溺直视着他那张锋芒毕露的脸。利落的黑发在灯光映衬下稍显柔软,眼尾那颗淡痣配合他的黑眸,显得略为邪痞。

江辙的确长得英俊,这种帅不仅仅是一张皮相表现出来的。

受欢迎的坏男孩是什么样的?

长得帅,身材好,有一定魅力,众多感情史,谈恋爱也许会不专心,但不犯原则性错误。

这些只是江辙让众多女孩前赴后继的理由之一,更多时候,他只是站在那儿,就对一些未动过春心的女孩有着致命吸引力。

明知道他危险炽热,却还是忍不住想碰一碰。

打破这场平静的,是刚才喝多了的方晴好。

她从两人之间挤进去,扑到江辙肩上:“江辙,我好怕啊!都怪你不接我电话,不然我怎么会在这儿喝酒被骚扰。”

一群人看傻眼了。

在边上目睹她一连串举动的路鹿更是给了陈溺一个无语的眼神，用口型加动作表达：不是我及时救了她吗？为什么她转身扑进江辙怀里，对我连句感谢都没有？

陈溺神色稍敛，放下银叉，一脸无辜的表情，表示这个问题已经超出她的认知范围。

也许是为了硌硬在座的人，路鹿迅速有样学样，一把扑进陈溺怀里，发出比方晴好还做作的声音："小美人，嘤嘤嘤，我也好怕呀！"

"女孩会撒娇，男人魂会飘"，这话名副其实。

项浩宇看得乐不可支，把人捞自己那儿去："怕就来哥哥这儿，别压坏陈妹那小身子骨了。"

"哥你不怕吗？我还是去江辙哥怀里躺着吧！江辙哥那儿似乎特别温暖呢！"路鹿靠在项浩宇胸膛上，娇滴滴地捏着嗓子，特意往对面瞧了眼。

方晴好被明讽得脸一阵红一阵白，求助似的碰了碰江辙的手背。

江辙丝毫没被这几个戏精影响到，也没在意边上女孩想朝他挨过来的心思，搭在后脑勺的长指微微蜷曲，低眼看着手机上的台球比赛。

他漆黑精致的眉眼有些恹恹感，姿态闲适，两条长腿懒散地搭在茶几上。

最怕一个人的独角戏。

方晴好原本就一直没追上他，好不容易有个坐在他边上还不被推开的机会，这会儿也安静下来，乖巧地坐着。

酒饮和水果盘没多久就被送了上来，那酒吧老板也在几分钟前赶回来了。

大概是听人说了刚才的事，他特意又搬了一箱啤酒过来赔罪："阿辙，老杜家那孩子不懂事，冒犯到你同学了，真的抱歉。"

江辙关了手机放到一边，接过一瓶酒直接在桌角上一磕磕开了，爽快地摆摆手："和您没关系，一码归一码。"

"行，那你们慢慢喝，有事就喊一声。"

刚才还较为安静的卡座因为这群大男生一来，显得逼仄不少。

一张卡座坐不下这么多人，其他人去了另外几张桌子，这几个人里头只有方晴好是后来的。

路鹿和陈溺在一边玩 Jenga（层层叠积木），看上去十分无聊。

项浩宇喝了两口酒："就干坐着喝酒？找点乐子啊。"

江辙分了两秒钟的注意力给他："想玩什么？"

"数马？"

方晴好嘘了声："好老土。"

"老归老，但有人没玩过啊。"项浩宇说这话的时候，手指头暗戳戳地指着路鹿的后脑勺。

路鹿半点没有被套路的感知，兴奋地赞同："好啊好啊，就玩这个！"

这里头其实只有路鹿和陈溺是第一次玩，但陈溺很快就看出门道了。路鹿玩游戏不动脑，被他们几个人耍得团团转。

轮到陈溺，是上家的江辙先出题，他"啪啪"鼓了好几下掌："猜猜吧。"

陈溺："三匹。"

路鹿还是没看懂，一脸蒙地问："小美人！为什么你也知道这个游戏怎么玩？"

路鹿被罚了好几个大冒险，还喝了很多杯酒。虽然自己酒量不错，但路鹿还是感觉自己像个傻子一样，心情瞬间变得很低落。

陈溺和项浩宇、江辙他们对了一个眼神。

得嘞，该哄哄这小公主了。

陈溺顿了下："运气好，猜到了。"

路鹿不太相信，撇下嘴："那我怎么猜不到？"

"陈妹运气好啊。"项浩宇见状，又鼓几下掌，"来，再猜猜我的。"

陈溺张口胡说："四匹。"

"错，是六匹！"一旁的方晴好完全没注意到他们的互动，幸灾乐祸地拿起酒倒向陈溺的杯子，"哈哈哈，你输了，我倒满咯。"

两人都是大一新生，她倒起酒来也没客气。

台球室门口的黎鸣和贺以昼喊了江辙和项浩宇一声，说缺人打球。

方晴好还在倒酒，不倒满杯口不罢休的样子。

江辙站起来，手抬高了一下酒瓶瓶颈，手掌挡在那只杯子上方，不容置喙的语气：“她这杯满了。”

陈溺心下一空，抬眼看他。

“你们女生在这儿慢慢玩。”江辙收回手直起身，下巴微抬，示意项浩宇和他一块儿进台球室。

两个男生一走，方晴好扭捏了会儿也跟着进去了。

尽管没人再看，陈溺还是愿赌服输，端起那杯酒一口饮尽，还给路鹿解释了“数马”的规则。

“好简单啊。”路鹿拍了一下桌子，“那刚才那个方晴好还一脸得意，搞得我以为这个很难。”

陈溺听着她不爽的语气：“这么不待见她？”

明明她才扮演完“英雄救美”。

女生翻脸的理由可太简单了。

路鹿郁闷：“她刚才肯定想用脚蹭我江辙哥，可一直蹭到的是我的小腿！我可不想喊这种人嫂子！”

陈溺想到那画面，很突兀地被戳中了笑点。

“这些女生都喜欢江辙什么？一副冷冷懒懒的样子，三分喜欢能装成十三分。我可见证过他大一换女朋友的速度，最快是三天一个！”路鹿喝了口酒，肆无忌惮地吐槽。

听浪子的情史，简直是对耳朵的自虐。

陈溺低眼，在果盘里插了块哈密瓜吃，随口问：“那上回那个学姐呢？”

“分啦。他现在是单身，不然你以为方晴好敢这么大胆？”

陈溺没接话。

“哎，小美人，马上放国庆长假了。我哥报了个去邻省的旅游团，你要不要一起去玩？”她边说，边把陈溺的微信发给项浩宇和江辙，“你们还没加好友吧，我让这两位学长主动点。”

陈溺没来得及阻止，叹了口气：“不了，我可能要回家。”

两个人又闲着吃了点水果，路鹿突然朝着台球室的方向摩拳擦掌：“刚才方晴好也进去了？不行，我们也一块儿去，不能给她机会。”

陈溺看了看手机消息，说自己还有个系里的讲座要听，遗憾地和“路战士”告别。

她才走出大门口，一道惊雷响起，又下起大雨。

酒吧老板拿着把伞跑过来，喊住她：“小同学，给。”

陈溺有些惊讶：“给我？”

“是啊，你不是江辙朋友吗？他常来我这儿，下回把伞给他带过来就行。”

她摆手：“我和他不是特别熟……”

老板很热情，把伞塞她手里：“一块儿玩的怎么能说不熟啊。你赶紧回去吧，待会儿雨下得要更大了。”

手里的伞柄被握得有些温度，陈溺只好道了声谢。

沿海城市近期的天气预报总是离不开“台风、阴雨天”几个字，到公交站那儿，雨依旧没停。斜风细雨，闷热未改。

有对情侣盖着外套冲进站台，互相帮对方擦掉头发上的水珠。

漂亮又危险的夏天，赤裸的炎热让人相爱，潮湿的聒噪却也让人沉默。

陈溺往边上挪了点位置，礼貌地收回目光。

她兜里的手机一振，是微信有新消息：JZ 请求添加您为朋友。

第三章
冒险

是这场暴雨留住她，不是她自己想留下

1

国庆长假如期而至，寝室里的盛小芋是安清本地人，早早就回了家。

倪欢家在东北，懒得回去，天天窝在寝室打游戏，靠代练赚点零用钱。当然，她一到半夜就要对这不稳定的校园网开骂。

陈溺原本也想回家，但高铁票没抢到，机票又太贵，索性也就留校了。

那天和江辙的好友申请一起发过来的还有方晴好和项浩宇的，从图书馆回寝室的路上，陈溺打开微信翻了翻朋友圈。

入目第一条就是江辙。

照片中的人只露出张下颌线利落的侧脸，面无表情时有几分冷峻的痞劲，穿着很休闲，站姿闲散放松，视线放在手下的汤锅里。

方晴好发的这条朋友圈，配文看上去很腻歪，像在秀恩爱：【夏天结束啦！喝到了入秋的第一份汤。想问问江学长，这到底是什么汤呀？】

路鹿随即不给面子地在下面评论：【我和我哥都觉得不好喝！】

她加的同学多，这话无非是侧面告诉众人：这可不是小情侣的爱心汤，是大家一块儿喝的！

这几天陈溺就没少收到路鹿抱怨的消息，说江城七日游明明只有他们三个人，可方晴好不知道在哪儿听到消息，硬是跟他们订了同一班航班和同一家民宿。

于是她防贼一般防着方晴好，谁知道这女的还能有在朋友圈发这种模棱两可的动态的操作。

陈溺往下一拉，刷新了一遍，又多了一条回复，是江辙在下面评论了一句这汤的名字：【夏浓汤。】

陈溺盯着那三个字看了几秒，随即扯扯嘴角，夏浓——瞎弄。

这种天生招人惦记的男生，连敷衍都会有人捧场。

她看着那张图片，长按点了保存。

没过两秒，她又咬着下唇，矛盾地点进相册把照片删除了。

她顺势回到那条朋友圈，从江辙的回复点进去，查看他的主页。他朋友圈动态寥寥无几，几首歌的链接，还有分享收集的 Kaws 公仔。

关系半熟稔半生疏的情况下，陈溺依旧了解到很多江辙的事情。

他爱听周杰伦和陈奕迅的歌，喜欢周星驰的电影，是忠实的漫威和星际影迷，电脑上贴着动画版的辛普森、小黄人，常玩极限运动，年纪轻轻就考了不少证，有赛车的，有游艇的，有滑翔跳伞的……

陈溺比较了一下，自己和他几乎没有多少共通点。

晚上，陈溺洗完澡出浴室，发现自己的微信难得地一直在响。

是路鹿把她拉进了一个群里：【寂寞长夜，彻夜难眠。各位不如点开这个链接 www.AnQingUni.com？】

陈溺弯弯嘴角，把耳机插上后好奇地点开。

结果看见一张风景照，下面一行小字：我是摄影摄像专业三班的路鹿，编号 226，正在参加安清大学大学生手机摄影大赛，请为我投上宝贵的一票吧！

【项大帅哥：虚假广告，就给我看这？】

【JZ：……投了。】

【是晴天呀：已经投好啦。QAQ】

陈溺也投完了票，切换页面，回来回复时瞧见原本五个人的群变成了四个人。

【我有钱你有病：可恶！刚刚不小心把那个方晴好也拉进来了，还好我踢得快！】

【项大帅哥：过河拆桥，够阴险。/ 大拇指 / 大拇指 .jpg】

两兄妹就着这句话在群里吵了起来，陈溺放弃插话，从善如流地设置了“消息免打扰”，关了手机躺回床上去。

群里的项浩宇和路鹿还在进行斗嘴大战，路鹿提了一嘴小美人怎么不出来帮她？

【JZ：因为她懒得搭理你。】

国庆长假恍恍惚惚过了五天，陈溺找到了一个补习机构的大学生兼职，工资不多，来上课的都是冲刺高考的学生。

这机构什么都好，工作时间自由，就是离公交站和地铁站有点远，来回打车耗钱。

上完上午的课，陈溺从机构出来。母亲潘黛香给她打了一个电话，无非是叮嘱她认真吃饭、天气转凉记得添衣，又抱怨了句：“考上重点大学是高兴，现在想想离家也太远了点。”

陈溺安安静静地听，没说话，半晌听见手机对面传来一声叹息。

潘黛香有几分无奈，家里从丈夫赌钱破产之后出了不少变故。举家搬迁，亲友渐渐失联，也过过最苦最拮据的一段日子。不知道从什么时候起，她发觉女儿离自己都有点远了。

这个“远”，并非指实际距离。

就比如小时候带陈溺出去玩，她爱趴在车窗那儿看风景，但如今的陈溺，只会闭上眼睡觉，谁也看不懂她。

陈溺很乖，在很多人印象里都算内向懂事。

在学校她也从不出格，没发生过让父母操心的事。现在又考上重点大学，在他们这种家庭里已经算有出息了。

只是她越长大，和父母交心的时刻也越少。

……

机构坐落于居民区，这个吃午饭的点，家家户户都飘出炒菜香味。

陈溺离开家来到一座陌生的城市上大学，并不觉得孤独。她初高中就没什么知心好友，上大学也从不主动联系以前的同学，倒是之前在网上和路鹿聊得更多点。

电话挂断，陈溺发了会儿呆。

她才点开手机上的打车软件，还没定位，突然收到了江辙的消息，就三个字：【去哪儿？】

她下意识地抬头，瞧见马路另一侧停着辆机车，江辙坐在上面，戴着一副透明挡风双梁护目镜，装饰用的。

他穿了一身街头风的白色西服，只是他天生不适合做个正经八百的正装人士，加上衣料也不算矜贵笔挺的类型，垂直柔软，这一身衬得他像个斯文败类。

见陈溺望过来，江辙抬了抬眉峰，把车开过来。

按道理他应该还和路鹿他们在江城旅游，可现在却独自先回来了。

陈溺看着这辆车，脱口而出："还是之前那辆？"

"嗯。"江辙没说什么铺垫的话，丢了个头盔给她，直截了当地问，"一个人留校？去玩吗？"

陈溺接住头盔转了转，不答反问："这么大？"

"这车没载过女生。"言下之意，也没有女生的款。

他嗓音低，听着有些哑。

陈溺看了看时间，早得很。今天也没其他要紧的事，想来他应该也是没找着人玩才顺便问了句。

虽然说两人不是很熟，但也比一般校友更亲近点。

陈溺没再矫情，把头盔扣上，将包挡在两人胸背之间，跨坐在他身后："走啊。"

他开得比平常或许慢很多，陈溺甚至不用抓住他的衣服。她张开手掌，风从指缝穿过，绕进她的长发里。

渐渐地，江辙感觉到身后一空，肩上多了双手的重量。

他从后视镜里瞥了一眼，是陈溺站起来了。

女孩闭着眼，衣角被吹得掀起，露出一截细白腰线，看上去自由自在。

江辙对陈溺会坐上来一点也不意外，她本来就不是个文文静静的乖宝宝。

高三时逃课出来吹风，捏着张小广告传单不见害羞，淡定地看人分手，对着“社会哥”直言不讳，看他打架还知道冷静地报警递棍……桩桩件件都表明，她身上带着隐形的刺，半点不怕事。

刚才他也就从这条街经过，一晃眼瞧见女孩站在马路牙子上盯着手机。日光打在她肩头，她盈盈一双眼很空洞，不知道在想什么心事，反正看起来不像多开心。

想着今天正好是黎鸣生日，这两人也算见过，索性将她拉过去一起凑凑热闹。

车停在停车场，陈溺跳下来问他：“所以黎鸣是上回那个染黄头发的啊？”

江辙点头，调笑了句：“合着那晚你就光记得我了？”

陈溺面无表情地接招：“因为只有你没染头发。”

他们才走进场馆内，依旧是一头黄发的黎鸣迎了过来：“嘿，小江爷终于来了啊！还带了个新面孔。”

江辙一进来，场上不少人的注意力都往他们这边转移。

陈溺自认为记忆力不错，一眼就看出这是黎鸣。想来再见时她认不出项浩宇可能只是因为他把头发染回了黑色。

江辙伸手挡住黎鸣要扑过来的熊抱：“不是新面孔，你再仔细看看。”

陈溺抬眼盯着黎鸣，开了个玩笑：“也许我该穿件校服。”

就算她不是大众脸，离上一次见面也过去了大半年。

“是有点眼熟啊！”黎鸣被这么一提示，不确定地问，“之前在南港认识的那个躲雨的妹妹？”

陈溺觉得也挺神奇："是我。"

黎鸣笑嘻嘻地看她，他、项浩宇和江辙都是人工智能专业的，还同个寝室。

他感叹说："这是缘分啊！"当初他就对陈溺这位漂亮妹妹印象挺深，没想到几千公里的距离，让一张大学录取通知书给联系起来了。

这棒球场是日租，场内十几个大男生都是他们朋友，自然也有带着女孩一起来玩的。

陈溺听了几分钟他们对江辙的称呼，不解地看向江辙："为什么他们都喊你'小江爷'？因为年龄最大吗？"

"嗐，和年龄没关系，就是高中犯中二病的时候喊着玩！"黎鸣笑得眼皮起了几条深褶，接过话，踮脚揽着江辙的肩膀说，"妹妹你要觉得不顺口，喊他'小江狗'也行。"

"啧。"江辙提腿就踹开他，笑着骂，"那喊你'小土狗'行不行？"

黎鸣不服气："我这张脸能叫'土'啊，你让老贺和浩子哥怎么活？"

他们在边上闹，有服务人员过来请陈溺去更衣室换衣服。

江辙掀起眼皮睨她，体贴地问了句："会打这个吗？"

陈溺回："会瞎打。"

等她换完衣服出来，发现江辙已经戴好了棒球手套。

陈溺穿的是套白色棒球服，紧身衣服勾勒腰臀比例，下身是条超短裤。

因为母亲是舞蹈老师，她从小就被要求一起学跳舞。一双腿虽然细白，但肌肉线条很饱满，不是干巴巴的瘦。

她一走过来，黎鸣就很夸张地吹了声口哨，拍拍手："哇，漂亮妹妹这腰这腿！"

江辙让他收收口水，戏谑道："别看她现在这么美，晚上睡觉说梦话、打呼噜。"

陈溺剜他一眼，温温软软的唇开合着顶嘴："何止，我还踹人。"

没再跟她贫嘴，他抬手把棒球帽压在她脑袋上，摁下去："别踹人，先来开个球。"

陈溺脸小，这帽子一压下来直接把她鼻尖都给挡了。

江辙见状懒懒地笑了一声，又大发慈悲地把食指伸到她帽檐下，给她抬起来了点。

橙绿交接的场地，边上十来个人也停下动作，往他们这里看。

女生开球姿势一向展现柔韧度，陈溺没少跟着老陈看这类球赛。她把球放置掌心，提腿直接压成标准的一字马，手碰膝盖，一起一放，胳膊用力往前甩过去。

江辙把外套扔到一边，防护罩也没穿，戴着手套直接稳稳接住她的球，又给扔回去。边上那群跃跃欲试的狐朋狗友看了也没再往前走，都知道小江爷在当陪玩呢。

陈溺还真没谦虚，她不怎么玩棒球。她握着棒子，除了姿势够好看，接到几个直线球，其余回回都是轮空，撑不过三垒。

玩了快一个小时，中场休息，好几个黎鸣这边的朋友过来找她聊天。黎鸣是今天的主角寿星，球场几块地方来回蹿，也顾不上他们这边。

江辙拿了瓶冰水，拧开递给陈溺："盯着几个女孩不眨眼算怎么回事？"

陈溺抿了口水，微喘着气："好看啊。"

"那两个？"江辙随手一指，是对双胞胎姐妹花，正拿着毛巾和水殷切地递给跑得满头大汗的黎鸣。

陈溺用手掌遮着眼睫看，就听见他憋着笑又说了句话，声音低低的。

刚说完，黎鸣就朝他们跑过来了："妹妹，玩得开心吗？下场我们去滑冰，一起去啊。"

陈溺还没从刚才的震惊中回神，见他这么热情地邀请自己，她本能地往江辙身后躲了躲。

"不是，怎么了？你退半步的动作是认真的吗？"黎鸣被她这疏离的态度弄得有点受伤，狐疑地看向一边笑得毫不克制的江辙，"小江爷，您这嘴是不是又跟我们漂亮妹妹胡说什么了？"

江辙笑得了然："也没说什么，就说你和那些女孩打游戏都玩双人模式。"

至于她想到哪儿去，那就和他没关系了。

他算是知道了，这姑娘也就是看着纯，其实什么都懂。

陈溺反应有点儿大，立刻扭头不满地看着他，明明是这人故意的，引导她想岔！

黎鸣显然知道江辙嘴上没数，爱逗弄人，忙提醒陈溺："来，妹妹，离你们江学长远点，他才是人渣啊！"

江辙似笑非笑地扫他一眼，懒洋洋地压着声问："我就这么坏？嗯？"

"干什么！你这低音炮。"

黎鸣有点受不了这个，揉揉耳朵把江辙推远点，错眼就看见门口的贺以昼醉醺醺地跑进球场喊他名字。

陈溺偏开头去看，门口那男生长着张娃娃脸。

贺以昼喝得多但眼没花，一眼瞥见黎鸣就朝他冲了过来："鸣仔啊，十九岁生日快乐。"

黎鸣扶着他的胳膊，没出声，用口型跟陈溺解释：又、被、甩、了！

贺以昼——他们这堆人里著名的白痴恋爱脑，十九年来已经被单方面分手过几十次。

陈溺盯着贺以昼这醺红的娃娃脸，同情地微微皱起眉。

江辙倒是对此习以为常，手插兜倚着墙，漫不经心地看着他们。

"你们说，爱情是什么啊？"

醉鬼完全不在乎面前这姑娘是不是生人，在大白天也不清醒，也不知道搭车来的路上有没有被师傅要两百块。

陈溺恍神片刻，才发觉受了情伤的这哥们儿正目不转睛地看着她要答案。

她罕见地结巴了下，回答他："可能是心甘情愿的一场冒险，只要旅途愉快，停在哪站都不算太坏。"

醉鬼接收不了这么长的心灵导语，又把脑袋转向江辙："小江爷，你说呢？"

"我说啊。"江辙停了下，语气带着点不正经的慵懒说，"什么也不是。"

这话引起了贺以昼的共鸣，他大喊一声：“小江爷说得对！什么狗屁爱情，啥也不是！”

球玩了，时间也打发了。

陈溺见他们忙着安慰人，道了句生日快乐，说要先走。

刚转身，江辙就伸出手指头钩住她的包链，扬扬眉：“我把你带过来的，不得把你送回去？”

2

陈溺今天背的是个单肩小包，装了几本薄的教案和坐地铁的零钱硬币，被江辙手指这么一钩，包里的金属硬物都碰在一块儿哗啦啦作响。

她的视线只能和他胸口平齐，稍稍抬眼望着他白皙突出的锁骨，线条冷冽，隔着薄薄衣料也能看到他肩胛骨中间微凸的弧度。

江辙比她高不少，几乎是自上而下地懒散地瞧着她。他力气明明没使多大，却还是差点让她站不稳。

陈溺往后退两步，稳住身形，稍稍拉开了点这让她有着压迫感的距离。

“不用你送，我还要去海洋生态馆买课外书。”她解释得真情实感，有理有据，“我们老师说的海洋生态馆就在樱花路附近，本来我也是要过来一趟的。”

边上的黎鸣听见她的专业：“陈妹是咱们学校海洋系的？”

“嗯，我是海洋系环境工程专业。”

说完，她抿抿唇，太正式了，像实习报到的自我介绍一样。

“哦，对了，这个还给你们。”陈溺伸出手，一颗浅黄色条纹的棒球在她掌心。

江辙伸手拿过，带着热度的手指骨感修长，熨烫指尖不经意碰到她掌心脉络，手臂懒懒垂下，那颗棒球就被他用两指捏着玩。

陈溺收回手蜷了一下衣角，径直转过身：“我待会儿换完衣服就直接走了。今天我玩得很开心，谢谢你们，再见。”

黎鸣边扶着一边的贺以昼，见她要走了忙喊上一句：“下次再出来一起玩啊。”

她没回头，只是朝后招招手。

靠在兄弟肩膀的贺以昼指着女孩的背影，打了个酒嗝：“我觉得这妹妹挺酷的，我想……和她交个朋友。”

黎鸣不耐烦地翻了个白眼，把他带到休息室去：“行行行，回学校就能见着了。”

陈溺前脚刚离开，那几个盯着他们这边有一会儿的男生后脚都围到还在球场的江辙这边，喝完水又开始“打嘴炮”：

“刚才那姑娘是我们学校新生？挺水灵的啊，那双腿白得哟！”

“就别回想了！就江辙带出来玩的妹子，哪个不是肤白貌美？”

“羡慕吗？可惜你不像咱们小江爷，有张让漂亮妹妹们为之神魂颠倒的脸啊。”

一群人哈哈大笑。

江辙懒散地倚着墙，手插兜里，两条长腿闲闲地立在那儿，屈肘推了把离他最近的那哥们儿，慢悠悠地开口：“别胡说啊。她不是我女朋友，就一认识的学妹。”

一旁的王京摸着下巴回味半天：“小江爷，那联系方式给我一下呗，我瞧着挺对我胃口的。”

江辙抬了下眉峰扫他一眼，顶着张桀骜不驯的脸哼笑：“少祸害人，你追不到。”

“那你也不一定能追到啊……不过看上去越乖越纯的，其实更带劲，要不打个赌怎么样？”

王京平时嘴欠成性，也没觉得自己说的算什么事，伸出几根手指亮给江辙看，咧开嘴笑：“小江爷，你要追上了，我给这个数。”

江辙脸色没变，只是凌厉的眉眼渐渐眯了点，显然对这种拿追女生来打赌的玩法不感兴趣。

但今天好歹是黎鸣过生日，他也没太不给面子，手握紧那颗棒球直接往王京的胸口砸过去。

半点力道没省，十足的手劲。

王京发出一声闷哼，一脸想骂又强迫自己闭紧嘴的痛苦样，周边人都眼观鼻鼻观心不出声了。

王京捡起球赔笑："怎么了这是？"

江辙这会儿才彻底收了笑，没接王京的腔，边往休息室走，边冷声撂下一句："小爷看不上你那点儿钱。"

这家新开的生态海洋馆位置有点偏，陈溺照着导航居然绕进了居民弄堂里，七拐八拐才进了海洋馆大门。

课外兴趣书都在角落的图书架上，她默念着教授发的书单"Handbook of Offshore Engineering……"，手也慢慢移到那本书上。

她刚要抽出来，书架对面也伸出一只手和她一块儿攥住了这本书。陈溺眉头一皱，使了点劲将书抢到自己胸前。

正打算轻飘飘来句"不好意思"，对方发出一句惊讶的声音："小九？"

陈溺微愣，侧首望向对面的男生。

傅斯年从书架那侧走出来，推了推鼻梁间的金丝眼镜架，笑得温和："看来我上回听环境学院院长讲座的时候看见的就是你，但你走得太快，我贸贸然也不敢认。"

陈溺有几分愕然，居然是她家还没破产前的邻居："斯年哥？"

傅斯年点头："嗯，我们真的有四五年没见了，没想到你成了我学妹。"

想想这位"别人家的孩子"自小成绩优异，不是清北也确实会进这种双一流高校。陈溺收起了起初的惊愕，礼节性地弯弯嘴角。

"流体力学实验这门课有点难吧。"他谈吐之间没有故人多年不见的生疏，依旧是那种邻家大哥哥的语气，看向她手上的书问，"你怎么会想到报这个专业？"

陈溺诚实道："怕分不够就钩了调剂，然后就被这个专业选上了。"

陈溺从小到大就不是什么稳居第一的大学霸，倒也实话实说。她佯装赶时间看看手机，扬了扬手上的书："这本急着看吗？要不要让给你？"

“不用，本来也是帮学妹买。既然你要用，就跟她说等下次进货好了。”

陈溺没推辞：“好。”

傅斯年看着她准备走的动作：“我和你一起回学校吧？顺便好好聊聊你这几年过得怎么样。”

“不了。”她笑了一下，“我还得去超市买点东西，不太方便。”

“行吧。我们小九比以前漂亮了很多呢，看来有好好长大。”傅斯年边说边伸出手来打算摸摸她的头发，字里行间是年长者的亲昵，差点让人忘了其实他也才比她大两岁而已。

陈溺平静地往后退了一步，让他的手掌落了空。她眼睛眨了眨，表情真挚得让人挑不出错：“那我先走了，有空聊。”

“小九，等等。”傅斯年拿出手机朝她走过来，打开微信添加好友二维码，“说有空聊也得加个联系方式啊。”

走出海洋生态馆，陈溺运气不错，恰好拦到一辆出租车，连站在马路边上和傅斯年继续寒暄的尴尬都不用体会。

如果家里没出事的话，她或许和傅斯年就是名义上的青梅竹马了。两家别墅楼紧邻着，两人年龄也相仿。

但当初陈父因为欠下巨款四处找人借钱，不管是邻里还是亲友，都已经被他这种做法得罪了个遍。

就算家里在她上高二那年把欠下的钱全还完了，可那些曾经的债主都是她的叔婶和认识的长辈，早已对陈家避而远之。

这其中，自然也包括当初对陈父恶语相向的傅斯年父母。

虽然说上一辈人的关系不至于影响到下一代，但再次以这样的方式见到故人，多多少少还是会让陈溺有点不自在。

傅斯年对她的关心比她想象的要热烈许多，平时没少在手机上嘘寒问暖。

他是海洋系大三的师哥，不过和陈溺的环境工程专业不同，他是能源化学专业。知道她选修了化学课程后，他常给她发些资料，甚至督促她认真学习，下学期一举考过雅思或托福。

回校没多久，就连两个室友和常找她一起吃饭的路鹿都知道了傅斯年的存在。

“溺啊，你说你这儿时的邻居哥哥会不会对你有意思？”盛小芋刚下楼拿个外卖还碰上傅斯年来送学习资料，不由得发挥脑洞想了个爱情故事。

彼时陈溺正在伏案赶作业，闻言摇头，轻描淡写地否认：“不会，他从小就是这样。爱说教是某类学霸的天性。”

一旁跟着一起补作业的倪欢表示赞同：“你说得对，我最怕这种人。好像就见不得身边人咸鱼似的，硬要别人按他的方式一起进步。”

盛小芋也点头，无奈她是个“颜狗”，看见姿色不错的男生就容易遐想。她抱着腿转向陈溺，戳了戳陈溺柔软的脸蛋：“不过傅师哥平时对大家都好温柔哦，在学校风评也是大好人。你对他就没点别的意思？”

“我不喜欢他这样的。”

两个室友都第一次听陈溺这么直接说出感情方面的喜好，转过头看着她：“那你喜欢什么样的？”

陈溺想了想，轻喃：“大概和他相反。”

3

海洋系近年已经把游泳课列入体育课项目中的必修课程，为的就是本专业毕业生在从事海洋工作时能更好地保护自己的生命安全。

陈溺因为有一门选修课和大家的不同，上体育课的时间也冲突了，只好申请每周三和周四傍晚独自过去练习。

好在她生在沿海城市，小时候就学过游泳，不用老师跟着教了。只是很久没游过，要勤练几天，为之后的游泳考核考试做准备。

游泳馆是翻新没多久的，进馆需要学生卡和预约码，馆内也会控制人数。

这个点大家要么在吃晚饭，要么在自习室。

游泳馆很大，人也不多，零星分布在各个角落，都想不受打扰地自行潜泳。

蓝白色的瓷砖映衬干净清澈的一池水，室内游泳馆里到处都是柔和明亮的灯光，在里面几乎感受不到时间的流逝。

陈溺从衣帽间换了泳衣出来，挑了片没人的水区憋气漂浮。

她不会蝶泳、蛙泳，入门级的狗刨式最好用。

女孩身材纤瘦，一米六四左右的娇小个子，比例很好。

长手长腿，腕线过胯，一双腿又细又直，住在南方依山傍水城市的女孩子，皮肤也白到有种透明感。

大片柔腻肌肤浸入温度舒适的水里后，陈溺闭上眼，把自己想象成一条鱼，往下沉，却有一股飘在云上的失重感。

在大学校园里她依旧会想起高三冲刺的那段时期，周身全是巨大的压力，或许那时候才需要这样的解压方式。

手脚渐渐轻了，漩涡一层层随着踩水动作荡漾开，水托起她高马尾的发梢。她试着憋气，沉浮着，光洁的额头接触到湿润水面。

……

晚上八点多，快到闭馆时间。

管理游泳馆大门钥匙的是学生会的人，今天正好轮到贺以昼。

贺以昼不喝酒的样子还像个人，他回寝室的时候只瞧见了江辙躺在床上睡觉，手搭在后脑勺上，双目合着。

今天下午专业没其他课，估计他又是午觉睡过头，一直到晚上还没醒。

“小江爷，小江爷醒醒。”

贺以昼推了推床头，看他臭着一张脸似乎在噩梦里，额角密密麻麻出了汗，力度顿时加大，直接上手扯了扯江辙的衣袖。

江辙皱了皱眉头，从睡梦惊醒，掀开眼皮转过头看他，眸色沉沉，甩了甩枕麻的手臂，声音还带着点刚睡醒的低哑，问他有何贵干。

“帮兄弟去游泳馆关个门。”

江辙盯着他没说话。

“我有个小组作业没交，明天就是老常的 VR 程序设计课了。这不是得赶赶时间、争分夺秒嘛。”贺以昼笑得一脸灿烂，爬到上铺木梯那儿递钥匙给他，“没吃饭吧？等你回来请你吃烧烤。”

江辙刚睡醒，还犯蒙，顺手接过钥匙下床。寝室刚没开空调，他睡个觉都出了一身热汗，索性把上衣脱了甩在椅背上。

贺以昼扭头瞧见江辙裸着上身在洗手台那儿洗漱，身材健实性感，腹肌块状分明。他朝着江辙吹了声口哨：“小江爷这身材，得亏咱们这栋楼对面还是男寝，不然那群小迷妹岂不是一个个都要架好望远镜偷拍了？”

江辙只当没听见，冷水泼在脸上才有了实感。阳台那儿风有些大，吹得他被打湿的刘海湿漉漉地搭在额间。

他随手将刘海往后扫，露出一双黑眸。

江辙身上那股野劲儿生来就是放纵恣意的，活脱脱像个玩世不恭的公子哥儿。他从衣柜里头拎了件宽松T恤，边套上边往门外走，手掌拍了把贺以昼的脑袋：“收皮。”

“哎哟，这大手的力气。”

贺以昼把外卖点完，没一会儿就听见了手机来电铃声，他从电脑面前把注意力移开，手摸到自己手机才发现不是外卖。

是隔壁桌上江辙没带走的手机在响。

还是个没备注的陌生人来电。

他帮着接起：“喂，江辙不在，我是他室友。”

对面传来娇柔的女声：“我是舞蹈系大一的方晴好。学长，你能把手机递一下给江辙吗？”

贺以昼对方晴好这名字有点印象，从入学不久就对江辙穷追猛打的女生，被明着暗着拒绝过这么多回了也不气馁，第二天又满血复活，半点不怕掉面子。

他笑了声：“妹妹，江辙不在这儿，我让他帮我去关游泳馆大门了。等他回来你再打过来吧，也就二十来分钟的事儿。”

“哦，好吧。”女生的失望语气毫不掩饰。

天色漆黑昏沉，穹顶之上，乌压压的云聚集在大学城的上方。

江辙到游泳馆的时候还没到准点闭馆的时间，不过也只有几个在淋浴房冲完凉准备出去的同学了。

在学校待这么久，他也没来过这游泳馆。

站在门口停留了会儿，他才迈开沉重的步伐进去打量一番，左瞧右看的视线蓦地放在了泳池边漂浮的女生身上。

陈溺手脚明明还在小幅度划水，也能清楚地看见她纤细柔弱的蝴蝶骨在水里起伏。

江辙看着看着，呼吸却有些混乱了，喉咙仿佛又被扼紧，像是想起了刚才的梦，他很久没再梦到那种情景了。

漂亮的、惨白的一张脸和红艳的唇，乌黑长发荡在水里，池里已经不是清澈见底的水，是大片大片的血红色，带着浓重的腥味。

沉下去，全都消失。

四周都是嗡嗡响，江辙头痛得快要炸裂。

他老毛病一犯，感觉头皮都被提起来，钻进大脑皮层般的神经痛感如约而至。他缓缓地、重重地用手撑着瓷板坐下来，动作放慢了许多。

他能听见从馆里往大门口走的脚步声，也听见耳畔一直有人在喊自己的名字。

“江辙？”陈溺从泳池里起身出来就看见了江辙坐在地上，说是坐在那儿，不如说是蜷缩在那儿。她叫了他好几声，他才慢慢抬起眼。

她站着，完全背着顶光，如白玉般温润无瑕的身体被灯光拥抱着，清婉秀丽的脸上显着几分不解。

陈溺对上他涣散的目光，呆滞了一秒：“你还好吧？”

江辙突然死死地盯住她的脸，眼里血丝猩红到有些病态。他艰难地咽了咽喉咙，粗粗地喘气，手指骨节握得泛白：“快闭馆了，我来关门。”

和血色全无的脸色相比，他的声音与平日游刃有余的懒调低冷不同，带着被压抑的、冷漠的暴戾。

始料未及地看见他露出让人毛骨悚然的一面，陈溺被吓了一跳，不禁打了个寒战，脑子里胡乱地想起一个词：深海恐惧症？

可这池的深水区也才一米六。

看得出他不想多说，陈溺也没打算继续留在这儿碍事。

她搓了一下冰冷的胳膊肘，把浴巾围在肩上，说：“你关吧，我现在出去。”

场馆内除了他俩已经没人逗留了，陈溺从衣帽间换完衣服出来，出馆前又看了一眼泳池边。

江辙仍旧保持着坐在那儿的姿势，肩背宽阔，微微弓下身子，两条长腿岔开，露出一截瘦削脚踝，脚踝骨清晰突出。他把手肘抵在膝盖上，手掌张开覆住脸良久，抬起头时烦躁地揉了揉短发，没立刻起身，盯着泳池水面久久不动。

陈溺垂下眼，把视线收回，打完卡走了出去。

外头在飘雨丝，她刚出大门口，就瞧见前方的方晴好撑着一把覆满亮片星星、花里胡哨的小伞走了过来。

大晚上的也能看得出对方有认真打扮一番——流苏耳环，亮晶晶的唇釉，一袭红色短裙，是路过蝴蝶都会驻足的美。

高中时，优等生和差生总是两个群体。

好学生三五成群地做领头羊，成绩差的那一批则特立独行站在台上放光芒。

大学时期就反过来了，更包容更多元化。

大家似乎也偏爱关注那些与众不同、胆大妄为的人，而这一部分人已经是从优等生里挑选出来的。

比如江辙，也比如这样的方晴好。

方晴好忙着收了伞往里走，压根儿没看见在门边站着的陈溺。

不过就算看见了，她目标明确，估计也不会耽误时间跟不相关的人寒暄。

陈溺看了眼远处黑压压的积云，才拿出手机回未读消息。

最顶上的小红点就是路鹿，一个倾诉欲望很强的姐妹，能从早上吃的煎饼果子说到晚修课上的灯下飞蛾。

【路鹿：羡慕你，为什么我们摄影专业的就不能固定选游泳课？呜呜

呜！我上次体育选课居然选到一个安塞腰鼓！】

【路鹿：绝望！！！我一个形似林黛玉的柔弱美女该怎么打鼓？！】

陈溺看着想笑，发了一个哭笑不得的熊猫头表情包过去：【放宽心，我听说还有人选到太极拳。】

【路鹿：……】

小美人真的不擅长安慰人，太极拳和安塞腰鼓不是半斤八两？这两个还有得比？

她躺在床上“啪啪”打字：【哎，不过说到游泳我就想起我江辙哥了。你知道他妈妈吗？以前很有名的女明星呢，游泳也特别厉害，差点进国家队那种。】

陈溺手一顿，回：【听过，那江辙游泳技术是不是也很好？】

【路鹿：那当然好啊！我们还在水里“咕噜咕噜”吐泡泡学游泳的时候，他都能沿着五十米赛道游一圈了。】

看来他不是怕水。

陈溺犹豫地迈下踏向阶梯的脚步。

看他那样的状态，就算刚才进去的方晴好强吻他，他也反抗不了吧。

可方晴好要是真“霸王硬上弓”了，不知道这算不算是乘人之危？

陈溺被自己脑补的东西逗笑，好笑地勾勾嘴角。

倾盆大雨霎时如注，不再给她离开的机会，也没给人反应时间，砸在水泥地上的雨珠溅湿她裤脚。

也许每个人都有不想被别人发现的窘迫。

她转身返回馆里那刻在想，是这场暴雨留住她，不是她自己想留下。

馆里还坐在原地的江辙表情冷漠，脸色依然有些差劲，密密的睫毛如鸦羽，垂下眼时有股淡淡的破碎感。

光影在眼前虚实交接，他眉头快蹙成“川”字，对身边女孩的絮絮叨叨感到聒噪，却又没精神气站起来甩开。

陈溺看见他们一高一低的身影时，只觉得半点都不超出她的预料。

方晴好果然没看出江辙的异样，只觉得他不再一个劲儿地躲开自己，于是贴着他越来越近，一双琥珀色眼眸十分透亮。

陈溺走上前打断：“方同学，闭馆时间到了，你该出去了。”

“陈溺啊……”方晴好转过头，疑惑地问，“是你关馆门吗？”

陈溺面不改色地点头：“嗯，我找江学长还有点事儿。”

方晴好迟疑了一下，见江辙依旧垂着头不理人，也摸不准他什么意思。

她直起身：“那江辙，我先回去了，我们手机上联系。”

她走得有几分恋恋不舍，几步一回头。

陈溺为了让自己是闭馆人这句话更具真实性，沿着墙把好几排灯给关了。

游泳馆暗下一半，陈溺这才回过头看向坐在地上的人。

但一转眼，池边只剩一双鞋。

哪怕再多花一秒去思考，她就该想到江辙水性不错。

只是再清醒的人遇到紧急关头，还是会遵循下意识的本能反应。

而陈溺在此刻的本能反应就是趴在下池阶梯那儿，伸手去拉他。

下一刻，她抓住江辙正打算把他拉上来，水下人的力道比她大许多，径直把她也扯了下去。

陈溺毫无征兆地被迫落水，“扑通”一声，深水区的水花四溅。

大概在水底的每一秒都会被延长，像是一帧帧慢倍速的老电影画质。

他们都没闭上眼，陈溺在这几秒之中，感受到的是一个自我挣扎、奄奄一息、狼狈不堪的灵魂。

可不过须臾，江辙就托着她的大腿在水里站起来，池水漫至他肩膀以下的位置。

他脸上再也不见几分钟前的颓废模样，自我保护的坚硬机制一开启，便所向披靡，给人一种方才不过是梦一场的荒诞错觉。

陈溺闭了闭眼，攀住他的肩膀，甩了甩头发上的水。

她失了态，大口大口地呼吸新鲜口气，没了以往对什么事都平静佛系的样子。

她细长的月牙眼微微上翘，眼皮白而薄，皮肤吹弹可破。

这个角度和距离，江辙稍抬眼仰视她，甚至能感受到悬在她长睫上的水滴了下来。

他的上衣被水打湿，紧贴身体，勾勒出这个年纪的男生精瘦结实的肌肉线条。他高挺鼻骨上挂着几颗水珠，出类拔萃的五官入水之后也极具攻击性。

他嗓音带着一如既往的不正经："担心我？"

肯定的语句，有十足的把握。

陈溺少见地把咬牙切齿和瞪眼都表现得这么明显。这人，真是不知感恩！

江辙挑起一边眉，心情肉眼可见地转好，掺着热息的嗓子让人听得发痒。他温热湿润的气息蔓延至她耳尖，顺着那儿漫进去，暧昧地侵略她残剩不多的理智神经。

他清楚地听见陈溺不爽的磨牙声，于是附在她耳旁笑得越加恶劣坦荡："没告诉过你？我是人渣来着。"

第四章
冲突

你喜欢替朋友出头？

1

那天过后，安清大学开了一场运动会，而陈溺在这四五天里没再见过江辙。

路鹿约大家一块儿吃饭时，以前从来没什么意见的江辙居然也会推辞。

他似乎刻意地躲开陈溺，也许只是因为她看见了他不为人知的那一面。

只是陈溺想知道他的动态也十分容易，有时是在方晴好发的朋友圈动态里——

大课堂上，他坐姿慵懒，往后一瘫靠着椅背。两条笔直的长腿闲闲地搭在地上，对着黑板的脸上表情寡淡，手法娴熟地转着笔，侧脸依旧清隽疏落。

有时是在项浩宇发到群里的人工智能专业社团活动的聚餐视频中——

江辙这张脸和生来桀骜不驯的气质，哪怕是在镜头角落都无比夺目。他跷着个二郎腿，漫不经心地看街头霓虹闪烁，在人堆里闷头喝着几块钱的啤酒时，也有一股消沉的出尘感。

陈溺没有费什么心思去关注，毕竟他这种人无论在哪儿都是焦点。

他太出名，也太出色。大学的论坛贴吧、同学朋友嘴里，到处都是他的存在。

安清市刮完了最后一场台风，当天下午是海洋系的游泳考核考试。

泳池里装了竞赛智能化系统，陈溺考试那天还挺顺利。总之相比一些游着游着往回游的，或者一些还没下水就开始抽筋的要好许多。

路鹿捧着奶茶来庆祝她考完试时，陈溺刚冲完凉出来。

今天因为还剩下前几天没考完试的十几个班，游泳馆里的人特别多。

十月中旬，台风过境不久，残余风力依旧不小。

受天气影响而被推迟的军训也在今天被提上日程。

早上九点半，大家都收到了消息，说军训教官会抵达学校吃午饭，下午正式训练。

路鹿把冻奶茶递给陈溺，撑着遮阳伞往前走："……可是今天也好热啊，我还以为推迟到国庆之后的军训会好一点呢。入秋的奶茶都喝了，怎么还跟夏天温度一样！"

陈溺其实倒没感觉到热，从开着空调的游泳馆里出来后甚至觉得有点冷，但她还是安抚般地说了句："可能到月底就不热了。"

"那时候都快十一月……欸，你嗓子怎么了？"路鹿听着不对劲，纳闷地看她。

陈溺缩了缩肩膀，蔫巴巴地抓过路鹿的手放在自己额头上："你摸摸我。"

"啊，怎么这么烫？"路鹿本就捧着那杯冻奶茶，手被冰得快没什么知觉，但摸到陈溺脑门那刻还是被热度惊到了。她把奶茶拿回来丢进垃圾桶，立刻拉起陈溺的手，"走走走，去医务室！"

陈溺被拖着走，整个人浑浑噩噩的，还不忘叮嘱："那你得保证别让医生给我打针。"

坐在病床上，陈溺背靠着白墙，神情怏怏。

她感觉自己快睡着了，但害怕一睡下去就被医生和路鹿摁着钻个针头在她胳膊上，于是只好一边掐着大腿，一边强迫自己打起精神。

排她前面的两个学姐是之前运动会跑三千米时摔着腿了，现在来换药的。

两个学姐一人摔了一边腿，面对医生无语的质问时，她们异口同声地喊出了“好姐妹就要整整齐齐”的口号。

而陈溺面前的这位好姐妹显然没什么照顾病人的经验，拿着水银式的体温计半天了也没研究出怎么看温度。

怕路鹿再这么看下去，温度计都要变常温了，陈溺接过瞧了一眼：“38.6℃。”

从正前方走过来的医生惊讶出声：“哟，怎么烧这么高？来挂个水吧。”

“不挂，您给我拿点退烧药吧。”陈溺一听挂水就秒怂，大眼睛可怜巴巴地眨了几下。

医生见多识广，表示理解地给出建议：“你这姑娘是大一新生吧？挂个水要几个钟头，还免了今天下午的军训，真不考虑考虑？”

陈溺宁死不屈，舔了舔干燥的嘴唇，头微微晃动一下：“不考虑。我爱军训，我爱运动，军训令我快乐。”

路鹿在边上附和着医生嘲笑她没出息，这么大个人还怕打针。

看着医生在给陈溺配药，路鹿跑门口去打了个电话：“哥！”

项浩宇接起电话那一刻，游戏中的人物血条直线下降，没撑过两秒就Game Over（游戏结束）。

他窝在江辙的公寓里玩了快一整天游戏，眼睛都乏了：“喊哥准没好事，说说吧，你又想敲诈我什么？”

“你怎么说话呢，我是这种人吗？！”路鹿跺跺脚，放低了声音，“我记得你们之前在实训周不是操控过一台带电扇的无人机吗？”

人工智能专业，确实在实训周没少倒腾过这些乱七八糟的玩意儿。

项浩宇点头：“想玩？”

路鹿嘿嘿一笑，和他打着商量：“这不是下午要练军姿嘛，太阳好大啊……而且你们系好像有我们这届新生的带训学长。”

项浩宇听明白了，故意问：“我去给你弄，有什么好处？”

路鹿撇嘴："哼！那我给你开张天地银行的金卡要不要？"

他笑："你开了我当然要。"

一旁的江辙终于放下游戏机，看见他挂断电话打算出门，略挑眉："哪儿去？"

"小祖宗想在军训的时候吹吹风。"项浩宇边把上衣套上，边抬抬下巴，"你是带他们系吧？我跟你换换。"

江辙翘着椅子，往后一仰说"行"，手臂无精打采地垂在椅背下，脸上挂着闲散打趣的笑："就这么惯着她？"

项浩宇摊手："没办法，连骂人都这么可爱的也只有她这个黏人精了。"

话里的亲昵和宠溺任谁都听得出来，带着一股黏腻劲。

到玄关处换鞋时，项浩宇又像想起了什么："对了，上回我听老贺说……说你去游泳馆了？"

江辙漫不经心地"嗯"了声，拿起茶几上的可乐罐一饮而尽，屈着的手指握住罐身转了转，也没转头，径直熟练地往后一抛，空罐直直掉入口径不大的垃圾桶中。

听见意料之中的物体坠落声，他才很轻地弯了弯唇，人依旧是又浑又痞的样子，仿佛对什么都不在意，包括这个问题。

项浩宇却是一副心事重重的模样，斟酌地问了句："你还行吧？"

江辙压低了眸，凌厉的眼望着因为来电显示亮起又灭的手机屏幕，眼皮合下，懒声问："浩哥啊，我什么时候不行过？"

看不得他这浪荡样，项浩宇抱拳："OK，怪我多嘴，我滚了。"

其实在问出口那刻，项浩宇也清楚江辙一直是那个不甘在人前示弱的性子。

只要江辙不想，就没人能在他那张从容懒倦的脸上找到其他情绪存在过的蛛丝马迹。

陈溺拿完药回寝室睡了一觉，午觉过后，发现路鹿还在自己桌上放了几张退烧贴。

她拿起手机给路鹿回了一个感激的“么么哒”，洗把脸，和两个室友一起换好军训服下楼。

这个点，女寝室楼下集结了不少人，都是准备往操场那边去的。

盛小芋最近被倪欢带着一块儿玩游戏玩上了瘾，正叽叽喳喳地追着问通关秘诀。陈溺夹在中间想移开个位置，突然就被两个来势汹汹的人挡住了视线。

两个人都是大二学姐，闫惠音身后跟着的是他们环工社团的团委，也是学生会副主席，廖棠。

廖棠认识盛小芋她们三个，指着最边上的倪欢说：“就是她。”

话音刚落，闫惠音直接扬起手扇了倪欢一巴掌。

“天啊！”

周边的人发出惊呼声，纷纷停下看热闹。

闫惠音还想来第二下，倪欢攥住她的手腕，冷冷地看着她：“这位学姐，你最好能有我不还手的理由。”

“肖屹，你认识吧？”闫惠音瞪着她说，“天天跟别人男朋友嗨聊双排，做第三者就这么快乐？”

倪欢一怔，握住她手腕的力气松开点，却又不肯相信般：“我和他……开学就认识了。”

闫惠音怒气更甚，甩开倪欢的手：“我和他几年前就谈上了！你凭什么插足我们三年的感情？你要脸吗？”

面对闫惠音的辱骂，倪欢没再反抗一下，只是低声解释着没人在乎的话：“我不知道他有女朋友……”

肖屹也从来没提过有女朋友，一个早就生有异心的男生，怎么可能会把这种事告诉网恋对象？

一旁的盛小芋看得着急又心疼，将倪欢拉到身后：“别太过分了。你没听见她说不知道吗？她是‘被小三’，又不是存心做这种事的！”

陈溺挡在前边，为室友说话：“她同样是受害者，没有任凭你打骂的义务。”

闫惠音哽咽：“你们的意思是全赖我？我活该被她撬墙脚是吗？！”

陈溺一字一句缓声道：“学姐，为什么你宁愿跑来羞辱和你同为女孩子的受害者，也不舍得去骂你脚踏两只船的男朋友？先背叛这段感情的不是他吗？”

闫惠音被问得哑口无言，她心里其实早就有了答案。

只是她不愿意去怪罪那个口口声声说着会爱她一辈子的人，所以才把怨气全发泄在倪欢身上。

被径直揭穿最丑恶的一面，她突然就像是失去了愤怒的支撑，颓丧地跌坐在地，捂着脸痛苦地哭。

一旁久未说话的廖棠看着陈溺，冷声问她：“你喜欢替朋友出头？”她边说，边伸出手来大力地推了陈溺一把。

陈溺被推得往后退了几步，不小心绊到小石块快要摔倒时，一只大手撑住了她的腰。

江辙穿着军绿色迷彩服，利落的黑色皮靴，一只手捏着军帽，站在几个女生之间。他低眼看向被自己扶住的女孩，她浓密的睫毛在微红的脸颊上拓下淡淡阴影。

他眼睛漆黑有神，嗓音压着几分轻佻，嗤笑一声：“小瞧你了，生着病还能跟人干起来。”

2

江辙身上气息冷冽，热气扑耳，让陈溺想起那天在游泳馆被他托着大腿抱起来的时候，两个人紧贴着，她能看见他高挺的鼻骨和密黑的睫毛。

也许是因为脑子还有点混沌，她挣开江辙握住她腰的手时，还踉跄了一下。

这场闹剧只持续了几分钟，许多人听到操场上各班教官此起彼伏的吹哨声，赶紧小跑着赶过去。

盛小芋也带着倪欢先过去了。

廖棠惯会看人眼色，瞧见是江辙过来，立马拉起闫惠音走了。

她走之前还不忘狠狠剜了一眼“多管闲事”的陈溺，似乎觉得不让她的好姐妹继续扇人耳光是犯了什么十恶不赦的大罪。

“我没跟谁干起来。”陈溺往前走，对江辙的指控半个字也不认，走了几步又转过脑袋，“你怎么知道我生病？”

江辙腿长，没几步就追上了她，边拿出手机按着，边解释：“鹿鹿说你中午发高烧，让我们这届带训学长照顾照顾你。”

原先项浩宇还以为是小祖宗受不了军训的苦想偷懒，谁知道是一出姐妹情深的戏码。

陈溺嘴里那句“怎么照顾”还没问出口，头顶突然一阵风吹过，把她的军训帽都刮飞了。

江辙眼疾手快，伸手拽着她的帽檐压回她的脑袋，随后又对着她脑袋将帽子重重往下摁了摁，给她摁严实了点。

不知道哪来的一台无人机盘旋在头上吹风，陈溺是真觉得自己一起床就犯迷糊了，跟还在梦里一样。

先是朝夕相处的室友因为一个网恋对象突然被打了，现在又来这么一出。

她站在原地没动，享受着这巨大的风力，直到把自己脸吹麻，她仰着下巴琢磨半天，才注意到身边人手机的遥控界面。

江辙居高临下地睨着她的反应，漫出几声笑，手放在她眼前打了个响指："看傻了？"

陈溺泪眼婆娑地打了个哈欠："能不能把这玩意儿从我脑门上移开？"

他不紧不慢，声音低沉："啧，鹿鹿担心你中暑。"

"我心领了……所以你能不能撤掉？"陈溺几乎能想到这东西在自己脑袋上吹风时，被整个年级注视的尴尬感。

比起"社死"，她宁愿中暑。

江辙看她这么坚持，只好操控那台无人机重新飞回到主席台的桌子上。

他们脚步不算慢，但陈溺那个班的队伍在操场最里面，穿过同年级这么多班级时，难免沐浴众人的视线。

江辙倒是挺无所谓，略微侧着身子低眸问她：“吃过药了？”

“嗯。”

“听说你不让医生给你吊水，为什么害怕打针？”

路鹿到底还和他们说了些什么？

居然还问这种问题，她就不能单纯地因为怕疼吗？

她刚腹诽完，就听见江辙补上一句：“别说你怕疼，我不信。”

“可我就是怕疼啊。”陈溺皱了皱眉头，指了指手背上一块位置，“我以前看我奶奶走之前，这里都被针戳青了。”

她语速很慢，声音轻得像呢喃。

陈溺的长相毫无攻击性，除了眼睛无神时有点冷感，人站在那儿看着也好乖。

但江辙从见到她那刻起就知道她从来不乖，也没把她当成过路鹿那样娇滴滴的女孩。

她平时不是会和别人说这些的性格，此刻有点示弱的意味。

可他几乎没多思考，似乎就懂了。

上回在游泳馆，他也确实够坏，存心报复她似的把她扯进水里。

可他明明也没做错什么，就是在水里偷了会儿懒，懒得动了……说到底是他心障没消，自己吓到自己。

小姑娘可能觉得发现他一点隐私的事儿不太好，所以也透露点她的小秘密，达到两人之间的平衡。

江辙想到这层意思上时，对自己能这么快就反应过来她的小心思都感到意外。

陈溺挤进了方阵队伍，主席台上的团长正在讲话。

下面站了六七十位军训教官，营长、连长、排长……还有从大二大三挑出来的十几个带训学长，主要是为了和教官换班。

团长在上面开大会，队伍里周边都在开小会。

听说他们海洋系前两年军训还特意去水上基地练划船，但今年因为台风天气就没让去。

陈溺听着只觉庆幸，还好不用去水上。

她体育不行，可能因为从小就是娇小瘦弱体形，也没什么运动细胞。

大领导结束讲话之后，教官安排他们站军姿，一动不动地站在烈日下晒着。

秋阳灿烂，高温不减。

环工系几个班上的女生出队想请假，全被严厉地驳回要求。

江辙他们十来个带训学长往操场巡视了一圈回来，给各班教官发了瓶水，教官一往大树底下走，他们就接替上了位置。

走到陈溺身后时，江辙错眼看见女孩后颈上还贴着张退烧贴。他瞥了一眼在看手机的教官，塞了瓶水到她手里。

陈溺没敢接，推开点："别害我。"

她的语速含糊又飞快，江辙回味了几秒才听清。

盯着女孩那截雪白后颈，他俯下身，靠近她戏谑地问："人还难受着来这干什么，巾帼英雄不好意思请个病假？"

"你不能乱冤枉人。"因为生病，陈溺的声音比平时软了不少，鼻音听着跟带了小钩子似的。

江辙站到她斜侧方，假意帮她调整军帽，实则是挡太阳："说说看，我怎么冤枉你了？"

边上的盛小芋听着他们说话，帮陈溺接了一句："学长，不是她不想请，是教官不给批假啊！他说陈溺只是换季小感冒，练军姿出个汗就好了。"

不仅是感冒不给批，班上几个痛经的女孩想请假教官也照样没批。

他们班的教官这会儿没看手机了，咬着根狗尾巴草靠在大树那儿盯着江辙严重偏心的行为，吹了声哨子喊他过去。

盛小芋眼睛紧盯着，一脸忐忑："完了完了！溺，营长看上去好严厉，不会看见江学长在这儿和你聊天就体罚他吧？"

久未出声的倪欢突然开口："说不定是你刚才废话太多引起教官的注意，所以才连累了江学长。"

盛小芋还真信了，立刻把嘴抿得紧了点。

陈溺舔了下干燥起皮的唇瓣，感觉下巴那儿又蓄了汗，要掉不掉的，十分难受，脸也因为密密麻麻的汗珠变得痒痒的。

她眯着眼往树荫底下那儿看过去，江辙手插兜里，笔直长腿裹在军裤军靴里，气质闲懒。

他比教官高几厘米，一身军装硬是被他穿出股放浪形骸的冷痞模样。不知道两人在说些什么，视线还时不时往方阵队伍这里打量过来。

片刻后，营长走过来招呼他们班："换个地，五分钟后回来。"

"全体都有！向左转，匀速小跑到国防系训练的场地上去。"

大家都一脸蒙，到达指定位置后，看见营长喊来了一个小排长。

营长指着不远处的四百米障碍赛道，又指了指江辙："你来，跟江同学比一比。"

人群中传出一片哗然声。

项浩宇身后跟着几个学长一块儿来观战，自发走到陈溺边上打了声招呼："陈妹，好点没？"

陈溺吸了吸鼻子："就那样吧。"

这块地方除了他们班上几十号人，还有也在进行日常训练的国防系新生。教官这边派代表和一个学生比障碍赛，自然让不少人都往他们这儿看过来。

项浩宇在边上找了个人群阴影处坐着嗑瓜子，一点也不担心兄弟输赢。

江辙是谁？

江儒闵老司令的孙子，老爷子从小就爱把他丢到类似荒野求生的夏令营里去锻炼。就算江辙和正规军人比不了，但和新兵教官比绝对绰绰有余。

况且新兵教官也没跑过几次障碍赛，这样最公平。

国防专业流传两句俗语：

"五千米轮回路，四百米阎王道。"

"宁跑五千米，不跑四百米。"

来回通过十六个障碍物的赛道，可见其难度。

环工系一班总共才不到十个女生，男生此刻也参与进讨论：“话说江学长比得过隔壁班那教官吗？”

项浩宇这会儿倒是会护着了，和其余几个大二的男生笑着说：“瞧这群大一的小孩，真不懂事儿！是想让咱小江爷脱衣服秀秀腹肌才知道他有多牛？”

有女生问：“江学长还有腹肌啊？”

那几个大二的男生要被这群“雏鸟”单纯的发问给乐死了，看热闹不嫌事大：“哈哈哈，他腹肌深得很！”

单单这么一句话，好几个女孩都羞红了脸，不好意思再开口了。

排长和江辙各就各位，站在起点处。

两个学长拿了手机打开秒表准备计数，营长吹了声口哨，两人就像狼一般迅猛地冲了出去。

前一百米算平地，靠的是稳步加速。

中间两百米最难，高低起伏，飞跃矮墙，翻过单双杠，跳过高板凳，而后是深坑……最后一百米是冲刺。

大家看得太认真，居然连一句加油都没喊出来，全场只有项浩宇嗑瓜子的声音最大。

陈溺被挤到队伍最边上，看他们正过到云梯关卡。

两者旗鼓相当，军绿色迷彩服迅速在云梯上飞腾而过，没足够的体能体力根本不可能撑到这一步。

江辙的动作并不如排长的规范专业，论四肢协调性，恐怕也不一定比排长好。但他速度很快，爆发力和耐力更好。因为身高和腿长，在原地屈腿纵跳方面也更省力。拐弯处从不减缓速度，不假思索的攀越看得出他有多果敢。不追求其他完美，直奔那一个用时最短的目标。

因而江辙在过低桩网的时候已经甩开了那位排长一米多的距离，只是快到终点五步桩拐角时，他慢下来了。

在所有人都屏息凝神等着看他把教官甩得更远时，江辙居然把速度放缓了。大家都以为他耗尽力气了，毕竟前期太猛，就容易后劲不足。

可也就是在这一刻，陈溺看清了江辙暂缓的表情：微挑眉，轻松的姿态像在等人一般。

等人……

陈溺没来得及细想，两个人已经从她眼前如风疾跑，几乎是同时把手拍到了终点。

最后，拿着秒表的两个学长异口同声地公布成绩：1 分 46 秒。

分秒不差，营长抬抬下巴："后边儿的数字呢？"

他们没直接给出来，只说："一个是 06 毫秒，另一个是 11 毫秒。"

趴在单杠上休整的江辙走过来瞥了一眼，解开外套扯开点领口，露出小片冷白的锁骨，语气随意道："哦，我输了啊。"

另一边的排长也探过来打算看，江辙把他拦回来，伸出手强硬地握住他的肩膀，笑意松散："还是教官牛，我甘拜下风。"

他刚剧烈跑动完，嗓音还有点颤，接过底下人递过来的冰水灌进一大口。

水珠顺着他唇边滑过嶙峋喉结，上下滑动时的弧线分明，运动过后的喘气声在人耳朵里平添一分性感。男生鹤立在人群中，哪怕是作为一个败者都过于桀骜不驯、我行我素，很难让人不注意到。

营长却是没说话了，他深深地看了看江辙云淡风轻的一张脸，把两个手机秒表归零还回去，才一巴掌拍到他背上，闲聊般开口："考虑考虑参个军？"

江辙仰头灌完水，笑着婉拒："您别，毕了业我年纪也大了，而且我可没那吃苦耐劳的本事。"

边上几个学长对这场比赛的结果是看破不说破，笑着过来撺掇着赶紧离开这儿，再不走，那群蠢蠢欲动的国防生该找他们挨个单挑了。

江辙手插兜，外套挂在臂弯，瞥见陈溺瞧过来的视线，两条长腿闲闲地迈着走上前："谁让你来看的？特地给你创造几分钟偷偷懒，还不知道去阴凉地儿歇着。"

他的意思就是不管这比赛结果怎么样，总能让她趁这几分钟歇息一下。

但好在营长也是个说话算数的人，对着这帮新生拍了拍掌："生理期、紫外线过敏、发烧感冒的同学允许先到树荫下歇着，但不能离开我的可见范围。其他同学回原来阵地继续站好！”

于是陈溺她们几个女生和一个号称紫外线过敏的男生一起到树荫下坐着乘凉，享受着班上其他人羡慕的目光。

女生聊的东西无非是校园八卦，今天的主题变成了陈溺的室友，倪欢。

不过大家也都讲理，骂的是那个渣男，末了得出一个结论：男人都不是好东西。

场上唯一的男生变成了开涮的靶子。

打破这场茶话会的是突如其来的无人机，陈溺听着那呼呼作响的声音就知道是江辙两个小时前弄的那台。

但他现在正在自己班上带训，当然空不出手。

陈溺一转头，才发现是路鹿拿着手机过来了。

路鹿一点也不怕生地在他们班这儿坐下，转头跟其他几个人打了声招呼，凑过来问：“小美人，刚你们班去国防生训练场地比赛去了？”

“嗯。”

路鹿顶着张兴奋的脸：“我听说是江辙哥和教官比啊，怎么样怎么样？他赢了输了？”

陈溺把快要被刮走的帽子拿下来，抬眼恰好对上不远处江辙的视线。

男生眼也不眨地盯着她，眼神很平静，但从中又透露出一股轻微的傲劲和不满：哦，我给你弄台无人机吹风，你让我拿开。可路鹿不仅弄了，还操纵它在你脑门上晃。看你笑得挺乐和，在这儿搞性别歧视呢？

陈溺承认自己想得有点多，但他那从上而下的目光分明就是这个意思。

路鹿见陈溺发呆不理自己，抬手晃晃她的胳膊。

陈溺有点不自在地把视线从前方移开，侧头回答：“赢了。”

3

十月中下旬正是季节温度渐渐更替的时候，军训后半段，教官和大家已经熟了，要求也并不再像初始时那样严苛。

晚训过后，大家围在操场中间的草坪上休息。

橘黄色的灯光下，依稀可见同学们的脸在数日的紫外线辐射下黑了不止一点点，有晚跑的老师从跑道上跑过。

副校长站在主席台上拍了拍话筒，让每个班都派一个班干部上来，说月底军训结束时要办个教官送别晚会，每个系都要出个代表节目。

等于变相的小型文艺会演。

这难倒了不少几乎全是“汉子”的理工系班级，自然也包括陈溺这个两个班的女孩们加起来都不到十五个的海洋环工专业。

当时盛小芋就推陈溺起身，在一班人面前吹牛：“陈溺可以，她一个顶全班！”

“真的假的？陈溺会什么才艺啊？”

“跳舞呀。”盛小芋和倪欢自从在无意中知道陈溺母亲是舞蹈老师之后，就没少怂恿她露两手，“Jazz 知道吗？我们溺那小腰扭得可好看了。”

班上几个熟一点的同学笑着看向一旁的陈溺，说：“班长可以啊，深藏不露。”

陈溺面无表情，看向好室友：“你再说下去，就换你上台表演讲相声。”

盛小芋立马捂嘴：“我不说了，还是溺姐来为我系争光吧！”

其他人自然没意见，几个女生没有擅长的才艺，男生们在这事上都是甩手掌柜。

十几个班干部都集合在主席台上听副校长和文艺老师安排，陈溺报完节目后，和大家一块儿下去。

主席台入口的楼梯口挺窄，平时颁奖和表彰都是一个一个地上。

但这会儿没有组织的人，大家有些争先恐后往下赶的意思。

本来就是晚上，主席台那儿的灯还坏了一盏。

陈溺在暗里的视线向来又比平常人更差，怕摔，索性就在人后慢慢地走。结果在她身后不知道是谁小幅度地碰了碰她的腰，正巧在那犯痒痒的敏感地儿。

她下意识地往边上躲，却一只脚踏空，她连忙伸手扶住边上的墙，惊魂未定时，后边的几个人偏还继续往下走。

被不知名的手再次推了一把，陈溺脚下一滑，直直地坐在了水泥地上，腰背那里也重重地蹭过水泥台阶的边缘，滑下来时，她有一瞬间的感知缺失。

她反应过来后，那片肌肤传来火辣辣的痛感。

不仅是腰背，还有摔下来时两只手掌因为做了俯冲，几乎是蹭破了一层皮，血珠霎时冒了出来。

陈溺疼得噺了声，然后听见周围七嘴八舌的询问声。

离她最近的一个男生把她扶起来，老师也走过来问她有没有事。

台下和台上互看是乌泱泱的一片人海，具体发生了什么也不清楚。

等陈溺有点异样地慢慢走下来，倪欢才问了一句："你怎么走得这么慢？"

"不小心摔了一跤。"陈溺把还在流血的左手伸过去，"我后天晚上跳不了舞了。"

她现在不仅滑伤了腰，臀骨也隐隐作痛。

刚才站在陈溺后边的是学生会副主席廖棠，她是帮着老师一起负责晚会的，还温馨提醒了陈溺最好换个节目。

文艺老师想着反正舞蹈系也是表演跳舞，干脆就提议让她们并在一起。

陈溺这腰没个三四天肯定好不了，老师就让他们班出个弹钢琴的。

"我们系里有会弹钢琴的吗？"

一群大老爷们儿纷纷摇头。

有女生问："陈溺你不会吗？你妈妈都是舞蹈老师了，那你家肯定是文艺家庭吧。"

陈溺愣了一下，迟疑地开口："我只是小时候学过一点点……"

后来那台钢琴也卖了，成了还赌债的一部分。

"学过一点点也行啊！我们这些人只认识黑白键。"

"陈溺你别谦虚，你肯定比我们强！"

"是啊，而且怎么说也是怪你摔一跤才让我们系没节目的。"

这话就说得有些过分了，是班上一个比较刻薄的男生说的。

陈溺还没开口，已经有人帮她骂了起来，是她的两个室友。

陈溺把她们拉回来，叹口气："别吵了，我来弹。"

倪欢也不好再说什么："到时候再说，赶紧去把伤口洗一下，我陪你去医务室拿药。"

"没事，我自己去就行了。"

正是晚训后的娱乐时间，陈溺不想麻烦别人脱群。何况她只是屁股和腰疼，腿还能动。

走出操场的时候，正巧碰上了班上的带教教官，陈溺问了声好。

营长无疑也看出了她的走路姿势有点奇怪，问："摔了？"

"嗯，腰蹭着阶梯了。"

"现在去医务室？医务室刚关门。"林营长边说边从兜里掏出串钥匙，"你去教官寝室 201 吧，进门那张桌子上就有药。"

陈溺有点迟疑，没急着接。

林营长年纪不大，却有点老成。

他抬高点手晃晃钥匙，干脆招呼她往前走："走啊，伤到背上筋骨的药也一起拿了。我们训练的时候也常擦伤……"

从寝室楼出来的时候，陈溺请到了最后两天不用参与军训的假。

手机上，倪欢给她发消息问她怎么样了。

陈溺还没打字，就又收到了倪欢的一条道歉消息。

她不解地发个问号过去：【你跟我道什么歉？】

倪欢回道：【我刚才看见廖棠和闫惠音在说你摔了一跤的事，看她笑得挺开心的……你们当时都在上面，会不会是她故意推你啊？应该是不爽你今天帮我说话。】

陈溺往女寝走，正巧就碰上了往校园超市走的廖棠，边上还在哈哈大笑的是方晴好和闫惠音。

几个人视线对上，看了几眼就擦肩而过。

倪欢还在猜测：【我感觉她那个语气真的挺扬扬得意，说什么舞蹈系

已经有舞蹈节目了，用不着一个外行人。】

刚才阶梯那儿环境黑，陈溺也不敢肯定，回了一句“你别太多心了”。

但这话说得太早，晚训后大家都回了寝室。

大半夜，校园论坛发了一个帖子，不到半小时就被顶到最高。

帖子主题是——不怕明着示爱的妖精小姐姐，就怕暗送秋波的“绿茶小白花”。

看完全篇的路鹿气得大半夜跑阳台那儿，披着张床单给陈溺打电话。

4

发帖子的人特地强调了句“只是闲聊吐槽”，但字里行间都在影射环工系大一一班的某位女生。

【楼主：楼主闲来无事，在晚训过后逛了逛校园，结果就看见了点不该看的！话说这届新生真是有本事啊，点名是海洋系环境工程院的小学妹，表面上出淤泥而不染，背地里一言难尽。】

【1 楼：放瓜能不能放完整点，你当挤羊奶呢？】

【5 楼：蹲蹲蹲，我好像猜到女主了。】

【楼主：楼上可能会跑偏，不是今天那个“小三女”。是平日里看上去岁月静好、乖乖巧巧的那位。他们班的教官是挺帅的，这就是她在教官寝室待了快一个小时才出来的理由吗？】

【43 楼：女主是他们班那个女班长吗？ CN ？】

【65 楼：我晚上也看见她跟着林营长去了教官寝室……她也太不要脸了吧，难怪能和小三做室友！】

【101 楼：可是为什么要说人家是小三啊？不是解释过是渣男脚踏两只船吗？】

评论区后面被带了节奏，吃瓜校友的态度瞬间从半信半疑变成指认“CN”和“小三女”是一丘之貉。

陈溺正好看完那个帖子，还没来得及看倪欢的反应，就接到了路鹿义愤填膺的电话——

“气死我了！这人脑子怎么能这么龌龊，知识装不进去，装的全是蛆虫吗？”

入秋的风在耳边刮着，陈溺听着大小姐在电话那边替她愤愤不平。

“我让我哥他们查了那帖子的IP地址，但只能确定在女寝东边那栋楼。”

陈溺手撑在书桌上，点点头：“知道了。”

东边那栋楼住的人从大二到研一的都有，根本不可能锁定目标。

路鹿拿着另一部手机在群里@项浩宇和江辙：【你们能不能把帖先黑了啊？就任凭这些人造谣？】

让两个VR、AI专业的高才生做这种见不得光的黑客行为，着实为难人。

几分钟后，项浩宇在群里发了条消息：【帖子已经删了。你江辙哥查出来了发帖人的手机用户ID：廖棠棠啊。】

路鹿纳闷，发了条语音：“这是谁啊？”

项浩宇：“你声音怎么带风？大半夜别搁外面站着，赶紧回床上。”

路鹿裹紧被单，秉着不打扰室友的原则站在外面纹丝不动：“别管我这么多！那个廖棠棠到底是谁啊？”

项浩宇回：“人家叫‘廖棠’。校学生会副主席，也是陈妹系里社团的团委。陈妹怎么得罪她了？”

陈溺挂了电话，让路鹿早点睡，又在群里翻了翻聊天记录。

看见发帖人的名字时，她想起今天因为倪欢的事情，廖棠推了她一把，还满脸不屑地问：“你喜欢替朋友出头？”

所以只是不满她替倪欢说话吗？

陈溺的两个室友都没睡，她的手机语音又是直接外放，倪欢听见了那句“廖棠”后，给了陈溺一个“我早就说了吧”的眼神。

盛小芋还戴着耳机在那个帖子下跟网友对骂，骂着骂着发现帖子不见了：“怎么办啊溺？感觉好多人都信了这个楼主的话。还带上了欢姐的名字……好气，那个叫肖屹的渣男能不能有点担当？！”

陈溺放下手机，安慰般地给了盛小芋一个微笑：“小事，明天再解决。”

“我都睡不着了！肚子里一团气，替你和欢姐快气炸了！”

“你睡不着不如把你欠着没交的选修课作业给做了。”陈溺摆出了班长的架子，笑眯眯地看着她。

盛小芋的脸拉得更长了：“我做不出来，根本不知道选题从哪个角度入手！教授说日本海豚湾捕杀海豚这些例子都被写烂了。”

陈溺打开电脑，跟她一起讨论：“那就从人类活动继续深挖，网络数据显示——纸吸管、塑料吸管的垃圾只占全球海洋垃圾污染的0.03%，而在太平洋垃圾带，46%的废品是渔网……”

做海洋保护的选修作业比让陈溺弄必修专业的海水分析轻松不少，盛小芋的注意力也彻底被她转移到了学习任务上面。

另一张床上的倪欢把耳机戴上打游戏。

她接了个大单子，狠赚一笔后突然发现两个室友还在下面写作业，她伸腿踢踢床板：“友友们，我叫个炸鸡外卖怎么样？庆祝我恢复单身。”

盛小芋在一堆资料里抬起头，眼冒金光，但捏了捏肚子上的肉，又犹豫不决。

陈溺托着下巴：“点吧，凌晨吃夜宵等于吃早餐，不会胖。”

第二天下午，大家练完跑操后在草坪上休息。

几个教官坐在阶梯那儿喝水，林营长的硬朗长相在其中确实独树一帜，前几天还有不少女生拿着水去献殷勤。

可经过昨天的论坛帖子事件后，已经没人再想过去。

廖棠来找好友方晴好时，顺带混着坐在一伙人里一块儿聊天：“昨晚那个和教官有情况的，你们都猜到是谁了吗？”

都是大一新生，总共也才认识不到两个月，大家没想接这茬。但碍于廖棠是学姐又是学生会副主席，几个人还是囫囵点点头。

廖棠显然没有适可而止的意思，直接带着大名说：“其实昨晚我和晴晴也看见了，陈溺瞧见我们的时候还心虚躲闪呢。”

她说得有鼻子有眼，围观者也不免好奇地听：“这是真的？还以为只是论坛那人造谣。”

“人家无缘无故为什么造这个谣？”廖棠推推方晴好的手肘，“晴晴上次还瞧见她在游泳馆抱住江辙不撒手。”

方晴好听见廖棠把这事说出来并不怎么开心，看见归看见，她并不想让陈溺和江辙的名字放在一起被大家讨论。

看见侧前方几个人过来了，她示意廖棠赶紧闭嘴。

但廖棠没注意到方晴好的眼神，继续说：“正经人哪会在教官寝室待这么久？她没做点别的事，我都不信。”

“我也在教官寝室待过很久，你有事？”一个散漫的男声接住她的话。

江辙过来的时候，只穿了件松松垮垮的T恤，一条深灰色棉质运动裤，像是起床不久，额前碎发还有点湿。他的眼神漫不经心地扫在廖棠的身上，轻笑一声：“没看出来，你想象力倒挺好。”

他身后跟过来的还有十几个穿着军训服的大二带训男生，唯独他穿着常服，看上去也不像是特意来带训的。

廖棠摸不太准江辙的意思，讪笑一句：“我不是说你。”

江辙撩起眼皮，往旁边扫了眼：“那是在说她？”

他们边上是身高矮了一截的陈溺，手掌那儿还贴着个大创可贴。

——这身高差就好像是一受了委屈的小姑娘来扬眉吐气，稍一挥手，那群人高马大的学长就能冲上去似的。

然而陈溺只是在来操场的路上恰巧碰着他们了而已，阴错阳差变成这种骇人场景，她也有些意想不到。

廖棠明显是被吓着了，往后退一步：“你要干什么？”

陈溺拿着张纸：“交节目名单啊。”

她表现得就像昨天论坛的事对她没有半点影响一般，不光是廖棠，旁人也有点搞不清状况了。

陈溺手上是挑选出来的晚会表演钢琴曲，她会弹的也就那几首。她往前走了一步，突然问：“学姐，帖子是你发的？”

廖棠愣了愣，没正面回答：“是谁发的要紧吗？客观事实才是最重要的吧。”

“你说得对，所以我大早上就申请调了监控。”陈溺不紧不慢地把手上的U盘拿出来，“林营长看我摔伤，就拿了瓶药膏给我。我进出教官寝室不超过六分钟，不知道怎么在你嘴里就变成‘待了很久’？”

她话语冷静，在同级生里又是大家印象里还行的女生。反观那位唯恐天下不乱的廖棠，倒像是在蓄意惹是生非。

“学姐不知道吗，造谣要负法律责任的。林营长离我们就一百米远，你想让他过来跟你当面解释？”

方晴好见陈溺真要较真了，忙站起来：“陈溺同学，发帖的人不是廖学姐，她刚才也只是无心猜测……”

廖棠已经有些心虚，不敢再理直气壮地反驳。

陈溺大度地笑笑：“既然不是，那希望谣言到学姐这儿为止。我相信论坛上那个帖子不会再出现第二次了，是吧？”

周边全是一堆看戏吃瓜的，包括江辙，他也只是袖手旁观着，让陈溺自己解决。

“嗯。”廖棠磕巴了一下，移开视线，不再接她的话，伸手道，“节目名单交给我吧，我还要忙着去收其他系的。”

陈溺把手上那张纸递给廖棠，但不知道是不是因为手掌划伤她没力气捏紧，那张纸在还没递到对方手里时已经掉在地上。

廖棠皱着眉，不耐烦地“啧”了声，蹲下身去捡。

头顶上方蓦地传来一句：“给你，你都接不住啊。”

陈溺明明只是说了句很平常的话，可声音冰冷，让弯腰捡节目单的廖棠动作都顿了一下，下意识地抬头。

陈溺对上她不悦的眼神，笑意收敛，嘴角也渐渐抿得平直，以俯视的姿态觑着她，稍低头，两侧头发顺着滑下挡住了其余人的视线，无声地说出两个字：“蠢货。”

第五章
打赌

X

球赛记得来给我送水

1

陈溺话说完，廖棠直接愣住了，不可置信地看着她，怀疑出现错觉一般。

看上去逆来顺受、不起眼的小女生，怎么可能会说这种话？

廖棠还没开口，刚站起来却又被一个人撞开。

路鹿一米二的大长腿立在那儿，仿佛没看见她人似的，直接和陈溺打招呼：“小美人！”

廖棠被撞退几步，恼怒地瞪过去。

但路鹿丝毫不把这威胁的眼神放在眼里，要不是陈溺让她别跟这人继续计较，她一定当着这么多人的面把廖棠那张虚伪的脸皮扯下来。

就这还学姐？造谣败坏女孩子的名声，简直欠教训。

偏偏这人还挺会耍心眼，也不直说陈溺和那教官有什么事，只是字里行间全是那种暗示。

陈溺已经把那副冷冰冰的表情收起，不以为意地扫了廖棠一眼，换了张笑脸和路鹿坐在草坪上。

路鹿搓了下她的手：“你的腰好点没啊？”

“躺一晚上就好多了。”她吐了吐舌头，有些俏皮地说，“但我不想回去军训，所以还得装成受伤严重的样子。”

路鹿赞同这种偷懒方式，点点头：“多歇会儿多歇会儿，你名誉还受伤呢！”

话刚说完，江辙身后那几个人都过来了，先和陈溺打招呼的是上回在球场见到的贺以昼和黎鸣。

校区这么大，平时不约好，几人压根儿碰不上面。

贺以昼也算是第一次在清醒的状况下见到陈溺，认真一看，还挺漂亮的。他上回醉成那样也觉得她是个酷女孩。

女孩站起来才到他们胸口，背脊挺直，肩膀薄瘦。水润的皮肤在阳光下白到有种透明感，粉扑扑的脸上逆着光能看见细细小小的白色绒毛。乖巧的脸配上一双清冷冷的眼眸，倒有几分疏离感。

一旁的黎鸣指指她手里的 U 盘：“陈妹牛啊，还会收集证据了。”

看了看边上没其他人，陈溺皱皱鼻梁，实话实说：“假的，调监控太麻烦了，这 U 盘里面只有我的作业。”

几个男生有些傻眼，联想到她刚才胸有成竹、撒起谎来眼也不眨的唬人模样，是个高手啊。

路鹿笑嘻嘻地揽住陈溺的肩膀，夸赞：“我们小美人就是聪明！这叫什么？空手套白狼！”

陈溺脸被晒得有点红，她侧过脸：“对了，昨天晚上谢谢你们帮我删帖子啊。”

项浩宇他们不敢居功，摆摆手：“谢江辙就行了，搜 IP 和删帖子全是他动的手，我们也没帮上什么忙儿。”

“都是自己人！谢来谢去多生分啊。”路鹿说完又像想起什么，一拳头砸江辙胳膊上，“我听说那个方晴好是廖学姐的闺密，她说看见你抱着我家溺溺不撒手是怎么回事？”

她问得太过自然，以至于在场不知情的人都怔了一下。

太阳从西北方向照射下来，江辙背着光，站得不算直，闻言撩起眼皮看过来，深邃有神的眸里带着点戏谑，微微弯唇，脸上是藏不住的坏。

他的话是对着路鹿说的，似笑非笑的眼却是睇着陈溺：“你问我？”

边上几个大男生笑得有些隐晦。

路鹿不明所以：“问你啊。”

四目相对，两人有几秒钟心照不宣的沉默。

陈溺轻轻地拉了拉路鹿的衣角，解释：“是我上回练游泳的时候不小心腿抽筋了，他拉了我一把。”

路鹿没半点怀疑，“哦”了一句，给江辙定罪：“方晴好对我也不友好，肯定是她见不得江辙哥身边有其他女孩，就和廖棠这个大嘴巴一起乱叭叭！江辙哥，你就是扫把星，看看你的烂桃花！”

江辙对她的指责没半点意见，不承认也不否认，是完全不在意的神情。他两根长指捏着手机一角，懒懒地往前走：“饿了，吃饭去。”

黎鸣拉着贺以昼往教学楼走，头也没回：“小江爷你们去吧，我们还有一节大课要上，先走了。”

恰好不远处的教官吹哨集合，而路鹿成了他们这里面唯一一个还需要回班上继续练方阵的。

她苦着脸：“等一下我啊，我还没到晚饭时间。”

江辙转过头，稍俯身，脸上挂着松散笑意逗人：“谁说要带你一块儿吃了，我不是扫把星吗？”

路鹿委屈地撇下嘴：“江辙哥……”

一旁的“妹控”项浩宇要被萌化了，立刻拍拍她的背安慰：“乖乖回班上去，哥给你打包一份。”

“还是哥哥好，呜呜呜，不枉我平时有什么好吃的都记着你。”路鹿跟几个人挥挥手告别，往操场列队跑过去。

陈溺见她走了，也说了句要先回去，但脚才往外迈开，一股力又把她扯了回去。

她今天穿了条背带裤，熟悉的手指钩着她左肩上那一条背带。陈溺有点蒙，把背带从江辙手里拉回来：“你干什么？”

江辙把手插回兜里，挑挑眉：“不一起？”

“是啊陈妹，一起去呗，你又不是不认识我们。”项浩宇大声翻起了第二次见面，她居然都不说之前在南港见过的旧账。

陈溺有点无奈，想了会儿补习班给她发的工资，抿了抿唇：“那我请你们吃个饭吧，就当是感谢昨晚的事。”

项浩宇：“都行啊，蹭一顿免费晚餐，我更乐意了。”

近黄昏的校园，操场上传来大一学子们齐齐喊口号的声音。

热风里带着花的清香，北门一条小吃街，这个点来的学生还不算多。

项浩宇看着江辙径直往前走，就知道他们此行的目的地了：“又去吃关东煮啊，这不是存心去讨嫌吗？”

陈溺不明所以地看了他一眼：“为什么说是讨嫌？”

她看见前面那个关东煮摊子了，开学之初和室友、路鹿她们一起来吃过几次。印象中，老板娘明明是个脾气很好的阿姨。

项浩宇和陈溺并排在后边走，把兄弟的破事爆料得津津有味：“你瞧瞧我们小江爷这张脸，长得多俊啊。刚上大学那会儿，上哪儿吃饭都能带来一拨学姐迷妹来打卡跟着吃……”

陈溺疑惑：“这不是挺好？”

“可你小江爷那时候还是个青涩少年啊，觉得耽误人家做生意了，每回都抱歉地多给钱。一来二去，人家阿姨还以为他显摆自己有钱呢！”

项浩宇说完笑出了声。

陈溺听着也有些好笑，做出这种糗事的人怎么给人一种缺心眼的感觉。

果不其然，前方卖关东煮的阿姨抬眼见到江辙过来，板起脸：“怎么又来，说了不卖你！”

“那卖给我吧。”陈溺快步走到小推车那儿，弯下腰从玻璃口下边探出张白净的脸，“阿姨，我肚子快饿扁啦。”

她生得水灵灵，声音软糯起来很招人喜欢。

阿姨变脸飞快，笑眯眯地把纸杯递给她：“欸，同学你慢慢挑，等不及的话，阿姨就先给你做。”

“我吃个饭都这么不容易。”江辙叹了口气，直接在边上使唤起人了，“两个鳕鱼芝士包、三串香菇丸，再拿两个鲜鱼卷……”

项浩宇在一旁点完一盒，发现边上这两位还在挑。

江辙弓着腰，脸部轮廓收敛着，漆黑的眼睛稍稍上扬，蕴着笑时有股顽劣的孩子气。

陈溺手上两盒都是江辙点的，好脾气地问他还需要什么。

“还要？”项浩宇听不下去了，插到两人中间，“小江爷，你吃这么多，考虑过小姑娘的钱包没啊？”

江辙扫他一眼，直接通知：“你付钱。”

“不是，为什么是我付钱不是你付钱？”

他朝着正在往热汤里下丸子的阿姨努努下巴，理所当然地说：“阿姨不收我的啊。”

陈溺把自己那份点完，默默打断他们：“我付钱，不用担心，这点加起来不到一百块的东西能吃穷我？”

江辙与有荣焉，修长手指敲敲项浩宇的肩：“听见没？吃软饭就安静点。”

项浩宇不明白了，明明江辙也是个蹭饭的，骄傲个什么劲儿？

他们找了张桌子坐下，项浩宇点的东西少，很快就熟了。

面前的关东煮热气腾腾，他摩挲筷子还没吃几口，就接到了快递电话。学校快递柜满了，喊他把放了几天的东西赶紧签收拿走。

江辙看他起身的动作，微皱眉：“你现在去？喊老贺帮你收一下啊。”

项浩宇不放心：“不是别的东西，是鹿鹿给我弄的专辑。”

陈溺撑着脸，有点惊讶：“路鹿送的是‘落日飞鸟’的最早周年限定？”

“是啊，我也不追你们喜欢的这个乐队，不知道她送我这些干什么。”

陈溺笑得有几分意味深长，说：“去收吧。记得保管好，今年的限定款很难抢到的。”

项浩宇把食物打包带走，这里就剩下他们两个。

几碗关东煮做好，阿姨端上桌时还劝了句陈溺：“小姑娘别跟他走太近晓得吧，这小子每次带来的女孩儿都不是同一个呀！”

陈溺衔着筷子笑，乖巧地答：“好嘞。”

江辙咬了一口花枝烧，慢悠悠地道：“你还真敢应。”

陈溺极为平静：“那不然呢？跟她说你是清纯小白花，平日矜持得都不让人碰一下？”

某“清纯小白花”人高腿长，坐下来时膝盖也顶着矮桌。他拱了下桌子，直接把桌面都抬高了几厘米：“陈学妹，你好凶啊。”

陈溺白他一眼：“你把腿放下来，让不让人吃了？”

江辙扬扬眉，嘲她：“你刚骂人家蠢货的时候怎么没这么大声？”

这人居然听见了。

陈溺随即又想开了点，听见就听见，也不是第一次了。

两人吃东西都不爱说话。

本着对食物的敬畏心，陈溺吃得很认真，连一个眼神也没递给江辙。

江辙擦了擦嘴角，真情实感地感叹一句：“你真的好能吃。”

陈溺以一种“你觉得这是夸奖吗”的见鬼表情望着他。

手机振动了几下，收到一条消息，是海洋系的社团聚餐，要她交餐费。

陈溺不爱聚餐，去的次数不多。但因为是干部，她几乎次次都会带头把钱补上。

那边发过来一个数字，每人206元。

陈溺私戳了同在社团的室友们，问这次怎么要这么多钱。

【盛小小芋：我也觉得好多啊，廖棠学姐说是因为上次大家钱不够，她自己补上的亏空……】

【倪侠客：鬼知道是补亏空还是吞私款，我反正觉得每次吃的都不是什么贵东西。】

陈溺咬着下唇若有所思，让她们把平时聚餐的饭馆地址发过来。

江辙把桌面垃圾收拾完，瞥见她还在盯着手机：“学妹这么受欢迎？”

陈溺回过神：“比不上你。”

他厚颜无耻地承认：“也是，这得看脸。”

放学铃响起，大一的人都出来吃晚饭，街上客流量也多了起来。

关东煮的生意火爆，阿姨一个人忙得不可开交。

陈溺侧头瞥见小推车边上坐了一个在写作业的小女生，六七岁，穿着粉色蓬蓬裙，脸上戴着个白雪公主的面具。

小女生抬头望见陈溺在看她，把面具摘下来朝他们笑了一下。

陈溺有一瞬间的错愕，眼里有惊惶一闪而过。

因为小女生的脸上有一块不容忽视的棕褐色胎记，像一条丑陋的伤疤附在她眼角周围。

“吓到了？”江辙抬眼看着陈溺，解释道，“阿姨在攒钱，为了给她女儿做手术。”

小女生似乎也知道把陈溺吓着了，乖乖地把面具戴回去，从口袋里摸出一颗牛奶味的糖走过来递给她：“姐姐对不起，我长得有点吓人吧。”

“没有……”陈溺接过她的糖，把自己手肘弯着给她看，“姐姐这里也有一块三叶草。”

只是形状并不大，又是在不注意就看不见的地方。不过她那片肌肤太过雪白，才有些显眼。

小女生伸手摸了那儿一下，笑得天真：“和六六的一样欸。”

陈溺也笑着“嗯”了一声，把钱给小女生：“帮你妈妈收一下钱，我们吃完了。”

六六朝陈溺招手：“姐姐再见。”

一旁的江辙咳了声：“那哥哥呢？”

“哥哥随便！”

看着他吃瘪，陈溺笑意更深，吐槽一句：“这是人品问题。”

江辙一点也不觉得尴尬，唇抿紧成一条薄薄的线，顺手钩着她背带将她拉走了。

经过学校门口的便利店，陈溺进去准备买瓶冰可乐，刚打开冰箱门，最上层的可乐就被一只修长干净的手拿走。

江辙从后面半拥着她把可乐举高了点，低头看着她。

空间太小，她根本转不了身。

陈溺后背贴着他胸膛，索性仰着脸不解地看他，柔软头顶摩擦过他胸前的衣料。他身上的气息很淡，是干干净净的男生特有的味道，半点烟草气都没有。

她一向知道江辙是好看的，虽然这个角度很刁钻，他高挺的鼻梁和眼尾的淡痣却依然出彩，略微凌厉的眼神此刻带着满满的侵略性。

他薄削的唇微动："请我喝罐汽水？我再帮你一回。"

她点头，手肘刚想推开他，发觉他已经自行往后退开几步。陈溺反应过来："你说再帮我一回是什么意思？"

钢琴房在这个时间段没几个人在，倒是有老师会在晚饭后来弹上半个小时放松身心。

陈溺被江辙领过来时还一脸蒙："你居然还会弹钢琴。"

江辙淡声道："中学时我学了几年，那时候无聊。"

陈溺想到路鹿说过他以前算是中学少女眼中的小男神，她小声"嘁"了句："一直以为你是校霸。"

"我确实是。"他优哉游哉地转过身，音量突然压低，弯下颈看她，"想不想知道校霸以前在东西南北四条街的英雄事迹？"

陈溺被他近在咫尺的脸逼退几步，手往后按在了一台钢琴键上。她稍稍挪开点距离，清清嗓子婉拒："算了，我对校霸不感兴趣。"

江辙笑了笑，笑声在琴房里低荡开。

昏黄的夕光照进校园，墙壁上被投射两道人影，一俯一仰，中间的空隙也比现实中看上去小。

在隔壁琴房传出的悠悠扬扬的配乐中，这场景显得有点暧昧。

陈溺别过脸，转移回正题："你不是说教我弹吗？赶紧吧。"

江辙打开她身后那架钢琴的琴盖，试了遍音："你交上去的曲目是什么类型？"

"都是一些中古调的歌。"

陈溺系里的节目是和舞蹈系合在一块儿,而舞蹈系这次跳的是古典舞。

江辙翻了翻琴房现有的琴谱，找了一首出来放在面前：“这首是降B大调，来试试。”

陈溺看了一眼，是周杰伦的《你听得到》。

她脱口而出：“这首啊。”

他有些意外：“听过？”

陈溺目光闪烁了一下：“嗯，他的歌我都听过。而且我也挑了这首交上去。”

她坐下来，左手先放在和弦上，指法虽然生疏，但好歹没把以前学的都忘了。断断续续的音符从她指尖流出，空寂琴房此时也被填满。

一曲弹完，江辙专业地点评了句：“污染耳朵。”

陈溺把旁边那张凳子搬到自己边上，表示：你行你上。

他坐下时把手机放在一边：“会唱吗？”

“我唱歌很难听。”

他顿了下：“不应该啊，这么好的嗓子。”

陈溺沉默了片刻，抬眼：“那我试试。”

“你和弦弹得还行，注意看我弹8度的手腕技巧。”江辙的手骨节分明，骨感白皙，放在琴键上也极其赏心悦目。

他这人做什么事都一副懒懒散散的样子，包括这会儿弹着琴。他的表情很凉很淡，立体的五官在西斜的夕阳下半明半暗，下颌线紧绷着，动作看着随意，但指法熟稔，没一处出错。

“秘密躺在我怀抱，只有你能听得到。”

陈溺在边上轻声和完一整首，才发觉这首歌很温柔，调子都是浅浅沉沉的。

一曲终了，江辙停下指着曲谱：“2分10秒到2分13秒那句唱错了。”

陈溺皱眉，记得那是句连原唱都哼错的地方：“是周杰伦唱错了。”

他说：“你倒着听就不会错了。”

陈溺不争了，毕竟她也不是很了解。她把手放回去，把刚才弹错的几个键单拎出来再弹了一遍。

江辙摇摇头，重新给她试了一遍这一小段。

这间琴房的窗户正对着通往摄影系教学楼的小径，路鹿从那儿经过时看见熟悉的两个人的背影。

她知道陈溺明天晚上要表演钢琴伴奏,看见江辙在旁边教也不算吃惊。只是她刚扬起手想喊人打声招呼时，又纠结地放下来了。

因为这两人其中的一位不是很对劲——

一个在弹钢琴，另一个却在看弹钢琴的人。

路鹿觉得心情顿时不是那么好了，手里喝到一半的奶茶都不香了！她踮着脚悄悄地离开那儿，摸出手机打了个电话。

对面的项浩宇正在倒腾寝室里很久没用的黑胶唱片机，把手机开了扩音丢到桌上，又把快递拆开，取出光盘正要放进去："喂，怎么了？刚刚没吃饱？"

"你才没吃饱呢！"路鹿跺跺脚，随即又特意把声音调低，让他走到没人的地方去。

项浩宇看了眼空荡荡的寝室，还是乖乖地拿着手机到阳台，把门关上："说吧。"

路鹿叹口气："问你件事，平心而论，你觉得江辙哥这人适合谈对象吗？"

项浩宇没想到她平时想一出是一出就算了，现在居然还把心思放在身边人身上去了。他舔了舔唇："你想谈恋爱了？"

路鹿愣了一下："没有……"

项浩宇："你和谁都行，就是不能和江辙，他什么德行你不知道？"

什么叫她和谁都行啊？！

路鹿急得表情都变了："不是，我——"

"我什么我？"项浩宇皱紧眉，打断她，语气中难得有了兄长的严厉，"你敢把主意打他身上去，我打断你的腿！"

2

转眼到了十月三十日，晚上的晚会一共有三个半小时。

既是欢送教官，也是为补上之前没办的迎新晚会。

化妆间有几个老师在给学生们化妆做造型，新生们都是十七八岁的年纪，个顶个的水嫩，脸上是满满的胶原蛋白。尤其是舞蹈系的那一伙人，还穿着热辣的超短裙和吊带，一溜儿大长腿，一群男生盯着不眨眼。

礼堂后台的休息室里。

陈溺上回摔着的背还是青紫一片，就没穿学校安排的露背衣服。

她捏着两张流行快节奏歌曲的曲谱，蹙眉看着眼前的人："之前不是说要跳古典舞吗？"

陈溺交上去的曲谱也都是舒缓副歌，从昨晚开始练到中午，也一直练的是降 B 大调。

廖棠看了一眼在化妆间的老师，笑了笑："学妹，你记错了吧，我一直说的是现代女团舞。"

陈溺捏紧那两张纸，知道自己是吃哑巴亏了。

廖棠当然不关心她会不会弹，象征性地在老师眼皮子底下提醒了几句就走了。

没过多久，收拾完了的方晴好从休息室出来。她本就生得好看，化了妆更是让人移不开眼。

托她的福，半个小时前就一直有追求者源源不断地把花和饮料送进来。

只是这位新晋小女神没有把半分眼神分给旁人，只顾捏着手机发着大段大段的文字信息。

和陈溺视线撞上时，她从上至下地瞧了陈溺一眼，脸色不太爽快，估摸着把陈溺当成假想敌之一了。

陈溺离着她一两米远都能瞥见她手机屏幕上的一大片绿，不用凑近看都知道她发给了谁。她联想到方晴好看自己的那一眼，突然想起高中时候学校很有名的那位校花：祝佳迎。

她们还真是像。

明明那么高傲，却都愿意在同一个男生面前放低姿态。

手机上，方晴好在等回复的人却在这时候发了条消息给陈溺。

【JZ：你那个弹钢琴的节目是什么时候上来着？】

合着他是想来审查他的教学成果？可惜了，没练对方向，白让他陪着自己一块儿练了几个小时。陈溺盯着他的消息看了会儿，没回，直接拿着新曲谱去边上过眼。

礼堂外，江辙和他身后那一群男生在公寓打游戏打了两个通宵，一起过来凑热闹时还引起了不小的轰动。

迎新什么的一年就有一回，大三的学生都看过好几次了，大四的忙着实习，也就大二的会过来瞧个新鲜。

偏偏江辙又是学校里挺耀眼的人物，刚落座就有小弟自发过来聊天组队打游戏。

他一双长腿没地儿搁，架着腿，手肘撑着膝盖玩游戏。

他黑黑的头发有几分凌乱，眼睑下方有小块淡色乌青的黑眼圈，神情恹倦。宽松T恤下是劲瘦的腰线，工装裤口袋上的两块硬质银扣微微碰撞。

边上只有一群大一新生陪他打，一起过来的那七八个学长都在眼巴巴地瞅着“新鲜血液”。

军训刚结束，这会儿都是原生面貌和健康肤色，越是皮肤白的越能吸引人注意。

贺以昼瞧见从后边经过的一个女孩，似乎是赶着去后台，演出服外还裹着件外套，但姣好身形依旧是一览无余。

他朝着边上的男生做了一个动作：“这身材！”

几个男生笑得拍腿，发出大鹅般的咯咯叫。

坐他们后上方的江辙往那儿瞥了眼，伸脚踹了踹他的椅背。

校长和总教官在台上发表完感言，朗诵和小品就一个个接着上。

“欸，小江爷。”项浩宇从摄影系串完班坐回来，推推他肩膀，“追你的那妞来了。”

江辙头没抬，也不知道他说的是哪一个，只低着眼继续打开手机玩游戏。

从后台溜出来的方晴好披了件宽松外套，手上捏着盒不知道哪儿来的巧克力，从后边绕到过道这里，喊了一声："江辙，你是不是来看我的？"

江辙推开她递巧克力过来的手，撩了撩眼皮："你们的节目在第几个？"

"在倒数第四个呀！"

没听见江辙的否认，方晴好的语气难掩欣喜，慢慢蹲了下来倚在他腿边，轻声细语地跟他讲待会儿还有什么节目，用娇嗔的口气责怪他怎么一直不回她消息。

后边其实还有空位，但或许不想和江辙隔着条过道，方晴好将下巴搁在他手边的扶手上，蹲在那儿像只乖巧的小动物。

她身材纤瘦，跳舞时极为清纯轻盈。但架不住眼神媚，眼尾向上挑着，红唇开合，格外蛊惑人。

可江辙把交叠的腿放下，安静地往旁边移开了点，得到答案后再没给句回应。

一直到过道上有人走过，方晴好才站起来让位置，脚却忽然麻了似的往他身上扑过去。

周边一堆人起哄，江辙表情寡淡，跟没听见一样，置身事外般任她往下摔，也不伸手扶一把。他面无表情地看着她红着脸撑住自己肩膀站稳后，才淡声说了句："别站过道上挡路。"

方晴好面子有点挂不住。

气吗？当然气。

她知道自己招招手就能有一堆男孩等着她的青睐，不必吊死在一棵树上。她也知道江辙从始至终就没给过她能和他更进一步的讯号。

可自进校那天起，她就对江辙一见钟情了。

好友廖棠说这学长只是看着人模狗样，顶级皮相，但喜好庸俗，对感情也不认真。

方晴好也没想过能和他长长久久，她自问不比江辙以前那几任女友差，可为什么轮都轮不上她？

到底是女孩子脸皮薄，她咬着唇给自己找台阶下："那我先过去了。"

等人一走，项浩宇立刻挨过去打听："怎么回事啊，你以前不是最爱看她这类的吗？"

江辙淡淡地扫他一眼："早换了。"

节目一个个地过，终于轮到了底下人最期待的舞蹈。

舞台上灯光暗下来，一排穿着清凉的姑娘刚上场，底下就有男生吹口哨，音乐在欢呼声中霎时劲爆起来。

几个女孩动作性感，腰臀摇摆，黑幕上几个妖娆侧影都能让场下的尖叫声此起彼伏。

钢琴在舞台的侧边，制作人陪衬，灯光老师跟赏赐似的丢给弹奏者一束小光。

陈溺的侧脸对着观众席，穿着条粉白色的棉布裙，如同一株干干净净的小蔷薇，开在脂粉弥漫的灌木丛里。

江辙把手机收起来了，转了转酸累的脖颈，盯着钢琴那处时的表情并不比之前好多少。

等了这么半天，就弹出个这？

想想也知道陈溺是被人整了，他没了兴趣，听了两分钟就站起身来要走。

还坐在那儿文明观赏的七八号人眼睛都看直了。

贺以昼和项浩宇无疑也看见了边上不太招眼的陈溺，因为都认识，也没多说什么，只笑着说了句"陈妹搁那儿弹棉花呢"。

按这气氛和节奏，整个架子鼓都比在那儿弹钢琴好。

何况台上的陈溺对谱子实在生疏，毕竟练了两天的降B大调，此刻却变成了B调、升C小调，难免有些力不从心。

"江辙，那个方晴好是个人物啊！"贺以昼拽拽他的衣角，半晌才回魂，"这身段就跟没骨头似的。"

"是啊，人家可是往我们这块角落抛好几次媚眼了！小江爷真绝情，看都不看一眼。"

江辙听罢，还真往舞台上又看了一眼。

但角度偏了。

他眼里的女生长发披在脑后，白色裙摆及膝，身板挺直，头颈修长，那张纯真娇憨的脸在毫无表情时带着几分冷淡的气质。

不外向，但也没想象中这么乖顺，她全身上下都呈现着“刚刚好”这三个字。

贺以昼看江辙盯着台上挺久，揶揄地用手肘推推他的腰：“后悔了吧！这一群女孩里，是不是刚才蹲你边上那姑娘最漂亮？”

被问到的人几秒后才垂下黑睫，懒懒地扬唇笑了声：“还是‘弹棉花’的更勾人。”

晚会在舞蹈节目过后的半个小时内就结束了，临近散场，场下的人早就走了一大半。

陈溺弹得稀烂的钢琴无疑被主持晚会的文艺老师说了几句，休息室里的舞蹈生在卸妆，她在外面等了好一会儿才进去。

虽然没有换统一的服装，但化妆师也在她脸上抹了几道粉。

刚洗完脸出来，她眼前就出现一束鲜花。

躲在花后的路鹿探出脑袋，古灵精怪地笑：“锵锵！给我们的钢琴演奏者陈溺同学送小花花！”

“你可别是来埋汰我的。”

明明刚才弹得这么差劲，她受之有愧。

路鹿把花塞到她怀里，揽住她往外走：“我觉得你弹得好听就行！比我们系里那小品好看多了。”

正是晚修时间，图书馆里还有准备期中考试的学姐学长们。

路鹿和陈溺走在幽静的小道上，踌躇了半天终于问出口：“小美人，你觉得江辙哥怎么样啊？”

“还行。”陈溺顺口说完，才转头，“你问这个干什么？”

“就是……江辙哥对认识的人都比较照顾啊，虽然别人嘴里的他可能在感情方面的名声不怎么样，但熟悉的人应该对他印象都不错。”

路鹿也不知道该怎么说，从小到大，借她去接触江辙的女生没有五六个也有三四个。有些人是单相思，有些是被分手后，连累了她也不能与其继续做朋友。

“但是溺溺……”路鹿咬着下唇，有点为难，“你是哪怕追星也不会情感特别外露的人，有点慢热冷清……所以我没想到你也会被江辙哥这样的人吸引……”

她说得颠三倒四，好在陈溺听懂了：“你怀疑我喜欢江辙？”

不是怀疑……是肯定。

她上回在钢琴房分明看见了陈溺望着江辙的眼神。都是年龄相近的女孩，在同性眼里藏不住什么别的心思。

路鹿老神在在：“唉，都怪我，是我害了你。”

陈溺抿了抿唇：“我在知道他是你哥之前就已经认识他了。”

“那你也是那个时候喜欢上他的？”

路上几乎没人，她们走得很慢。

半晌，陈溺低声回了句：“不知道。”

太难说了，那天晚上的雨下得很凌乱。他肩上的落叶，他懒洋洋的哼调，他的每一句话对她来说也是一样。

路鹿不清楚陈溺这句“不知道”是在回答哪个问题，是不知道喜不喜欢江辙，还是不知道什么时候喜欢上了江辙。

她还想再问得更清楚点时，却直接被陈溺反将一军：“你喜欢你哥哥？”

路鹿被这句话炸得半天没缓过神来，结结巴巴道：“什、什么？”

陈溺语气很平静：“那天吃饭的时候，项学长说你送了他一张‘落日飞鸟’的周年专辑。”

这是追这个乐队的圈子里的人才知道的秘密，当年“落日飞鸟”出道时就说过三周年会出限定的五百张专辑，希望歌迷送给自己最心爱的人。

粉丝都默认送出这张专辑就等于告白。

歌手总是浪漫的，就好像当年港城传奇陈奕迅也曾经做过这种事。

有一年，他提前一年预售了自己演唱会的一部分门票，仅限情侣购买，是买一送一的票价。

但是这张情侣门票分为男生票和女生票，只有在两张票合二为一时才能生效。当时自然有不少为了证明他们爱情坚不可摧的情侣去买。

只是第二年，情侣席位上空了很多位子。

而陈奕迅在一个个空位前唱着一首《明年今日》……

路鹿发现自己在这位小姐妹面前，秘密似乎总是无所遁形。她闷闷地点头："嗯，你要帮我保守秘密哦！"

沉默片刻，陈溺说："近亲三代内生出的孩子可能是畸形。"

路鹿疑惑地看着她："你想哪里去啦？"

"我不该想这个吗？"

"我喜欢他，他又不喜欢我，怎么就到生孩子了？"路鹿后知后觉，拍了一下她的手臂，"而且我和项浩宇没血缘关系，他只是寄住在我家而已。"

陈溺顿了下，提醒说："太早把底牌亮出来，赢不了的。"

"可是我没想赢啊。"路鹿叹了口气，"都那么想赢谈什么恋爱？不如坐下来一起打牌。"

何况，路鹿压根儿不敢把底牌亮出来。

暗恋一个自称是自己哥哥十几年的男生，这是她不敢曝光的秘密。

"说不定，江辙哥也会喜欢你。"路鹿突然说。

3

路鹿其实也不知道该怎么形容江辙，他从来不是仗着自己条件优越就花心的渣男，但他谈恋爱也确实是不怎么用心的。

吵架等于分手，他从来不惯着女朋友，分手后也能很快被新的追求者转移视线。他不花费时间和精力在恋爱上，也从不主动。

路鹿想了很久："可是溺溺，你想从他那里得到什么？"

和江辙谈恋爱，就像是谈日租的男友。

女孩沉迷一时的虚荣，觉得带他出去有面子。而江辙就像是太无聊，谈着打发时间。

两边都是各取所需，也没谁觉得会耽误谁。他们都玩得起，也都能及时收回真心。

陈溺动了动唇："他会喜欢我这样的吗？"

"为什么不会？你人这么温和上进，长得也漂亮，和江辙哥之前谈的那些女孩也不一样……"路鹿对好友总戴着高滤镜，若有所思，"他对你也有点特别。除了我们这些认识快二十年的人，我很少看他上赶着和异性走这么近。"

周日，陈溺接到一通派出所的电话。

把倪欢从那儿接回来，盛小芋回家吃饭了，寝室只有她们俩。

陈溺拿着碘伏给倪欢擦脸上被抓伤的伤口，表情很淡，毕竟也实在不知道该说什么。

教训渣男把人打了一顿，然后渣男的女朋友反手打了个报警电话把她送了进去，听上去似乎没什么毛病。

"你是不是想笑？"倪欢一个大大咧咧的东北"女汉子"，此刻缩在陈溺跟前就跟个小孩似的，不开心地瞪大眼睛。

陈溺摸了摸嘴角，疑惑："你怎么知道？我没笑出来啊。"

倪欢沉默半晌，吐出一句："你有时候还挺能气死人的。"

她开学时候只觉得陈溺是个看着温暾文静的江南女孩子，但冷不丁的一个慧狡眼神又挺有深意，藏着点不动声色的小腹黑。

陈溺不反驳，收起药水，转过脸问："还疼吗？"

"疼死了，上回我就觉得那个闫惠音是断掌，一个巴掌都自带 buff（增益）加成！"

被倪欢夸张的形容词逗笑，陈溺笑完，又问了句："她还没和肖屹分手？"

倪欢哂了哂："她当肖屹是块宝，好几年的感情，哪里舍得分手。"

陷入爱情的盲目女孩真是可怜，明知道他坏、他不忠诚，但硬是要自己安慰自己：给他一次机会吧，好歹风风雨雨好几年。

“你又站那儿给她打了？”

“我是受虐狂吗？”倪欢动作一大，又扯到嘴角伤口，疼得龇牙咧嘴，“你别看她的脸好好的，我打的可都是内伤！今晚回去她就知道自己的腰和肚子该多疼了。”

陈溺点点头，给她竖起一个大拇指：“还生气？”

“还有点。”不然也不会气到跑男寝去把人打一顿了，倪欢像是想起什么，问陈溺，“对了，你来派出所之前不是在吃饭吗？吃完了？”

“不是吃饭，是在那家饭馆要发票。”陈溺把要来的真实账单给倪欢看。

之前她们就说过这个问题，社团聚餐收取的餐费一次比一次高。

收团费的是廖棠，平时官威就大，现在还被发现她中饱私囊。

“乖乖，她这是贪了快一千多块了！”

陈溺坐在书桌前写检举信：“我先举报给校领导，钱能不能拿回来就不知道了。”

倪欢把发票放好：“你老帮社团抄宣传段子，这个字很容易被认出来吧。”

“我左手也能写字。”陈溺停下来，“你看看，这像不像廖学姐的字？”

倪欢凑上去看，惊讶出声：“你还会模仿字迹？这么熟练？”

“多被别人开几次模仿字迹的玩笑，你也会熟练的。”

“不得了啊溺姐！”倪欢给她捶肩膀，暗示地问，“是个有故事的女人，给我讲讲？”

陈溺长话短说：“我初二时因为家里经济出了问题，就转学到一个小乡镇，那是个法律普及度低的地方。”

打架斗殴在那儿随处可见。

后来她中考考上了九中，九中也是个老城区的高中，升学率不算低也不算高，学费倒是比其他私立学校便宜一大半。

这种学校不乏小太妹似的人，就比如曾经恶搞过她的孙厘，刚分班就模仿她的字迹给男生写信。

就算陈溺多低调本分，流言蜚语依旧传得很快。

她说、他说、她们说、他们说……所有人都在说，当事人反倒只能听着耳边这些恶意嘲讽和取笑、造谣。

“那个男生在大家心里的形象挺猥琐的，因为这封乌龙信，我被他们嘲笑了几乎整整一年。”

倪欢还是头一次听这种事，有点气愤：“你们学校就没有老师管管这种人？”

其实很少有人能鼓起勇气去找老师主持公道。

怕被孤立被报复，也因为那些看热闹的人都说这是开玩笑啊，怎么能这么小气。

陈溺回忆了一下：“当时确实有一个任课老师看见了那封信，但她笑得也很大声。”

她至今还记得乔琛拿着那封信是怎么说的——“陈溺你眼光不错啊，一挑就挑到咱们年级男生里长得最极品的一个！”

明明那时候，陈溺已经解释过信不是她写的了。

倪欢控制不住爆了粗口：“这什么老师！她这样和那个恶搞你的同学有什么区别，不等于共犯帮凶吗？”

陈溺笑了笑：“你说得对，所以至少那个老师在我读完大学之前不会升阶了。”

她高三下学期在填写匿名教评表时，用孙厘的字迹写了一遍乔琛的教学陋习和不端正的人品。

让她们“狗咬狗”无疑是最好的做法，这两人怕是一辈子也不会知道是她动的手脚。

陈溺眼神冷下来，看着手上的举报信。

她知道自己从来不是什么唯唯诺诺、任人宰割的大好人，但也没主动做过坏事。人没有十全十美，何况每次都是她们先撞上来的。

那年安清大学还没有设立以网络为载体的校长信箱。

于是举报信写好后，倪欢在晚修去图书馆的路上把信件和发票塞在了校领导的办公室门缝里。

这几天，楼上舞蹈系的那几个女生寝室总是异常吵闹，经常半夜跳舞扰民。

盛小芋说她们是为了下周的篮球赛啦啦队做准备。

“溺姐，听说这个啦啦队别的系也可以参与报名，你要不要一起去？”

“不去。”陈溺补充了句，“腰疼。”

这届新生篮球赛举办得不算早，从十一月初就在各系之间选拔，最后通知进入校际联赛的只剩两支队伍。

一支是以外院为代表的留学生队伍，另一支则是安清大学的新晋王牌专业：人工智能系队伍。

由于两边身份的对立性，这场校际决赛在贴吧、论坛都被传得沸沸扬扬，陈溺和盛小芋经过篮球场时，也总能听见球场上的练球声。

“这次留学生那边人不够，还有大二的一起。”盛小芋就是个八卦传播机，总能听来第一手消息，“AI 系那边肯定也会有大二的学长加入！”

陈溺平静地问：“你怎么这么激动？”

盛小芋：“嘿嘿，AI 系帅哥最多！江辙学长说不定也会上场啊。想象一下，他热的时候可能还会脱掉衣服，你难道对帅哥汗洒球场丝毫不感兴趣？”

陈溺才不会回答她这种无聊的问题，手机振动一下，恰好是室友嘴里正在谈论的人。

【JZ：过来。】

他们私下并不常交流，只是因为路鹿建了个群，会在群里打打招呼，在校园里偶然碰上面也会用眼神示意一下。

陈溺不知道他突如其来一句“过来”是什么意思，想着也许是发错了，就没回。

但对方似乎能看见她下一步要干什么一般，又发来一张照片。

是上回倪欢交到校长办公室的举报信和账单发票。

陈溺终于皱着眉打字：【东西怎么在你这儿？】

【JZ：过来问。】

她下意识地抬头往边上的球场那儿扫视一圈。

离她数米远的篮球场，江辙穿了一身灰色运动服，头上戴着条蓝白色发带，正倚在球架下，懒洋洋地晃着腿。

见陈溺望过来，他站了起来，手臂和腰之间夹着颗篮球，另一只手朝她晃了晃手机。

盛小芋在边上一看他俩的眼神对视，就发觉自己这个电灯泡实在太敞亮了，立刻说了句先回寝室等她。

陈溺只好走过去，起了个很烂的开场白："好久不见。"

"好久有多久？"

她顿了下："一礼拜。"

江辙低眼看了看手腕上的机械表，开口："才五天十五个小时，哪到一礼拜了。"

陈溺没空和他玩这种文字游戏，直奔主题："那封信呢？"

"你写的？"

她不想绕来绕去，沉下脸："信呢？"

"这就不高兴了？"江辙只是随口问问，并不怎么在意她的情绪，"昨天我瞧见东西被人从办公室拿出来了。"

所以不管是举报信还是发票账单这些证据，都被拿走了？

陈溺脑子有点乱，想问一句被谁拿了。

话没出口，呼啦啦的疾风中带着几声急切的叫喊，是隔壁球场的一颗篮球猛地朝她这边砸了过来。

陈溺还没反应过来，眼前只剩一片近距离扑过来的灰白色。

耳边蓦地一声巨响，江辙把她护在怀里，一手打开了那颗突如其来的球，他原先手上的那颗球也掉在了地上。

篮球砸在他的手背，被以同样的力气挥开，反弹到地面上发出震耳响，一下一下地弹跳着滚往远处。

陈溺只听见身边人发出一句闷哼，磨着人耳朵。

紧接着一群人拥过来，大呼小叫地问他有没有事。

江辙确实被砸得不轻，推开球时手掌被震得发麻。他捏了捏手指，往掌心蜷了下才提醒他们：“没事儿，打球都当心点。”

嘈杂的人声因为他这句话而渐行渐远，也不乏有人盯着他胸膛那儿的女孩。

陈溺被吓得心跳还没缓过来，“扑通扑通”快跳到嗓子眼，慢慢地才把刚才危急情况里下意识揽住他腰的手慢慢放下。

江辙低垂着脑袋，下颌被她柔软毛绒的发丝扫过。他偏开脸，在她耳边把话说完：“那封信，我让拿出来那人给重新放回去了。”

陈溺往后退了几步，从他怀里挣脱开，仔细瞧了几眼：“校际篮球赛你会参加吗？”

她担心这手会让他受影响。

江辙倒是半点不懂她的心思，甩了甩挥开球的那只手：“你要来给我送水？”

不明白这人到底什么时候才能正经点。

陈溺别开眼，要走。

“我身边就这么好来？”江辙伸手拦住她，捡回地上的球，“给你十次机会，在我手上过一个球就放你走。”

够无聊的。

看着他故意为难人的样子，陈溺索性大声问：“什么？我进了一个球你就在这儿裸跑一圈？”

她话音一落，还真有不少人往他们这边看过来。

夕阳洒满球场，余晖落在两人身上。

江辙瞧着她一本正经地胡说八道，还有点得意的小表情，“哧”地笑出声。

他用食指指骨和手掌心扣着那颗篮球，手背抵了抵唇：“行啊，看你有没有让小爷脱衣服的本事。”

陈溺“口嗨”完非常后悔，像她这种军训都撑不过去的小弱鸡，怎么可能会投篮。

她硬着头皮接过江辙手上的球，找了找合适的投篮位置。

江辙双手抱胸，作壁上观，看她一个球又一个球落空。

第六次，陈溺终于找到感觉了，她往前站了点，球往篮筐边缘擦了过去。

第七次，她的球正要往篮筐里滚时，江辙突然跳起来伸手把球给拦了。他手掌宽大，五指很轻松地就扣握住球。

陈溺恼了："你什么意思？"

"我说在我手下过一个球，没说我不动手啊。"

其实他就是不想人这么快走，要起赖来一点也不含糊，硬是把 1/10 的投篮率变成了在他防守之下过一个球。

陈溺想都不用想，不可能进得了。

她就算光站着投篮，十个里面也顶多进两个，更何况他还挡着。

"那我不投了。"

江辙在她身后慢悠悠地说："试都不敢试啊？"

陈溺其实不太能忍受激将法，尤其是听见那种很欠的语气。

她存着股今儿还非得让他在这儿裸了的信念，转身一言不发地把球拿回手里。

第八次，球又被他伸手挡了。

第九次，她就差一点点，那球在篮筐边缘上滚了一圈，结果往外滚了。

最后一次，陈溺在原地运着球，看江辙准备拦下的姿势，眼珠子转了转，往左破防时突然做了一个崴脚低肩的动作。

趁他要过来扶，她直接原地起跳，准备把球投过去。

他要赖，那她就要心眼儿。

可惜江辙似乎看穿了她的伎俩，错愕过后反应极快，伸手一把揽过她的腰肢抱起，另一只手夺过正要脱离她掌心的球。

他抱着陈溺转了个身，往前迈了几步，来了一个二分球上篮。

手上拎着个体重九十斤的人对于他来说太过轻松，他的行动几乎不受什么限制。

篮球稳稳进筐，掉下来时顺势往别处溜远。

陈溺被他抱着腰，脚离地面十厘米有余，悬着的感觉让她很没有安全感。感受到脸侧有汗掉落，她立刻挣扎着跳下来。

“想看我裸着跑是没可能了。”

江辙眸色深黑，眉峰稍挑，唇线微微陷进去，对着她痞赖一笑：“球赛记得来给我送水。”

两个人因为玩了会儿球，都出了汗，陈溺甚至还有些喘粗气，她撑着腰抬眼看他。

江辙浑得泰然自若，在逗人这事上也乐此不疲。

盯着他被汗打湿的睫毛片刻，陈溺皱了皱鼻子，推远他灼烫的肩胛骨，佯装平静地离开，不忘丢下几个字：“脏男人。”

第六章
暧昧

我想干什么，你说呢？

1

校际赛决赛是在安大的篮球馆里举行，因为要控制场馆内的人数，入场要有门票才能进去。

原先激烈的四进二就有不少人关注，更别说现在因为外院人数不够，还喊了大二的外援。

路鹿让人从参赛球员们那里弄了几个前排的好位子，离比赛还有半个小时就到陈溺寝室催她。

陈溺上午没课，刚起床不久，在漱口：“不是已经有位子了吗，还急什么？”

“万一被人强占了呢！”路鹿坐在她书桌那儿瞧了圈空荡荡的寝室，“你看你那两个室友肯定没弄到这么好的位子，还不快多谢本宝宝！”

“好的，多谢路宝宝。”

陈溺从善如流地接过话，正要换衣服时，虚掩着的寝室门被推开了。

方晴好从那儿探出头来：“陈溺啊，我能借用一下厕所吗？我们寝室的人先走了，我没带钥匙。”

陈溺点点头：“请便。”

方晴好进来时，把外套搁在了椅背上。

她穿的是啦啦队的队服，大红色的裙子很短，齐大腿根，给人强烈的视觉对比。

路鹿盯着她进来，放低了声音：“今天她们啦啦队的都这么穿吗？”

陈溺打开衣柜，回她：“很漂亮啊，怎么了？”

“你连情敌都夸得出口！还问我怎么啦？”路鹿把她手上随便拿的T恤放回去，恨铁不成钢地说，“赶紧找件好看的，不能被她比下去！”

陈溺抿了抿唇，有点无奈：“我好像没承认过我喜欢你家江辙哥吧。”

路鹿一脸“过来人”的表情：“我懂我懂，我那时候也花了好长一段时间才确认自己喜欢上了项浩宇那狗东西！”

方晴好出去时，陈溺正被路鹿摁在化妆镜前化妆。

在镜子里，两人眼神有片刻的交会。

陈溺有点奇怪：“你有没有觉得她自进门起就一直在看我？”

路鹿边给她擦唇釉，边浑不在意道：“看你好看，又和江辙哥熟呗。女人的嫉妒心很可怕的。”

最后陈溺还是好好打扮了一番。她穿了一件扎染橙白色衬衫，下身是条纯色长裙，头发放在肩膀一侧，绑了个鱼骨辫。

她巴掌小脸的淡妆素净，眼珠黑白分明，给人第一印象就是简单清新。

快到篮球馆门口，路鹿还不忘说她：“你衬衫下边这个蝴蝶结往上打打，这么细白的腰可不能藏起来了！”

陈溺淡定地点头，扯了扯路鹿身上那件露肩小短裙：“你也往下拉拉，这么美的胸线一定能让项学长魂牵梦萦。”

路鹿忙捂住胸口，佯装害羞地躲开：“好哇，小美人，你又捉弄我！”她是倒着走的，手还指着陈溺。

陈溺笑着看她，突然喊了一句：“项学长。”

路鹿往后退，朝她吐了吐舌头：“少来这套，我八百年前就不信这种鬼话了。”

话才刚说完，脚突然踩上了什么东西，她脸一僵，往后绊倒靠在某人怀里。

陈溺无辜地眨眨眼：我就说了吧。

“这么个大平地还能有人碰瓷？”项浩宇手掌托着路鹿的肩膀。

十一月份，这个时间点穿这么少其实还有点凉意。他低头，看见女孩脸上精致的妆容，长睫毛扑扇扑扇的。

路鹿耳尖慢慢转粉，撑着他的手站起来，又气不过似的往他鞋上踩一脚：“谁碰瓷了，我哪知道路上会有一个绊脚石！”

两人的磁场也是绝了，再唯美的偶像剧剧情也撑不过两秒，没一会儿就互相撑了起来。

陈溺转过脸，看项浩宇身后那十来号人。

人工智能专业的队服是蓝白色的，一个球队十二号人，上场的只有五位，其余都是补位或者后勤。

这十来号人里，陈溺扫了一圈才瞧见江辙。

他穿着一身白衬衫黑裤子坐在一旁树下的石椅子上，低垂着眼玩手机，英挺的鼻梁旁被树叶罅隙中的阳光打出淡淡光影。

路鹿无疑也发现他没穿球服，纳闷地问：“江辙哥不上场吗？”

项浩宇推着她往前走：“不一定。这是大一的主场，我们是外援，他也只是替补。”

“啊？你们怎么能让他做替补啊，浪费人才！”

项浩宇听得不得劲：“你江辙哥前几天伤着了手，不算人才了。”

他们一行人见时间差不多了就先往球馆里走，陈溺在后边瞥见江辙耳朵上还戴着蓝牙耳机，就朝他走过去。

江辙靠坐着椅背，没注意到人都走了。他衬衫的长袖口处显现出运动护腕的一部分，白色布条甚至包裹住了手掌虎口的一部分。

应该是上次替她挡球的时候扭到的。

可他不是说没什么要紧吗？

陈溺把包里之前买好的药膏递给他，把他耳机取下一只：“给。”

江辙抬眼，没接：“愧疚啊？”

陈溺：“你真想知道？”

江辙看着她淡漠的神色，很轻地笑了下。

她是宁愿受伤也不愿意欠人情的类型，要真继续问下去，指不定这姑娘得说出多狼心狗肺的话。

陈溺跟着他们一群人从球员通道那儿出来的时候，人声鼎沸的观众席，瞬间爆发出一阵此起彼伏的欢呼声，还真有点大场面的既视感。

这场比赛突然被这么多人真情实感地关注也是有原因的。

一个系有几百号人，人工智能专业虽说是新设立的专业，但它也是从计算机系和数学系剥离出来的，大课也经常一块儿上。

自然不少同门的学生都为这场比赛加油。

何况决赛队伍名单一出来，论坛、贴吧那儿都炸锅了。

建校117周年以来，头一回出现这种情况。学长学姐们都在嘲笑这届新生是真不行，尤其是体院，白长这么大高个。

从预赛开始挑挑拣拣，谁知道最后把体院都盖了帽的居然是外院那一帮留学生。

这换谁谁能忍？

这要是输了，丢的可不止一个系的脸。

一场篮球友谊赛在同学们的心里已经变成了荣誉之战。

只能赢，不能输。

再者，某些校园风云人物的人气也确实高。明明只是个替补，观众席那儿居然还有人拉横幅，上头还写着江辙的名字。

贺以昼他们也下场来打趣：“哟，小江爷这是花了多少钱请的托儿啊？”

江辙朝看台上瞥了眼，开着玩笑：“五十块一个，嫉不嫉妒？”

比赛开始前，两边队伍打了个照面。

AI系的人在身高上并不占优势，项浩宇带着四个大一新生。

而对面有两个德国籍的外国男生极其鹤立鸡群，其他三个高度较为普通的似乎是日本人。

看台上的新生们也没有太不给外院面子，欢呼和加油都是一起喊的。

裁判把球往两队之间的空中抛上去，并吹响了口哨。

率先拿到球的是 AI 系。

项浩宇动作很快，跳起来摸到球后就迅速往后传。他带了个好头，中投也很准，几乎是九投七中的架势。

陈溺和路鹿坐在第一排靠右边的过道，但路鹿坐不住，才几分钟不到就往替补球员那块区域跑。

好在这位置离他们后场和更衣室都很近。

江辙见路鹿过来，就干脆往观众席那儿走，坐在了陈溺旁边的那个空位上。

而贺以昼和黎鸣说要当解说员，热情地在那儿一唱一和起来："好，我们现在看到场上比分是 2:1。浩哥奋勇争先，在对抗上篮中又拿下了一个二分球！漂亮！"

"德国那哥们儿快要外线出篮了，要么罚球，要么拿到三分球……哎呀，他毫不犹豫反身投球，居然进了！"

"这个两人包夹还不错，拿到球了，学弟们加油啊。"

"小九。"

身后两人还在滔滔不绝，不远处有人朝他们这边喊了一句。

温润的声音在嘈杂的呼喊声中并不明显，但江辙和陈溺还是听得很清楚。

在这个学校里，知道陈溺小名的也就只有江辙和傅斯年，就连路鹿也没听她特意提起过。

江辙眯着眼往右边看过去，眉峰稍抬，问她："你认识傅斯年？"

"嗯。"

陈溺边上就是过道，傅斯年走过来站在那儿："来看打球啊？"

"斯年哥，你怎么也来了？"

在她印象中，傅斯年应该会觉得这种比赛很浪费时间，而且他都大三了，按理说不会来看这种球赛。

“你不知道？我是学生会主席。”傅斯年拿了瓶水给她，“上回我跟你说的事，你考虑好了吗？”

陈溺还没回答，他又补充了句：“‘机经’我都有，你想几月份考？”

“可我没有考雅思、托福的打算。”

傅斯年神情不悦：“现在不考怎么行？四六级到大二才能开始考，这就比其他人晚了一年时间了。到时候你再考研，吃的苦头也会越来越多。”

陈溺：“斯年哥，你知道我们学校每年为考研心理出问题的人有不少吧？”

陈溺看着他愣住的脸，笑了笑说：“大家压力都这么大，就不要继续制造学业焦虑了。而且我才大一，考研的事还是等考了四六级再慢慢来吧。”

傅斯年被她说得有点语塞，只好讷讷地点头：“也是，我们小九才大一，正是要谈谈朋友的年纪。”

不知道是不是陈溺的错觉，说到“要谈谈朋友”这句话上，傅斯年的眼神似乎落在了她旁边那位身上。

陈溺知道傅斯年想说什么。

江辙这人的名声在外不太好，显然和傅斯年这类从小就循规蹈矩的斯文书生气场相克。

江辙安静地坐在那儿，胳膊长得仿佛没处放，莫名其妙就伸到了陈溺的椅背上放着。

他的眼睛看着球场战况，手却漫不经心地扯过她发尾处一绺头发揉捏着。听他们说个没完没了，又伸手使大了点力。

陈溺吃痛，却没出声，只是皱皱眉。

她这不耐烦的表情让傅斯年看见了，还以为是自己说的正经事太严肃，他望着她旁边的人欲言又止。

等傅斯年走后，陈溺把那绺头发从江辙手里拿回来，忽略两人之间不合时宜的微妙气氛，有点气闷般地瞪他一眼。

这是学过变脸啊。

在人家那儿还乖得像只小白兔，就专敢在他面前横。

江辙微微低头，舌尖抵了抵齿缝，凑近去问她：“和他聊了什么？”

“聊学习。”和傅斯年还能聊什么。

江辙：“他叫你小九，你们以前就认识？”

她轻描淡写地解释：“没搬家之前，我家住他家对门。”

他“哦”了声，视线回到球场，也不知道听没听。

陈溺斜眼看见他横亘到自己身后椅背上的手臂，也没再往后靠了，身板坐得笔直。

但她没往后靠也阻止不了某人想往前挨的心，江辙手指又拈起她几根长发，不自觉地在指腹间摩挲。

陈溺蹙起眉拍开他的手：“别碰。”

“刚扯疼我们小九了？”他吊儿郎当地弯下颈，偏头，乌黑头顶对着她，“那让你扯回来。”

陈溺听他这么喊自己就有点别扭，伸手推开他：“我才没你这么无聊。”

江辙闷笑了几声，刚想张口，球场上倏地传来一阵急促的吹哨声，身后的观众席也一片哄闹。

再往下看，项浩宇手撑着地面，冷汗顺着鬓角往下流，一脸痛苦地捂住了肚子。

贺以昼他们立刻冲下去：“谁动的手？”

外院那边的学长很快过来道歉，但那哥们儿反肘一拳显然没放轻力度，还很会看位置，不然不至于一拳打得项浩宇一米八几的大高个冷汗直流。

路鹿拉着他起身，怒不可遏：“你们是打球还是打人啊？要不要脸！”

项浩宇拦住她：“别生气，没大事，打球难免撞到。”

其实比赛中途项浩宇就有好几次被对面球员顶了胃，但他们动作太快，搅浑场面的默契绝佳，裁判一直到这时候才敢确认吹响犯规的哨子。

路鹿和黎鸣架着项浩宇在一边休息，上了一个大一新生替补。

这几个男生最大的问题就是不如对面有组织性，过于故步自封，只会防守，不敢放手一搏地进攻。

刚才全靠项浩宇带起的节奏，此刻又被拉胯了。

第一场结束时，外院拉开了 AI 系 7 分，获得开场的胜利。

中场休息，一拨人坐那儿关心项浩宇，听着满场的加油声也有点不太好意思，互相安慰“让一追二”。

项浩宇坐在那儿歇了会儿：“下场我继续。”

贺以昼把毛巾丢在他身上：“你继续什么！歇着吧，下场换江辙上，他已经去换衣服了。”

几个大一男生没怎么跟江辙打过，问了句他实力怎么样。

他们嘴上说着怕配合不默契，但心里还是有点不服气，怕来个菜鸟拖他们后腿。

黎鸣和江辙一个高中上来的，听他们这样问不免要为自家兄弟说几句：“‘四中库里’听过没？江辙就是那单核带队，一人一城的本事！

“想当年我们哥几个一块儿打球，他可是出了名的篮板王选手，前锋直攫，防守下没球能过……”

江辙换完球服从更衣室通道那儿出来就听见这人把他吹得上天入地，不由得抿嘴白了他一眼。

陈溺靠在路鹿肩膀那儿，看他穿着 30 号蓝白色球衣，侧脸线条凌厉分明，鼻挺唇薄，身形挺拔。

人一正经起来，那张冷峻的脸上就没了颓懒的样。

人和人之间确实不一样，他还没开始上场打，耳边的骚动声已经越来越大。

有女生鼓起勇气大声示爱：“江辙学长，你好帅！”

“格局小了哈这位女生。”

一群人哄堂大笑，看台的一片哗然中夹杂着几句对江辙的表白。

江辙头也没回，对被公开告白这种事早已习以为常，只是淡淡地瞅着刚刚还在捧他的黎鸣：“想捧杀我？”

黎鸣摇摇头，拍着胸脯信誓旦旦地拍马屁：“说什么捧杀，在我们眼里，你就是神！何况你现在心中无女人，打球自然神。”

这是内涵江辙空窗期有一段时间了,贺以昼和项浩宇都乐得直不起腰。

江辙听懂了也不含糊，挑挑眉：“小爷心中有女人，打球照样神。”

他这话就是说给别人听的，眼神也直勾勾地盯着那处。

陈溺回过神来看他，一贯平静的表情依旧没什么波动。她长相乖又冷，看着他的时候，给人一种今天太阳很晒都是你的错的错觉。

没等他们进一步交流时，啦啦队那边的人出来了。

听见看台上有人吹口哨吹得多夸张，就知道啦啦队那一伙人的出场有多吸睛了。

方晴好身后除了啦啦队，还带着两个男生，一人各抱了一箱水。

两箱水都冒着凉气，显然是提前做过准备，交代好放冰柜里的。

“江辙，待会儿比赛加油！我相信你一定能扳回来的。”她慢慢地小步走上前，拿着手上的花球朝他俏皮地挥了挥。

队伍里其余的十来号人拿着冰水就喝，边喝还边不忘互相使使眼色，自以为很懂，一口一个“谢谢嫂子”，喊得方晴好心花怒放，脸上娇羞地泛着红。

“喝水。”项浩宇拧开两瓶水递给路鹿、陈溺。

陈溺接过道了声谢，路鹿把那水拦下来，铁骨铮铮道：“刚运动完喝什么冰水，你俩都给我喝常温的！”

陈溺控制着自己别往另一边的两个人看，但注意力却时不时徘徊在那周围。

场下那些队友只见到江辙接过方晴好递过来的水，而后抽了张一百元纸钞压在桌子上，一巴掌拍上那个叫嫂子叫得最欢的男生的后背，话语间掺杂着隐隐约约的笑意，却清楚地告诉他：“喊错人了。”

2

被江辙拍上后背的学弟叫刘鹏喜，进校以来和江辙他们一块儿出去玩过几次，也有过在凌晨三四点一起和地痞打架的交情。

平时他就挺崇拜江辙的,算是小迷弟一枚,现在满脑子都是江辙那句“喊错人了”。

“不是，小江爷……”刘鹏喜有点混乱了，摸摸后颈小声问他，“真不是我们方女神吗？”

他是个没眼力见的，自江辙说完刚才那句话后，就有不少目光都聚集在他们这几个人身上。

八卦的、好奇打量的都有。

江辙哑笑着摇摇头，伸手拍开他凑过来的脸。

而另一边的方晴好脸色瞬间黯然下来，强颜欢笑地在边上继续给人发水。

陈溺看着桌上那张被水汽打湿的纸币，视线刚收回来，就在半空中撞上了江辙看过来的眼神。

男生撩着薄薄的眼皮望着她，仿佛一点也不在乎别人会不会因为他这种目光误会什么。他的黑色碎发落在眼前，黑漆漆的瞳孔锁定她的脸，笑了一下。

贺以昼和黎鸣他们几个人就站在侧边上，对这两人的眼神互动瞧得是一清二楚。

几番暗示之后，贺以昼咳了几声："阿辙疯了？招惹人家好姑娘干什么？他不是不好陈妹这口吗？"

“你也看出来了？”黎鸣欲盖弥彰地跺跺脚，转过身嘀咕，“调情撩人这一套，谁也玩不过他，想一出是一出。”

虽是这么说，但他们也是头一回看见江辙主动盯着一个女孩不转头，难免有点破天荒的新鲜感。

中场休息结束，第二场球赛开始。

这局比赛比较关键，第一场输了之后，士气已经减弱不少，观众席上的同学看得十分紧张。

江辙打篮球是不怎么和队友打配合的类型，我行我素，球技乖张。

他在这场比赛充当的角色是前锋，在场上跑的速度很快，基本上拿到球就投，投篮也很有准头，上场以来没空一个。

几轮横跨球场的来回下来，尽管开场前江辙没和球员们说要怎么打，但他们此刻也已经把他当成队伍里的顶梁柱，拿到球就都尽量传到江辙手上。

时间过去一大半，外院那几个自然也知道该防江辙了。

两个人过去贴着他，硬是要截断这个球。

江辙一个跳投的假动作，直接把球往后扔传给队友。他才刚脱离控制，刘鹏喜的另一个同学又把球扔了回来。

江辙脚步前后一拐，一招双刺探诱导对方的视线重心偏移，一个朝内切躲开他们，五指抓住球身，在掌间转动一圈，最后一个直臂投篮，球朝上方一个弧度飞起，三分球打着旋准准落入篮筐。

四周爆发出一阵欢呼叫喊。

第二场比赛分数拉得很大，比赛时间截止前是 27:15，大多球都是江辙投进去的。

啦啦队适时上场表演，球场响起音乐声，节奏欢快。

一大片人欢喜，一小片人忧。

陈溺刚和路鹿从 VIP 观众席上下来之后就没回去过，也没人注意她们这两个混在一群高大球员里的女孩。

江辙他们几个人从场上下来，不少人夸张地喊他名字。

他充耳不闻，不受影响，和身边人淡定地说话："换战略，待会儿他们会死防我。"

比赛采取的是 CBA（中国职业篮球联赛）总决赛三局两胜制度，而不是分数制。

目前的局面为 1:1，最后这场成了起决定性作用的关键赛。

刚才那场比赛江辙完全没放松警备，也没给对方留个喘息的机会。他像一只骁勇试翼的鹰隼，一路勇推，风尘翕张。所以下一场比赛对手一定会吸取教训，死死地把回防做好，堵死江辙。

项浩宇往他那儿丢了一瓶水。江辙接住拧开，仰高下颌，露出一截修长冷白的脖颈，灌了几大口。

汗和水同时流下，蓝白色球服被浸湿，隐约能看见一大片暗色覆盖在肌肤上。

那是什么？

陈溺盯着那儿有几分怔忪，还想看清楚点时，江辙已经转过身倚着馆里冰冷的墙。

他侧首，在锁骨凹陷的那块颈窝里蹭了一下下巴的水珠。

他黑长的睫毛垂下，薄而内双的眼皮上沾着亮晶晶的汗，浑身都透着轻傲颓懒的大男生气息。

球场对立面有两三个日籍学长在观众席上大声喊，用的日语。

黎鸣纳闷地抬头："他们在喊什么？"

陈溺认真地听了几句："在说换人，他们想换两个学长上去。"

本来这就是大一新生的比赛，就算请外援也顶多让一个学长上场，但显然那边的新生都不怎么玩球。

裁判对外院那些留学生也不了解，光看脸觉得都长得差不多。就算偷偷换了两个大二的上去，恐怕也只能睁一只眼闭一只眼。

贺以昼有些惊讶地问："陈妹，你怎么还会日语啊？"

"只会入门级。"陈溺淡声地解释说，"我们高考的时候可以选日语成绩代替英语成绩。我那时喜欢宫崎骏和久石让，就去旁听了一个学期。"

"在下不才，其实也能讲上几句。"贺以昼挠挠后脑勺，笑眯眯地展示，"扣你鸡娃，瓦达西瓦，瓦力瓦力哇！你妈挖土豆，一撬一麻袋。"

黎鸣皱眉："贺狗，这个范儿装不起，咱们可以选择不装。"

坐在一边的项浩宇把捂住胃的手改成捂住耳朵，生无可恋道："杀了我吧。"

路鹿脸上也是毫不掩饰的嫌弃："贺哥，你还是闭嘴吧！我听过小美人说日语，比你说得好听还正常多了。"

被打击得体无完肤的贺以昼很受伤。

边上的篮球队伍在休整中。

刘鹏喜揩了揩刚在球场上被顶到的膝盖骨，有点气愤："小江爷，那个 7 号脚是真有点黑啊！”

何止脚黑，手也黑。

裁判有好几次做了警告的手势，对面却很鸡贼，有了撞伤项浩宇的前车之鉴，就把小动作做得更隐秘了点，收手收得很快。

下场比赛，对面肯定要把心思放到江辙身上。

陈溺问：“他们是想犯规？”

“嗐，陈妹你不懂！他们就是踩着这条裁判判不了的高压线恶心人。”黎鸣说到一半，看着她笑得别有含义，突然反应过来了，“等等，你的意思是说……”

陈溺对他没说完的话予以肯定地点点头，顶着张人畜无害的脸说：“他们想犯规，那就帮他们犯，‘师夷长技以制夷’啊。”

江辙觑着她狡黠灵动的眼眸，嘴角稍扬，抿了抿干涩的下唇，转头问他们：“还没听懂？”

说得这么直白还听不懂的话，猪都该跑出来替他们投篮了。

几个大男生恍然大悟。

“好像是这个道理啊，有意思有意思！”

“陈同学牛啊牛啊！哈哈哈哈哈！人在椅上躺，球技心中涨？”

路鹿依旧是最迟钝的那个，左看右看，一头雾水地问：“你们在笑什么啊？”

陈溺抿了一口水，摸摸她的小脸：“在给大家加油。”

“哦哦哦，大家加油哈！一定要赢，友谊第二，比赛第一！”路鹿毫不犹豫地重复一遍。

几个人跟着笑了几声，很给面子地说：“遵命，公主殿下。”

他们站那儿把对策商量完，等比赛快开始了，就都往球场上走。

江辙正好也把手上那瓶水喝完，经过陈溺边上时蓦地停下了脚步。他眼睫半垂着，姿态看着漫不经心，在旁人眼里却像亲昵的情人耳语：“陈绿酒，你怎么不给我加油？”

陈溺下意识地对他的靠近往后退了一步，听见裁判催人上场的声音，只好依着他说了句：“那你加油。”

“好，冲你一句加油我们也得赢。”

他把她意外惊慌的表情尽收眼底，哑声笑笑，抬手要摸摸她头发，在看见她威胁的眼神后又放下了。

陈溺松口气，这人疯起来都不知道场合的。

但这口气还没松完，观众席上又发出一片骚动的声音，尤其明显的是个别女生的感叹声。

是江辙抬起了手臂，抓了把球衣下摆擦汗。

他正面对着她，那截清瘦流畅的腰线极有偾张力，露出来的腰腹肌肉紧绷着，呈现紧实性感的小块状，白得扎眼。

路鹿对这两人的进度乐见其成，一脸姨母笑地在后面闹她：“江辙哥刚叫你什么啊？什么九？你们居然还有小昵称啦？”

一边的啦啦队也在卖力地挥舞花球鼓舞人心，方晴好停下片刻，目光落在陈溺那儿停留了一会儿。

AI系这边虽然没换人，但调整了个人位置。

江辙能者多劳，上一场还是打前锋，这场就变成了队伍里的控球后卫。

刘鹏喜他们刚才听江辙说对面这场会针对他，果不其然，对方几个人都猛盯着江辙。

这其实也是他的策略，刚才那一局是非赢不可，所以江辙走了他最擅长的单打独斗型老路。

他这人是孤狼类选手，全队配合，把胜率砸他身上“奶”他一个，反倒能赢得轻松。

而现在是稳中要放，虽然是一局定胜负，但这好歹也是个团队竞技项目，所以江辙把机会分配给了其他四个人。

目前比分相差无几，是你超我赶的局面。

球传到江辙手上，这场他的目的已经不在投篮。他抬手来了一个空中摆臂的假动作，诱拐对方抢球。

“这就上钩了，哈哈哈！”

随着场下贺以昼这一句笑，裁判吹响口哨——7号，打手犯规！

罚球线上，刘鹏喜赚到3分，比分就从这时开始慢慢拉开差距。

球在球场上转了一圈，终于又回到江辙手里。7号球员的手臂往他腰那儿推搡，似乎想故技重施。

江辙抬高手臂，和队友使了个眼神，从背后运球。对面的7号急功近利，心浮气躁地又上了当冲过来。

裁判吹哨——7号，进攻犯规！

看台上一片嘘声，外院那块位置的同学的脸色难看极了。

输了都比胜之不武来得光明磊落，这一声声罚球的哨声简直是在打他们的脸。

哨声再一次被吹响时，江辙手上的球已经被对面一双手扣住了。

他干脆利落地放开，甩了甩手，舌头顶着腮帮往后退了几步，样子狂欠得不行，摆明了就是：球让你了，反正你又犯规了。

对面的男生受不了这挑衅，气得把球往他脸上砸。

江辙微歪了一下头，轻而易举就躲过对方的蓄意攻击。

汗水流过下颌，他稍挑眉，挑衅意味十足，冷淡恣意中带着一丝蛊惑人的野性。

场上安静了几秒，而后爆发出铺天盖地的尖叫和感叹："呜呜呜，可恶，又被他装到啦！江辙真的好帅，为什么这么帅的人不是我男朋友？"

"谁来救救我？啊——我要被江学长这个歪头给弄疯了！"

"终于知道为什么说江辙是我校招牌脸蛋了。人家成绩好，又长成这样，篮球还打得这么好！颓颓痞痞少年郎，人冷话少玩得开，谁能不心动一秒钟！"

"他单身吗？单身吗？就问一句我还有机会吗？"

……

陈溺离观众席三四米远，却觉得耳边充满了这种迷妹的声音。她手里那瓶喝了一半的矿泉水水瓶不知不觉间已经被捏扁了。

外院那个7号这么明显的攻击犯规，裁判直接把人罚下了场。

对面换了新人上来，但大势已去，人心涣散。

比分已经到了 39:17 的压倒性胜利阶段，还剩最后十秒，对方不可能有逆风翻盘的机会。

只是对面似乎打定主意不让江辙再进球，有些输不起的意思，肢体碰撞起来的力度也越来越不控制。才贴了两次人，就次次打到江辙那只绑着白色护腕的手。

其实他那手早就没什么大影响，护腕也只是在上场前懒得摘。反观对面连被罚球的警告都不在乎，一心抢球的吃相实在难看。

江辙运着球，嘴角还上扬着，眼眸却冷下来。

那边裁判和全场人在倒数，他突然收起闲散模样，起步晃过前面两人，几个队友拦住对方想抢球的步伐。

江辙趁这个当口，五指抓紧球，直接三步一跃而起，拉杆上篮，来了一招单手暴扣！

绝杀！这个压哨绝杀球毫无疑问地进了！！！

他单臂吊在篮筐上，悬在那儿挂着还没跳下来。

全球场的欢呼声不绝于耳。

还挂在篮筐上的江辙喘着粗气，朝对面的球队竖起了个大拇指，继而缓缓给了一个朝下的动作作为收尾。

他眉峰单扬，为他们喝了个倒彩。

太酷了！沸腾的人群往球场冲，一群男生庆贺地叫喊着，送水送毛巾的啦啦队美少女们也一拥而上。

裁判宣判了篮球赛的最终获胜方，场上被围得水泄不通。

陈溺才回过神来，发现路鹿不知道跑哪儿去了。

她把地上七八个空水瓶收拾了一下，默默从侧门出去。

篮球馆侧门是一条通往外面操场的林荫小道，陈溺踏出去没几步，低头刚把塑料瓶丢进垃圾桶，却倏地被人撞了一下。

好在她手扶住了旁边的树干，才不至于脸贴进垃圾桶里。

陈溺站直，看见后边撞她的人，是廖棠。

廖棠没有要道歉的意思，扬扬下巴："来看打球啊？"

陈溺点头，准备绕开她直接过去。

"来看球还是看人啊？晴晴先惦记上的人，你能不能离远点？"廖棠阴阳怪气的声音在她耳边响起，打量地看了她一眼，"人就算再不识趣，总要有点自知之明。"

上次是因为闫慧音，这次呢？

看来是因为方晴好。

陈溺想到廖棠曾经问自己的话，不由得笑了笑，重复着反问："学姐，你很喜欢替朋友出头？"

石柱上绑着的广播喇叭被试了两下音，发出笨拙的"啪嗒"声，播音员"喂"了几声，接下来似乎有通知要播报。

陈溺手上拿着的手机也恰好收到一则消息通知，她扫了一眼后，突然笑了下。

廖棠正要开口说话。

陈溺竖起食指在唇边抵了抵，打断她，"嘘"的一声后指指她们头顶上方的广播喇叭，漂亮清澈的眉眼弯了弯："听。"

"下面播报一则校园通知：为严肃校纪校规，清廉校风学风……根据《安清大学学生会管理手册规定》，校学生会副主席廖棠同学行为不端，作风不正。已证实其挪用公款，利用职务之便为自己谋取私利的贪污行为。

"今撤销其学生会副主席职务，给予全校通报批评及严重警告处分，以儆效尤。希望其余在学生会任职的同学也汲取教训，引以为戒……"

廖棠脸色煞白，可见校领导在处理时并没有给她透过一丝风声。

陈溺慢吞吞地在旁边落井下石："学姐现在应该没空教育我了，不如回去准备准备检讨书，顺便把钱先还给社团里的同学们。"

另一边球场的人依旧热血沸腾。

江辙终于从重重人群里走了出来，寻了一圈才看见快要离开自己视线的人。

他拿起旁边啦啦队的话筒，朝侧门那儿的女孩的背影喊："海洋系环工一班的陈溺同学，为什么没来给学长送水？”

陈溺前一秒对着廖棠还云淡风轻的表情霎时僵住，她后背微僵，慢慢转身朝声源那儿看过去。

场馆内静默须臾，全场一大半的人都往她这边看过来。

“陈溺是谁啊？有点耳熟，是上回在论坛出名的那个吗？”

“管她是谁呢。不觉得江辙太会了吗？这种时候喊人家女孩的名字，谁扛得住啊！”

3

在热烈的欢呼声和退场的人群轰动声里，前面广播才刚放完，江辙又拿着个大喇叭在那儿喊，够突兀的。

下午四点半，太阳还大着，陈溺用手掌挡了挡额头才能看清馆里的情况。

篮球馆上边是镂空玻璃板，日光倾泻一地。

江辙懒洋洋地站在一群人的最外边，立体深邃的五官极为招眼，连手臂上的汗都在发光。

他人高腿长，球衣被扯得歪歪皱皱，站在那儿是闲散的，偏偏那双凌厉的眼睛锁住她，有一种看着猎物的势在必得感。

一边的刘鹏喜赶紧拿了一瓶水给他送过去：“小江爷，要水你直接跟我说啊！这么多人手上可都有水给你留着呢！”

江辙接过来，给了他一个“边儿去”的眼神。他看着离他几米远的女孩乌眸红唇，裙摆下一双细白的腿纤直伶仃，乖巧脸上却是毫无表情的，冷淡地站在那里不为所动。

他装模作样地拧了拧瓶盖，叹气似的又喊了一句：“陈学妹，我手疼，拧不开。”

球场边上一群闲人有点整不明白了，好好一句“陈学妹”怎么被他喊出了老婆的既视感？

看他打球的时候倒是一点也不疼。

陈溺盯着他故意掐着虎口，仿佛在提醒什么的动作，她忍辱负重地朝他走过去，不满地磨了磨牙。

等人到了跟前，球场上、看台上那些不相干的人都八卦地看着这边的动向。

陈溺把水给江辙拧开，塞入他手中："可以了？"

她动作不大，只是颇为用力了点，水瓶的水都荡了出来。

江辙刻意低头，在她耳边笑着："让你拧个水，怎么还把我衣服弄湿了？想占我便宜啊？"

他嗓音低沉，声音只有彼此能听清。

陈溺扫了他身上的衣服一眼，懒得搭理他这话，脸上瞧着是很不乐意的表情。

黎鸣他们也很上道，看两人旁若无人地挨得这么近，立马戏瘾发作，把滚到脚边的篮球往边上"愤怒"一踢："哎哟！我这双玲珑剔透的大眼睛可看不得这个！"

贺以昼紧接着"呵"了一声："就是，我这种'单身狗'可受不了这委屈！"

球队里几个玩得皮的人立刻默契地无视了江辙警告的眼神，一人拿着一瓶水举在那儿等着递给陈溺："陈同学，我们也手疼……"

周边一群路人被他俩这么搅弄一番，反倒分不清哪对是官配了，看着活像陈溺带着一群大高个孩子。

江辙在一边拿着矿泉水瓶，朝他们伸出来的手一只只敲过去，闷声骂："套什么近乎呢？你们这些脏男人。"

听见他把"脏男人"三个字特意加重了语气，陈溺抿了抿唇，也不知道他是不是故意的，毕竟自己也这样骂过他。

一旁满头大汗的刘鹏喜叫起来，扯了扯球衣："什么脏男人？这是真男人的味道！"

贺以昼："你瞧瞧他这副不让人多看几眼的臭德行，这人还不是你的呢。"

黎鸣："可不是吗，兄弟们这还能忍？那你们屎都能吃！"

"行了，你们这群'酸鸡'！"有个大二的男生假装不耐烦地掏掏耳朵，下着套，“离咱小江爷的私生活远一点儿，毕竟今晚万京府走起，还得是球场情场双得意的人请客！”

江辙嫌他们吵，摆摆手：“行行行，别再扯我衣服了啊，快走吧。”

一群男生嘴上没个正经，夸张逗趣得不行，齐声喊了句：“好嘞，先谢谢江总！臣等退了，这一退就是一辈子了！”

赢了球赛，人工智能系的人晚上肯定要去下馆子撸个串。

一群人换完球衣都闹哄哄地往寝室走，急着去抢浴室洗澡。

江辙拿了手机从篮球馆出去，看见陈溺在路上低着头在打电话。

电话那边是路鹿，告诉她刚才带项浩宇去医务室了，回来有点累，就先回寝室睡觉了。

等她挂了电话，江辙走过去：“晚点一块儿出去吃饭庆祝？”

陈溺摇头：“不去。”

虽然说是大一的篮球赛，但海洋系又没人在球队，她去了算怎么回事。

陈溺晚上还要去图书馆占位置，两个室友早走了，没忘在群里“口嗨”，说什么祝她和江辙百年好合。

今天事有点多，篮球场上被江辙毫不掩饰地宣示主权，还有廖棠被处分……陈溺叹了口气，都能猜到待会儿回寝室是什么场面，尤其是盛小芋那只小尖叫鸡。

江辙看着她出神的表情，一张清秀的脸沐着日光，纤长睫毛在风中颤了几下，她的头发在跑动中有点散了，凌乱的刘海也被吹乱，露出光洁的额头，有几根细细密密的胎毛。

两个人就这么往寝室走，一路上没说其他话。

这显然是通往女寝室的方向，但陈溺也任由他把自己送过来，没中途把人赶走。

他直勾勾地看着她发了一路的呆，清清嗓子，刚想开口。

“江辙。”她突然打断他。

“嗯？”

“你回去洗个澡行吗？一身汗味很臭。”

他还以为她能说出个什么所以然来，上次是脏，这次是臭。江辙要被气笑了："我说你对着我能不能有一句好话？"

陈溺说："也有啊。"

他洗耳恭听，带着点期待地瞧她。

"你刚才打球的样子，真的好帅。"陈溺抱着手，仰着下巴看他，声音听着挺软挺腻的，但是神态看起来极为冷酷。

真想问问她长这么大夸过人没有，怎么嘴上说着好听的，脸却比他还拽？

江辙挺闷的，挺久没这么闷过了。

他舔了下干涩的唇，直接伸手推远陈溺的肩膀："你还是别说话了。"

陈溺被他推开，还踉跄了几步。

看他一脸吃瘪，要骂又骂不出来的模样，她忍不住笑出了声，捂着脸往楼上走后，再也没回过头。

不过，她才走到三楼就被人拦住了。

是在楼上盯着他们打情骂俏好一会儿的方晴好。她立在阶梯上，抱着手臂倚着扶手，居高临下地看着陈溺。

陈溺不太喜欢这个场景，总让她想起中学时候被几个看她不顺眼的女生拦在楼梯口，说着一些威胁又中二的话。

方晴好看陈溺若无其事地经过，喊住她："上次是我看见倪欢把举报信交过去了。"

陈溺稍愣，这么说，江辙是从方晴好手上拿回来的信？

方晴好笃定道："她没那个脑子做这种事，只会是你的手笔吧？"

"谢谢你这么看得起我，不过，"陈溺停住脚，神色清冷，"我这不是没动过你吗？"

她分得清谁需要教训，也分得清损害自己利益的人到底是谁。

廖棠和她其实私人间也并没有恩怨。

只是廖棠看不惯她，平时在社团里使唤她多做事也就算了，还屡次借着乱七八糟的理由来故意找她麻烦。

多可笑，因为自己心里不痛快，也要让别人不痛快。

方晴好被她阴森的语气给吓住，不由得退了两步，硬着头皮说："你以为你有哪儿不一样，你适合江辙那种人吗？他吃惯了海参鱼翅，就想尝尝清淡白粥，对你也不过是图新鲜！"

为什么要把江辙算在她头上？

同样是女孩子，这些事实在令人觉得讽刺。

闫慧音为什么不去扇肖屹巴掌，而要来找倪欢？方晴好为什么不去找江辙，而要在这儿羞辱她？

陈溺往前迈进几步，把方晴好卡进墙角。

"你！"方晴好的声音在陈溺的手贴上来时戛然而止，感受到陈溺的指甲划过自己脸颊，她眼睫抖了下。

她人柔弱，力气也不如陈溺大，只能听着陈溺凉淡的嗓音在自己耳边响起："自爱点吧，好好的人不做，怎么总把自己当菜。"

篮球赛过后，陈溺成功地因江辙那伙人获得了一小波关注。

但或许也正是因为那个人是没什么定性的江辙，大家在她身上停留的视线也没有持续太久。

一场欢喜剧过去，江辙对陈溺的靠近也没有了后续。她还是那个在学校不张扬也不出色的女孩，安安静静地过着每一天。

有一天晚上，陈溺为了抢票熬了个夜，忘记定闹钟。

结果她起床一看，手机里至少有十个来自倪欢的未接来电，"苟富贵，勿相忘"的寝室讨论群里，"倪大侠客"刷了几十条消息：

【两位姐姐，好歹起一个行不行？这位置已经占了很久了！】

【位置被人抢了……】

【居然还没来！赖老教授的课！要画期末重点了，你们是不是想下学期重修？】

陪陈溺一块儿在寝室睡大觉的还有盛小芋，她昨晚看韩剧看得忘记时间，到凌晨四点才睡下。

等两人确定已经迟到后，急急忙忙冲到教学楼却不敢进去了。

这节课是近海环境检测技术的理论课，上课的赖老教授是海洋系的领导，为人十分严苛。仅仅迟到几分钟也按翘半节课处理，会扣掉他们一半学分，还要花上好几分钟在讲台上让他们做思想检讨。

陈溺就站在大门紧闭的教室门口，看见倪欢又发了一条：【还没点名，应该是快下课的时候点。】

陈溺并没有就此放松，和盛小芋互相鼓励地深吸一口气，正要推开门时，身后一双骨节分明的手蓦地出现，扳着她的肩膀往后转。男生低下头时，身上凛冽而清冷的木质淡香环在陈溺鼻尖。

她有点恍惚地转过头，没睡醒也没反应过来似的，手指不小心摩挲过他外套的冷硬衣料。

“江学长！”盛小芋用气声吃惊地喊了一句。

只见江辙敲开门后，闲闲地扶着门框挡住赖教授的视线，另一只背在身后的手朝她们示意：从后门进去。

后门坐着的同学立马悄悄地把门打开，两人很识趣地猫着腰在这招“声东击西”之下苟全性命。

从后边偷偷迈着小碎步溜进教室，陈溺还能听见那人在说些有的没的吸引教授炮火，为她们拖延时间。

“这个点才来，昨晚打游戏通宵了吧？”是赖老教授一贯的讽刺语气。

男生的声音漫不经心：“那倒没有，熬夜看书呢。”

赖教授摸起眼镜戴好，准备训人了：“哟，大少爷您还看书呢？来说说今儿准备的课题呗。”

后边，陈溺和盛小芋兵分两路。

陈溺找了个倒数第二排的位置挤进去，听见周边有男生笑着赞了句：“这就是江辙？够酷的啊。”

她下意识地抬头，教授似乎还跟他聊上了。

她边上那哥们儿睡觉睡到中途可能是做噩梦了，还蹬了一下脚，把她吓了一跳。

等成功地坐到位置上，把书也装模作样地翻开整理好，陈溺这才有空看台上。

江辙懒散地站在门口，他个儿高，离那门顶也没差多少。男生穿了身限量潮牌，里头圆领卫衣上的 VETEMENTS 字母泛着银白。

虽然入冬有段日子了，但这个年纪的男生都血气方刚，不怎么怕冷。他卫衣外只有一件薄款的牛仔外套，叠穿显得很有少年气。

陈溺撑着下巴盯着他，他也偏头恰好往大课堂后排扫视了一眼。

等到对上她的视线，他挑挑眉梢，晦涩笑意从唇边荡开，反倒站直了点。他这是看见她进去了，就不想在这儿耗下去的意思了。

“我的规矩你知道吧？迟到等于翘课！你叫什么？”赖教授边嘴上威胁着人，边低头找着点名册。

“抱歉啊老师，那您算我翘课吧。”他也懒得再拉扯，走到走廊上，干脆地报上名字，“大二 AI 一班，江辙。”

门被带上，仿佛他刚刚就是来探个场。

赖教授舔了下手指头继续翻名单表，才后知后觉地抬眼问第一排的人：“那小子刚才说他叫什么名字来着？”

“大二的，江辙学长！”

“哦，江辙……”赖教授反应过来了，拍了一下讲桌，显然对这名字有所耳闻，“他江辙不是人工智能专业的吗？跑我这课上来干什么！”

有人调皮地接腔：“可能他仰慕您吧，想来感受感受咱们赖院士的授课风姿！”

一群人哈哈大笑。

老教授被这群油腔滑调的孩子夸了也没个好脸色：“别瞎扯了！现在抽小组上来做发表。”

课上倒也没其他有意思的事儿发生，唯一一段插曲是有个男生在发表 PPT 时不小心点进了文档里一个名叫“学习资料”的文件夹。

那男生还正好就是陈溺旁边刚做噩梦蹬腿的那位，后半节课他直接抬不起头，睡在那儿一动不动。

一节大课上完，陈溺还有一节选修课要上，刚好也在这个教室，省得走了。

她早上觉也没睡几个小时，索性枕着胳膊把脸埋进去补觉。

她是个浅眠的人，也没过几分钟，听见长桌一角响起了“咚咚咚”的敲桌声。

紧接着是旁边那哥们儿带着点惶恐的抽气声站起来了，动静尽量弄得很小，又有人坐下了。

陈溺没睁眼也知道是换了一个人，他靠得很近，是熟悉的、清冽的沉木香，带着点清苦的柑橘调洗发水气味。

作为一个十九岁的男生，他身上没有烟草气还真是很难得。

没等江辙有下一步动作，门口一个女生看见他已经直接朝他走过来，自信爽朗地开口：“江学长，你也来旁听这节课啊？上次我和你们一块儿出去玩过的，忘记加你微信了。”

课间不知道是谁的手机在放歌，一首粤语老歌，歌手正唱到“他从没靠近，对话像接吻”。

陈溺在胳膊肘里睁开眼，依旧没抬头，只是很轻地屏着口气，突然感觉到自己散落在桌面的长发被人拾起了一小撮。

江辙背靠着后边的椅背，长腿大剌剌地岔开伸到桌下，膝盖不经意地挨着陈溺。

他的视线在等他给联系方式的女生身上停留了一秒，他浑痞地耸了下肩，笑着问：“还不明白吗？”

女生愣了下，看着他手上的动作，才清楚他没说出口的话是——我捻她的发丝都比搭理你有意思，还不明白吗？

江辙鲜对人说太难听或拒绝得太直接的话，看那女生知难而退也没再继续盯她。

脚步声远了，女生身上浓郁的香水味也远了。

在桌上趴着的陈溺抿了抿唇线，好像松口气似的。她整张脸都闷进手臂窝，不留半点让人看的空间，仿佛从头到尾就一直是沉睡状态。

她手掌呈自然状态摊开，搁在桌面上。

江辙看了须臾，伸出两根手指“踩”上去。

他的指腹有些粗糙，贴着她白白嫩嫩的掌心，像在她掌心散步一般，手指指腹贴着她每根手指，辗过一圈。

暧昧的，模糊的。

痒的也不只是她手心了。

陈溺憋了半天，终于装睡装不下去。她恼怒地收回有些痒的手，握成拳，抬起头：“你到底想干什么？”

江辙看向她瞪圆的眼，垂眸，视线挪向她还开合着的花瓣唇。他手放平在桌上，倾身靠过去，偏头反问她：“我想干什么，你说呢？”

他滚烫的呼吸似乎就拂在她敏感的脖颈处，被盯得太直接也太紧迫，陈溺有几分招架不住，心跳也快得怦怦直响。

他越靠越近，早已经超出了正常交往的安全距离。

陈溺脸慢慢转红，趁他不注意，一拳急急地朝他肩膀砸了过去。

4

离下节课上课还有十来分钟，毛概课的教授已经拿着教案进来了。

教室里还有来来往往占座的其他学生，陈溺羞恼地想抽回手，却被男生死死地摁在他的肩胛那儿。

她怕引起别人注意，只能低声呵斥：“你别碰我！”

“喂，讲不讲理。”江辙很配合地弯下颈，也学着她压低嗓音，“不是你先碰我的吗？”

他手掌宽大，指节修长有力，攥着她的拳头带到桌下，放在了膝盖上。

陈溺使了吃奶的劲儿也挥不开，还要听他在耳边假模假样地装疼：“怎么办，你打得我很痛啊。”

她横眼威胁：“再不放开我，我还能让你更痛。”

江辙听着这奶凶的声音就闷声笑，笑得揶揄又轻佻。他侧脸靠在桌沿那儿仰视她，极为不相信地挑衅道：“那你试试啊。”

话刚说完，陈溺就抬起腿踹了他一脚。

她穿的是双小靴子，鞋尖的攻击力度十足。在他吃痛闷哼一声时，她迅速甩开他的手往旁边位置移了一格。

江辙的手被她随意一甩，直直磕向椅背一角，手腕上的机械运动表发出一声“啪嗒”的碰撞声。

他蹙眉，看着立刻红了的手背：“还真打？”

陈溺有点心虚，强装镇定：“是你让我试试的。”

江辙揉着那儿，不慌不忙地说：“我让你试试，你就试试。那我要让你亲我，你怎么不过来给我一口？”

她瞪着他，一句“流氓无赖”哽在喉咙里。

她不理人，江辙就自说自话：“陈绿酒，你手劲儿挺大的啊。”

不知道从什么时候起，两个字的名字叫着没劲，他总是连名带姓喊她三个字的小名才觉得有气势。

这节大课来的人很多，还有好几个人根本没找到位子。

陈溺和江辙之间空着的那个位子又没人敢过来坐。

倒也不是怕什么，只是单纯地看见大名鼎鼎的江辙在这儿和女孩说话，压根儿没人好意思过来打扰他们。

好不容易有个男生过来，还是问陈溺能不能往外边那个位子挪挪。

她把书翻开，淡定道：“你可以坐我们中间。”

男生看了一眼江辙懒洋洋的表情，笑得有点牵强：“同学，还是你坐中间吧。我这么胖，容易挤着。”

陈溺盯着旁边那人，江辙同样厚颜无耻地继续稳稳坐着，没有要让位的意思，甚至转起了桌上的笔。

她没法，只好又挪了回去，憋着气问他：“你能不能别占用公共资源？”

大二的跑这儿来蹭什么课?

“这么不待见我？”江辙微微低头，凑近她说，“我这不就是想来给你送个礼物。”

十一月底，北风吹得猖狂。

临近午时的阳光也没多少暖意，闲闲地从没拉紧的窗帘罅隙处穿进来，恰好投在他们这张桌面上。

陈溺背着阳光，盯着男生在阳光照射下漆黑偏栗色的瞳仁。

他的腿很长，屈在那儿显得桌底都很逼仄。他手上握着她的一支圆珠笔，指甲干净圆润，慢悠悠地边敲着桌面边盯着她，肆意的少年感在他身上展现得淋漓尽致。

“什么礼物？”陈溺没带什么期望地问了一句，手又被他攥住了。

江辙的速度太快，她还没反应过来，手掌里就被塞进了一个纸团。

陈溺再想开口，他已经站起来了，没留一句话就径直朝外面走了出去。

教授也恰好把多媒体电脑打开，喊了句正式上课。

她把注意力收回，望了一眼手心的东西。

是两张欢乐谷音乐节的门票。

这场音乐节提前公布了嘉宾名单，海报上写着“落日飞鸟”也会来。

陈溺昨晚就是和路鹿约好一起抢票抢到凌晨，但只抢到了外场，两人在各种 App 上找了半天也没捡漏到内场的票。

而江辙给的这两张，上面显示的位置正是第一排。

陈溺把票收好，打开微信，把两张票的钱给他转了过去。

他没收，很快发来一张图。

背景是走廊上，他手掌心躺着一支刚才拿走的圆珠笔。

这笔是陈溺当初买海洋馆课外书送的周边，粉色的笔身，笔盖上是一只略显呆萌的大螃蟹。

【JZ：门票就用这个抵了。】

陈溺发现路鹿和项浩宇之间的不对劲，是在一起去音乐节路上的那天。

她不知道江辙那儿还有没有票，但反正他给了自己两张，另一张她是一定要给好姐妹的。

地铁上，晚上七点多依旧拥挤。

两人没找到位置坐，靠门站着。陈溺宽慰路鹿："你开心点啊，上次不是说见到笋子还要和他一块儿多拍几张照片吗？"

路鹿叹了一声，想起上回在项浩宇寝室楼下看见的女生："溺溺，我觉得好辛苦。"

他连她为什么不开心都不知道，只会觉得是她无理取闹。

陈溺没有这方面的经验：战战兢兢的暗恋，怕动静太大将他吵醒，却也害怕自己太过胆怯，将他拱手让人。

她只能问："那要不要换一个人喜欢？"

"我试过啊……没成功。"路鹿眼圈有点红，指头绞了绞衣角，"你说喜欢一个人，哪有说换就换的。"

莎士比亚也说过：爱非爱，若境遇变化而即刻变化。

说变心就变心，哪能算是爱。

她们这时懵懂青涩，大部分人都被感性带着走。

也许是意识到一路上的气氛被自己带得有些沉闷，路鹿终于收拾了一下自己的情绪，决定把烦心事放一边，先和姐妹在偶像的音乐会上玩尽兴再说。

临近到站，有个男生走过来问陈溺要电话号码。

这附近都是大学城，来搭讪的也都是年纪相仿的学生。

陈溺礼貌地拒绝了，男生带着失落的表情离开。

路鹿等那男生一走，立刻拍了拍胸口："还好你没答应，说实话，那人还没我江辙哥一半帅！"

"……我觉得还好啊。"陈溺随口道。

路鹿很护短，反驳说："哪里还好，那些男生和他差得可不是一星半点！不过小美人，你今天好漂亮！"

因为今天是周末，音乐节又是晚上才开始，陈溺出门前不仅化了个妆，还换了一身平时没穿过的装扮。

她整个人很符合清冷女孩的三要素：冷白皮，背薄，清瘦。

暗色收腰连体短裤裙，半点不怕冻似的裸着肩背，长发绑成一个高高的丸子头，露出修长的天鹅颈。一双工装靴，左膝上几厘米处还绑着一个黑色朋克腿环。又欲又纯，很有“落日飞鸟”歌曲的风格。

相比她，高了一大截的路鹿仍是平时的森系装扮，脸上还贴着桃心贴纸，两人在外形上有很大的反差感。

陈溺打开她摸自己大腿的手，嗔了句：“你别摸来摸去的，像个流氓。”

“可是我忍不住，呜呜呜。”路鹿很没出息，“是不是你们这些一米七以下的软妹子都这么水灵灵的啊？不像我，我像只展翅的大鹏！”

陈溺心累，高妹永远不会知道她们这些不算高的女生有多想再长高几厘米。

离音乐节开始还有几分钟时，她们坐到了 VIP 位置上。

同一排的还有一些特地来打卡的网红，穿衣风格都迥异独特，四周是她们自带的摄影师，到处都是闪光灯。

陈溺刚把口罩取下，边上就过来了两个人。

“江辙哥！”路鹿惊异的声音先响起，而后转向他身后的项浩宇，看了一眼，语气立马变得冷淡，“你们怎么过来了？”

这两人身上穿的都是“落日飞鸟”的应援卫衣，某宝上九块九包邮就能买到。假粉丝混进来还拿着灯牌，看上去有模有样。

项浩宇显然是来哄人的，他移到路鹿边上，拿出刚才买的灯牌发箍推推她手肘：“还生气呢？不就是上次没陪你吃饭嘛，我知道错了，小祖宗。”

根本就不是一顿饭的事。

而是在她和那个女生之间，他选择了走向另一个人。

但路鹿对着他这般讨好卑微的样子，什么气也生不出来了，半推半就接下那个发箍，示意他低头。

她把那个灯牌发箍戴到项浩宇脑袋上，哼了声：“原谅你了。”

项浩宇深隽的侧脸凹下一个酒窝，笑得十分温柔，就差来一句“谢主龙恩”。

陈溺见他俩和好，也终于轻松地舒出口气。

身边的江辙抬手揉了揉肩颈，侧头觑着她："他头上那玩意儿，你也给我一个。"

舞台上已经有调试乐器的噪音，观众席上也哄闹得厉害，他们说话时不得已要贴很近。

陈溺迟疑地看他："你确定要？"

他笑笑，掺着热气的话音落在她耳朵上方："就你头上这个，给我戴上。"

江辙坐在椅子上，陈溺看了一眼注意力不在这边的路鹿他们，像是偷偷摸摸赶时间似的，她抬手把自己脑袋上的那个莹白色灯牌取下来，快速地戴在他头上，指尖无可避免地从他漆黑冷硬的发丝里穿过，小拇指还不小心碰到了他微凉的耳郭。

江辙扬着唇，等她弄好了才抬起头。

男生棱角分明的五官被灯牌的亮光和舞台上五颜六色的光映衬着，冷感和热烈从他鲜明的下颌线上分割开。软萌的少女风头箍给他这身桀骜不驯的气质又带来一丝软萌感。

陈溺不自觉地抿了抿唇，一个男的，怎么长得这么会蛊惑人？

"好看？盯着快不眨眼了。"他声音有些戏谑。

陈溺正脸看向舞台，云淡风轻地回他："该看表演了。"

活动拉开帷幕，舞台上已经有乐队准备就位，Rapper（说唱歌手）一出场，现场已经炸了！

万人合唱比高三时的早读还要齐："Everybody clap（所有人鼓掌），举高你们的双手！"

"恋爱工作都烦恼，Love 哪有 Live 好！"

几个组合唱完下场，很快就轮到了她们正在等的"落日飞鸟"。

笋子是主唱，大广和声，他的双胞胎弟弟盛盛负责打鼓。

乐队才刚上来，只见前一秒还恬静矜持的两个女孩突然整齐划一地站起身，在音乐响起时边跳边大喊他们的名字，跟着其他粉丝一起举起灯牌摇晃。

江辙和项浩宇是全场为数不多坐着的人，他们淡淡地对视一眼，听着满场的粉丝大叫，露出了无法理解的目光。

音乐节的氛围大都十分热烈。

一曲唱完，轮到了粉丝福利环节：抽取一两位幸运观众上台和乐队一起表演。

摄影师把镜头扫到了 VIP 前排这片区域，他们四个人恰好都入了主镜头。

陈溺猛然瞧见大屏幕上出现他们的脸还有点蒙，她怔怔地看着笋子朝她跑过来，弯腰对着她伸出了手。

身后的路鹿激动得话都说不清，急忙推着她上台："去啊，小美人！快去啊，你不是会跳舞吗？"

陈溺跨步上去时，不知道是谁把她系着丸子头的皮筋扯了下来。

灯光打过来的那一刻，她长发散落，顺着舞台上吹过来的风扬起，形成一道优美的弧线，像极了被神明眷顾的少女。

此起彼伏的尖叫捧场声在台下响起，紧接着身后又上来了一个人，是莫名其妙被推上来的江辙。

陈溺捂着嘴笑，难得地毫不掩饰脸上的幸灾乐祸。

江辙的表情看上去就是走错场的，可能是因为他一身都是乐队的应援物，才会被笋子误以为是死忠粉，也邀请了上来。

主持人在调和气氛。

陈溺和江辙在和乐队沟通，她自然是选和伴舞一起跳舞，而江辙选的是打碟。

他说出"打碟"两个字时，几个人都有点好奇地多看了他一眼。

打碟不像打鼓，有协调性就成功一大半。

这项乐器还需要绝对音感和节奏天赋，所以很多人都会觉得打碟很难学。

可江辙显然对很多好玩耍酷的事儿都能做得得心应手，游刃有余。

他站在碟盘前，长袖往上卷至小臂，浅灰色九分裤下露出一小截清晰突出的跟腱骨。不知道听旁边的盛盛说了什么，他笑得又痞又坏。

摄影师很懂地把特写镜头移了过去，场下如他所料般发出排山倒海的尖叫呐喊。

5

场上场下的联动往往是全场的关注点，江辙偏头一看，瞧见摄影大哥掌着的直拍机器就快怼到自己脸上来了。

台下有人欢呼，凑热闹般地大喊：“帅哥 DJ，我可以！”

江辙对着镜头做了一个“安静点”的动作，指了指伴舞那边的方向，示意往那儿拍。

盛盛站在那儿和他一块儿调着碟盘，问了句：“兄弟，你真是我们乐队的粉丝？怎么连这首歌都没听过？”

江辙也挺坦诚，在他面前晃了一圈手腕上的皮筋：“我不是，她是。”

盛盛笑笑：“那女孩是你女朋友啊？和你倒挺配，颜值情侣啊。蛮浪漫的，会陪对象来音乐节的男人都是好男人。”

江辙扬扬眉没反驳，侧首看向台前的陈溺。

这首歌是串烧，好几个乐队一起创作的歌，连伴舞也比之前多。

陈溺被安排在领舞的边上，可能因为从小就有一个会跳舞的妈妈带着，她对舞步的记性很好。

灯光暗下来，依旧是大家熟悉的致幻风。

等音乐的前奏一开始，大家对帅哥的注意力大部分就都转移到了伴舞那儿。

迷幻摇滚和放克爵士舞的搭配实在是能让人眼前一亮，陈溺这一身就很适合跳舞，腿、腰、胸每一处的线条都干净利落到了极致，舞步也半点不输专业的伴舞，每一个节拍都能稳稳踩住。

她在灯下低头，横移并步后扬起手打了一个响指，引起下面一阵欢呼。再摆手抖肩，舞线柔和又极具力量，身体随着旋律和节奏律动。

场下也嗨翻了：

“这哪里是女生？这是鄙人的下半生！”

“这小姐妹太酷了吧！气场两米八！清纯又性感就是这样的吗？”

“啊——我的宝贝小美人，看我看我！你是电，你是光，你是我今晚唯一的神话。”

“笋子你是什么‘欧气’选手，你是颜控看脸选人的？怎么随随便便喊两个人上去都能控住全场啊！”

“DJ那哥们儿是不是小明星啊？签公司了吗？长得也太能扛镜头了！垂着眼认真玩音乐的样子简直帅到爆炸！”

“还有这妹妹的腰也好能扭，女团门面第一人！呜呜呜呜，出道我必定投一票！”

……

台下的人晃着灯牌热情摇摆，跟着歌声一起扬高手，一下又一下地和声。

江辙长腿鹤立在碟盘前，神色悠闲地调音，顶光在他线条凌厉分明的侧脸打下一道阴影分割线。

他停下手上动作，闲散的目光往台前女孩那儿看过去。

一曲将结束，陈溺最后的收尾动作是一个妖娆又不失帅气的顶胯，抬高腿那一瞬间，场下观众们都在大声喊“老婆、老婆”。

江辙很烦躁地“啧”了声。

主持人适时上来控场和宣布下一个乐队的上台节目，还和陈溺做了个小互动，对她夸赞了好几句。

“小姐姐是‘落日飞鸟’的铁粉吗？看得出来你经常看他们的视频吧，连伴舞的舞步都记得这么清楚。”

陈溺腼腆地笑笑：“我和我的好友都是从高中追他们追到大学的，之前也一起去过乐队在本市办的专辑签售见面会。”

主持人淡淡地调侃：“那小姐姐单身吗？最喜欢乐队里的谁呀？”

“落日飞鸟”那几个男生也都只是二十四五岁的摇滚青年，本就是内敛的性格，被这么一说都有点不好意思。

台下的路鹿在喊陈溺的名字。

她边压低下巴去看，边拿着话筒说：“我们都很喜欢笋子。”

于是笋子被推上来，勉强挤出一个专属“社恐”人士的微笑。

主持人见状笑得更大声，说：“那就请我们的小姐姐给你最喜欢的偶像送上一句话。”

“祝‘落日飞鸟’，永不落幕。”陈溺对上台下路鹿给她比的爱心，也鼓起勇气给她回了一个，把话说完，“祝我们鹿鹿，永远快乐！”

江辙在音乐结束后就早早地从台上跳下去，回了位置上坐着，中途还拒绝了几个过来加微信好友的女孩。

而另一边被路鹿扯着袖子尖叫半天的项浩宇则一脸生无可恋。

两个大男生没追过星，也不理解这些粉丝的心情，看看跳舞听听音乐倒还能理解，扯着嗓子喊老公老婆这种就着实有些夸张了。

江辙看着台上的女孩害羞得脸都红了，完全没有刚才冷淡清傲跳舞的样子，咬着唇迈着小碎步准备下场时，连几位偶像的正脸都不敢看。

他冷着一张脸，盯着陈溺往这边过来，“哧”了声。

拥挤的人潮，夜市里传来啤酒和烧烤香味，旗帜上的标语在风中飞舞，高燃的场面一个接一个，霓虹灯闪烁不停。

这里到处都是沸腾的青春，是弥漫的年轻荷尔蒙。

音乐节还要两个多小时才结束，好在陈溺和路鹿也只追这一支乐队，对其他节目都没了太大的兴趣。

夜风徐徐，星光璀璨。

他们几个人从人群重围挤出，项浩宇把外套披在路鹿的肩膀上：“我们坐地铁回学校吧。”

几个人都没什么意见。

路鹿被带着走，陈溺正要跟上去时，被人拍了下肩。

江辙带着她走另一条路，冠冕堂皇地说：“他俩刚和好，给他们留点两人空间。”

陈溺“哦”了声，心想路鹿说不定还乐享其成。

两个人漫无目的地往前走了会儿，陈溺朝他伸出手：“你把皮筋还给我。”

江辙从手上褪下皮筋来递给她，乐了：“看你沉迷男色那个迷糊样，还以为你不知道是我拉下来的呢。”

她随意绑了一个高马尾，不解：“什么沉迷男色？”

“反正有这事儿。”江辙含糊地带过，显然不想跟她多聊那个乐队，他又拿起手机看了眼时间，“寝室还有三个小时关门，先陪我去个地方？”

陈溺：“去哪儿？”

“去了你就知道了。”

他抓起陈溺的手腕，小跑到路边拦了一辆车，把她塞了进去，朝司机说了声：“海洋馆。”

这个点不算早，馆里的过山车等娱乐设施已经关闭。

黑压压一小簇一小簇人围在大玻璃墙那儿，和正在表演水上芭蕾的美人鱼合影。

陈溺跟着江辙乘水下电梯往里走，眼睛盯着缸里的水母，随口问：“怎么会突然想来这儿？”

江辙：“今晚有个活动，赢了就有奖品。”

海洋馆今晚除了有海豚表演顶球，还有一个海洋知识竞赛，路边上就有立牌写着活动时间和进场规则。

陈溺看了几眼后一脸无语，指着那儿沉声说：“江辙，这是亲子活动。”

难怪这个点都是一家三口、四口的小分队，而且这活动对孩子也有年龄要求，不能超过十四岁。

他们两个单身小年轻站在这一家家一户户里头简直不能更突兀。

江辙大概也是才看清那广告牌上的字，拧着眉想了会儿，蓦地盯着她笑了一下。

暗蓝色的海底隧道里，他低垂着眼，光影游浮在脸上，他黑漆漆的瞳仁微亮，嘴角稍牵：“亲子活动又怎么了？”

陈溺只消一眼就知道他脑子里在想什么了，她转身就要跑：“你不要过来啊！”

“戏这么多？”他伸手直接拉住她的手臂，拖着她往入口走，“快点。”

排在队伍里，几户家庭之后就轮到了他们。

陈溺和面前脸朝着她的一个小男孩大眼对小眼，十分尴尬地笑了笑。

也有不少好奇的人朝他们看过来，工作人员说出了大家的疑惑：“哎哎哎，这是亲子活动，情侣不能参加！”

陈溺木着脸：“谁说我们是情侣？”

“那你们的孩子呢？”

一旁的江辙在偷笑，英挺眉峰微抬，笑得顽劣又痞气，没见过这么坏心眼儿的。

他的表情管理完全失败，递给陈溺一个“该你表演”的眼神。

要不是今天音乐节的门票是他给的……

陈溺舔了下唇边，当着这么多人的面，把手慢慢抚上了自己平坦的肚子，佯装有些羞赧地低下了头。

……

参加竞赛的家庭还真不少，前边都是些看图猜动物的简单环节，专给小孩做的。

陈溺他们这一组简直不能再轻松，轻而易举就到了最后一关的冷知识竞赛。

这一关考的是父母的知识储备量，很快就淘汰了十几组家庭。

最后只剩下陈溺这一组和另一组三口之家。

策展人拿着题卡说：“如果你们现在放弃，其中一组就自然而然成为亚军，可以获得一份海洋馆生物明信片。”

有人问：“那冠军的最终礼品是什么？”

“可以在海洋馆的非卖品纪念物里随便挑两样拿走，还能留下一张合照储存在时光记忆馆里。只要馆不关闭，你们想什么时候拿就能什么时候拿！”

陈溺回头看江辙，无声地问他的意见。

江辙没直接回答，十分嚣张地指着后边纪念品里的一堆玩偶："看见那一排娃娃了吗？"

一堆人注意听他的下文，只见他语气轻狂："你给小爷赢过来。"

空气一阵安静，吃软饭吃得这么理所当然也不容易，一堆人也不知道他们刚才在期待什么。

陈溺亦沉默了几秒钟，才妥协似的点点头。

1. 什么海洋生物在受到严重外伤（类似鲨鱼咬伤）之后，伤口能迅速恢复？

A. 海豚

B. 章鱼

C. 海马

D. 虎鲸

陈溺直接选 A。

2. 什么海洋生物的牙齿最长能达 3 米？

A. 海象

B. 海牛

C. 独角鲸

D. 灰鲸

江辙假装思考了会儿，随意地选了个 A，疑惑地问她："你们这个系怎么都学些这种东西？"

陈溺面不改色地把他的 A 换成 C："这是课外知识。我们系学的可不止这些。"

3. 章鱼有几个心脏？

这是道抢答题，江辙负责抢，陈溺答："3 个。"

策展人眨了眨眼睛，问她："附加题：那水母呢？"

陈溺淡定地回答："0。"

旁边有人讨论道："这是高手啊，是专业人士吧。"

而另一对夫妻早在上一题就已经输了，他们的小孩有点失望地望着那只水母玩偶，小声碎碎念：“妈妈，我想要那个。”

最后一道：鲨鱼怀一次孕要多久？

A. 10 个月

B. 24 个月

C. 36 个月

D. 48 个月

陈溺正要选 D，一边的江辙突然把她的答题板拿了过去：“陈绿酒你就离谱，48 个月你知道有多久吗？”

陈溺冷眼睨着他，低声威胁：“你确定要跟我比这方面的专业性？”

周边的人看见他们冲到最终关卡还没使用过一次外援，围观群众也越来越多了。有热心肠的中年大叔朝他们嚷嚷：“听媳妇儿的啊，这后生仔真是不懂事。”

“天大地大，老婆最大，这种事还要我们教？一看就是个愣头青，连恋爱都没谈过几次吧！”

平生第一次被这么评价的江辙有些无语。

“就是就是，你就算赢了题，也输了人生！”

虽然不知道他们怎么得出江辙是个纯情少男的结论，但陈溺听到这里，还是忍不住反驳一句：“他才不会赢，这题的答案就是 D。”

策展人笑眯眯地看向他们：“决定好了吗？”

陈溺瞪了江辙一眼：“赶紧。”

江辙不太确定地把题板交上去。

策展人沉吟两秒，露出一个笑容：“恭喜你们，荣获本次海洋知识竞赛的冠军！”

一群人惊呆了，谁能想到鲨鱼怀个宝宝居然要四年！

陈溺面色无波无澜，从展览柜里领了一只水母奖品出来，送给了刚才那个小孩。

毕竟如果不是他们来了，他是可以拿到水母的。

人群慢慢散去，还剩下几个小孩在那儿盯着江辙，可能以为他也会把奖品送给其中一个小朋友。

但江辙脸皮厚，他吊儿郎当地插着兜走过去，在那一堆玩偶里挑挑拣拣，单手抱了只特大号的“螃蟹”出来，夹在手臂那儿，还特地在几个小孩面前显摆了一圈。

陈溺微不可闻地叹了口气。

有些男人永远长不大，他们至死是少年。

策展人看了眼两人的互动，对他们的年龄和长相，和“已婚已孕”的身份多少也有点数。

她也没拆穿，边调试相机边说：“来，拍照啦。”

陈溺其实不太想拍，但今天晚上江辙的兴致倒是不错，她刚想走出镜头，又被他扯回去。

“陪我。”

看了眼策展人探究的目光，陈溺只好站在原地，余光却瞧见旁边人转着头盯着自己的视线。

陈溺表情未变，目视前方，直接伸出食指抵着他的脸颊转过去。

这太过亲近的动作被她做得十分顺手，让江辙有些始料未及，不由得呼吸一顿，愣了一下。

随着一声“咔嚓”声，男生有些愣怔的模样就这样被定格。

而他边上的女孩微微弯起唇，清婉秀丽的一张脸，清冽冷淡的眼睛直直望向镜头。

照片被储存在了时光记忆馆里，陈溺和他都没拿。

一块儿出去时，江辙有些心不在焉，摸了摸自己发热的脸。

两人坐着末班车回学校，江辙手上还抱着那只“大螃蟹”，像是都玩累了，两人在回来的路上也没其他交流。

陈溺下了车就打着哈欠：“那我回去了。”

她话说完，瞥见马路对面有个熟悉的身影，走路时肩膀一高一低，正从包里摸索出手机看时间。

“爸。”

女孩的声音淹没在川流不息的车流里，江辙转身的脚步却倏地顿住：“啊？”

第七章

非分之想

X

陈绿酒，牵好你的人

1

安清大学的校园告白墙发了条说说，贴了个视频后配文：【在音乐节上看见的小姐姐，她说自己是大学生。所以就来附近大学的表白墙上捞捞！求指路，求认识！】

【老天，这不是女神是什么？不会是我校舞蹈系的那几位美女吧！】

【八秒视频，我反复观看！这小姐妹的腰不是腰，是杀我不偿命的弯刀。QAQ】

这条动态是晚上九点多发的，音乐节当时还没结束。因为离得远，拍摄视频的人拍到主角正脸的镜头很少。

但总有神通广大的吃瓜校友能捕捉重点。

【姐妹们只关注着漂亮妹妹，看不见后边打碟的大帅哥是我校校草吗？】

【破案了破案了，她是江辙最近新交的女朋友吗？】

【他又不追这些流行乐队，不会是特地陪女生去的吧！居然感觉到有一点点甜！】

……

深夜近十二点，一群人从游戏厅咋咋呼呼地出来，订了间馆子吃夜宵。

项浩宇说第二天还要早起给他家小祖宗带早餐，就直接先回去了。留下来的除了黎鸣，只剩一圈经常一块儿打桌球、玩赛车的狐朋狗友。

黎鸣拿过菜单点菜，叫了几份烧烤和夜间专供的海鲜，抽空瞥了眼边上窝在椅子里盯着手机笑的人："这么开心，你背着大伙儿偷偷干啥呢？"

江辙从空间那一排对陈溺的"彩虹屁"评论里退出来，眉梢还扬着，顺手拿过菜单："今晚别吃蟹了。"

黎鸣一脸蒙："为啥不吃蟹，大冬天的吃蟹多暖和。"

边上几个男生听见动静，也凑过来附和："就是啊，蟹蟹这么好吃，小江爷为什么不让我们吃？"

江辙坐那儿把手一放，推开跑来旁边挨着他的"螃蟹"的一个男生，指着那玩偶一本正经地说："'蟹'就坐在这儿呢，你们好意思当着它面吃它同类？"

一群人有些无语。

他还真拿那"蟹"当回事儿了，八个人的圆桌硬是多加了一个位置给那只大螃蟹玩偶。

黎鸣倒也知道那东西哪儿来的，说了一句："江辙，你这是要陪这个姑娘一起变幼儿园小朋友了？简直走火入魔。"

黎鸣的女朋友眼睛尖，盯着"螃蟹"的大脑壳问："小江爷，你这'螃蟹'的钳子上怎么还蹭上口红了呢？"

有人替他回："哈哈哈，'螃蟹'的女主人留的呗，我们辙宝都不舍得擦干净！"

江辙把菜单丢回黎鸣手里，眉眼淡淡，没理会他们的打趣。

他的视线落到玩偶绒毛上的蔷薇色口红那里，想到了刚和陈溺在公交车上那会儿。

柔和的暖黄色灯光打在女孩垂下的眼睫上，她摇摇欲倒的脑袋在车窗玻璃上有一下没一下地磕着。

江辙伸手把她脑袋扳了过来靠着自己肩膀，陈溺衣服领口大，这个姿势对着他露出了凸起的锁骨。

末班车后座已经没其他人了，周边环境安安静静的，只有一闪而过的沿途夜景和偶尔响起的汽车鸣笛声。

江辙自然不算什么情窦初开的毛头小子，但鼻间充斥着少女身上的香味，他不由得想，这也许是什么花的香水，也或许是她身上的体香、衣服上的洗衣粉味。

柔和的、清淡的，和她这个人一样。

他眼帘一垂，看见了陈溺裸露在外的肌肤。

这个年纪的男生在大晚上哪经得住这些旖旎诱惑，他喉咙发干也发痒，脊背那不知名的燥热骤然升起，他索性拿着手上的“螃蟹”盖在了她身前。

黎鸣的女朋友还带上了她闺密一块儿出来玩，两个人拥在一起可能是在看网上的八卦。

黎鸣往她的手机屏幕随意瞧了眼，脸色有点不对劲："这在说陈妹吗？"

江辙拎起开水烫着碗，闻言抬眼睨了睨，语气带着笑："你们也在看那段跳舞的视频？"

陈溺跳舞那段视频不仅被发在了安清大学的表白墙那儿，其他学校也传了几道。

"不是视频……"黎鸣蹙着眉头把女朋友的手机递给他，"有个自称是陈妹在高中喜欢过的男生，在我们学校的论坛里发了个帖子。"

发帖人压根儿没想过匿名，大概是看见陈溺在学校小火了一把，语气还挺得意扬扬的：

【楼主：看见了视频里的女孩，作为一个曾经被她倒追的男生，过来认领一下。以前我们都是南港市同一个高中的，没想到这才小半年没见，她已经变得这么漂亮了！楼主都有点感觉错过了几个亿，好亏啊！】

【5 楼：为什么说错过几个亿？这女孩长得挺清冷贵气的，不会是个白富美吧？】

【6 楼：回楼上，怎么可能是白富美？几个小时前我在校门口碰见了她和她家里人，看年龄应该是她爸。她爸爸走路一瘸一拐的，好像是残

疾人！】

帖子的主人看到这里，又开始爆料了：

【楼主：她确实不是啥白富美，听说她爸那条腿是因为赌钱之后还不起，被债主打残废的。我当初没答应她的告白也有点受这方面的影响，怕有其父必有其女……而且她妈在我们学校当老师，也挺那啥的。我就不说太多了，懂的都懂。】

楼下一小部分人共情，替发帖人庆幸没和这样的女生处对象，免得把自己也拖下泥潭。

【28 楼：怎么说着说着扯人家家庭背景上去了，父母的错关孩子什么事？好奇地问一下，能被这么好看的小姐姐倒追，楼主是有多帅啊？】

【楼主：我长得确实还蛮帅，是你们隔壁学校的体育生。大一三班张劲涛，欢迎各位温柔的小姐姐来找我交朋友咯。】

江辙把手机还回去，思绪有些飘散。

刚才把陈溺送回学校时，他确实听见她喊了句“爸”，就朝着马路对面的一个中年男人跑了过去。

不过，他没注意看男人的腿，也不可能大晚上的就以一个学长的身份跑上去跟女孩家长打招呼。

虽然不知道这个发帖人说的是真是假，但江辙的重点也没放在陈溺的爸爸身上，只是很轻地念了一遍“张劲涛”。

这就是陈溺高中时候喜欢过的人？

看帖子里的文字也能看出来这人有多自大，一直拿着陈溺曾经给他写过情书被他拒绝的事扬扬自得。

黎鸣的女朋友看到张劲涛的名字后有点疑惑，打开自己的好友列表搜了一下：“我有加过这个人哎，同学拉他一块儿打过游戏。”

她闺密凑过来看，顺手点开了张劲涛的空间，最新动态就是男生的一张大脸自拍：背景是男寝室，他伸出舌头，微微噘嘴比了个指头。

挺直男的角度，配的文字也油腻：我办事十拿九稳，差你一吻。

女生看了直接翻了个白眼，但察觉到陈溺好像是他们认识的人，又看了眉压着眼、周身气压很低的江辙，斟酌着语气说：“这个陈溺的胃口还挺独特的，她现在不会还喜欢这人吧？”

黎鸣的女朋友推了推闺密，示意她别乱说话。

几个男生也觉得气氛不太好，帮服务员端菜的动作都放轻了点。

黎鸣没说话，直接丢了包烟过去。

江辙抽了根烟出来咬在嘴边，撩起眼皮瞥了那女生一眼，手指在桌上敲了敲：“帮我递个火。”

他懒散地靠着椅背，侧着身看她，表情说不出来是冷峻还是懒得有情绪，长腿伸到椅子外边来，整个人看上去带着点漫不经心的放肆感。

打火机就在女生的手边，她想了想，拿着走上前，屁股挨着放“螃蟹”的那张椅子的一个小角坐下，要帮他点烟。

江辙也没避开，脖颈稍低，凑上打火机蹿出来的橘火后，深深吸了口烟，而后取下来，指间一点猩红，对着女生的脸慢慢吐出口青白色烟雾。

他往她眼前挥了挥手掌，扫开点烟气，声音低低淡淡，混着点干燥又令人沉迷的烟嗓，懒洋洋地笑了：“你觉得我怎么样？”

有些人仿佛生来就有着放浪形骸的欲，轻易就能引诱人。

女生的脸“噌”地红了，被这口烟迷得头昏脑涨，被呛了也不避开，结结巴巴地捋直舌头，情不自禁地盯住他说：“你、你当然好啊。”

江辙扬了扬眉，点点头，似乎对她这回答还挺满意。

下一刻，他把手上的烟摁进碗里，眼神忽变冷厉，声音略带讽刺：“那你觉得她会放着我这倒贴的不要，去追那‘矬货’？”

陈溺知道张劲涛在论坛上发帖子的事已经是第二天。

她平时不怎么逛学校论坛、贴吧，也没加过什么表白墙，这帖子又被管理员删得很快，她甚至都没看到原话是什么样的，不过也能猜到点。

陈溺对家里破产后的事情记得不算特别清晰，只知道日子过得比以前要窘迫。

初一还没转学时，所谓的好朋友们会在她背后指指点点，划分界线。

她才发现原来穷困潦倒之后，友谊也会不纯粹。

她从小就不是特别闹腾的性格，以至于家庭条件变差，她也没有在表面上表现得太过落魄。

只是在交友方面，她变得更谨慎了。

她觉得与其被孤立，不如自己先把冷漠、孤独当作习惯。

家里之前不是大富大贵，但也年年有余。而穷，确实会让自己人生的轨道都变得不一样。

转去小县城读初中那年，那破地方总是有不少太妹、二流子来勒索她为数不多的零花钱。

明明一年前，她还是那个家里有专车司机接送的小公主，哪会遇到这种事。

后来考进市里的高中，她以为能清静了。

可就因为孙厘以她的名义写了那封情书，她被流言蜚语围攻了许久，张劲涛这个人也自信地常拿这件事骚扰她。

解释没有用，在八卦谣言面前，人人都不需要真相，只要一个狂欢起哄的话题。

加把火，抬高焰。

学校里看似无害的同龄人合力开着损人利己的“玩笑”，要把那个看似清高冷静的女生从高处推下来。

“她家里这么穷还装高冷，一点也不合群。”

“她爸赌博被债主打断腿……”

真真假假，是是非非。

从十四岁到十八岁，跨过几个省，不知道这些标签要一直跟着她到多久。

哪怕是室友又甚至是闺密路鹿对陈溺家里的事和她高中时候的事都不太清楚，她们也都有点三缄其口，不想在她面前提起的意思。

下午三点，江辙在离学校不远的小吃街尽头那儿找到了人。

彼时陈溺正蹲在一个胡同口的石块前边，头上是一棵大合欢树，她手里拿着咬了两口的烤肠在逗猫。

女孩那双眼波流转的黑眸十分漂亮，让人觉得有些刺目的高高在上，也不过是源于她对大部分事情都漠不关心。

从某种程度上来说，他们或许是相像的。

看上去短暂的流言蜚语对她影响不大。几万人的校园，反正很快就会有新话题盖住有关她的话题。

她蹲在那里，小小的一团，穿着件白色的长毛衣，松松垮垮地遮到臀后，就快要拖到地上。

白皙恬静的一张脸，身体瘦削又单薄。

陈溺喂猫喂得认真，根本没发觉有人盯着她许久。

还是路过的一个大妈好心地停下脚步过去拍拍她的肩："小姑娘，巷子口那儿有个男生一直盯着你，要不要阿姨帮忙啊？"

她抬眼，瞧见江辙懒懒地靠着墙，眸色沉沉，不避不让，显然也听见了大妈的话。

陈溺跟大妈说了句"是认识的人"，才站起身朝他走过去。

陈溺把那根烤肠丢进垃圾桶里，站在江辙跟前问："你怎么都不解释？就傻愣愣地站这儿被别人当成有所企图的人了。"

江辙站直身，垂眼："解释不了，我确实有企图。"

陈溺仰起脸："你有什么企图？"

"对你？"他眼神漆黑，玩世不恭的话语里透着点认真，"是非分之想。"

2

银叶金合欢如绒球般盛开在两人头顶，绚丽金黄的花迎合着北方的风，枝丫乱颤，落叶飞舞。

陈溺静静地听着江辙轻浮的话，脸上没任何表情，就跟没听懂他在说什么一样。

她脚边那只猫突然叫了声，在大白天那声音也怪邪性。

下一刻，它猛地朝陈溺的腿扑了过来。

江辙眼疾手快地把她往自己这个方向拉，往后退了几步靠在墙上，他温热的唇不小心擦过了她的额头，转瞬即逝，两人肌肤相触。

陈溺被拉着往前，混乱中踩上了江辙的运动鞋。

她的体重就这么点，都让他有点分不清扑上身来的是个人还是只猫。

陈溺的肩膀被他揽住，僵了一下。

她感觉到额发被他的唇碰过，两个人都有点错愕。

蹿过来的猫直直扑向了巷口的另一只猫，两只猫撕咬起来，有股不咬对方一嘴毛都不罢休的架势，分不清是发情期到了还是“仇猫相见，分外眼红”。

陈溺无暇顾及那两只还在打架的猫，只想不动声色地把刚才不小心发生的尴尬消除掉。

她正要从江辙的脚背上下来，某人却不想让她如愿。

江辙手往下移到她的腰上，往前箍紧，嗓音低哑，盯着她乱扇的眼睫，明明白白地提醒她：“我刚才亲到你了。”

那不就擦个边，有什么好说的。

陈溺垂着眼，手抵着他的肩，声音轻不可闻：“我原谅你了。”

静了片刻，那两只猫不再打了，一前一后地离开了巷子口。

江辙握住她的腰，漆黑上扬的桃花眼微挑，嘴角稍勾：“就这么便宜我？”

陈溺面无表情，挣扎着从他身上下来：“你要是心存不安，想补偿也行。”

冷风灌进脖颈，她拢了拢身上的衣服。

她的手腕再次被抓住，江辙带着她走到路边拦车：“那我带你去玩。”

陈溺今天没什么力气反抗，人在心情不好时，大多都会有种随遇而安的心态。

何况她午饭也没吃。

中途江辙给陈溺买了一个红豆派，把她领到了一处公寓楼下。

椿树湾公寓离大学校区不算远，估计是他专门买在这儿上学住的。

往上是个坡，外面的车开不进去，从物业管理上就能看得出房价不菲。也许是工作日的缘故，路上很静，只能听见花坛那儿的喷泉流水声。

陈溺恰好把红豆派吃完，跟着他往里走了几步就开始犹豫："你说带我玩，就是把我带到你家里来？"

江辙侧了侧头："我家很好玩的，很多人想来我都不让。"

"你对每个女朋友都这么说过吗？"陈溺脱口而出这句话时已经在后悔，这种时候提什么女朋友。

江辙手插在兜里，慢悠悠地掀起眼皮看她。

他也不说话，光是那要笑不笑的眼神就跟要凌迟人似的。

陈溺现在不可能直接跑出去了，她暗暗咬了下舌头，强行转移话题："你家里有什么好玩的？"

他带着她刷卡进了电梯，按了个"15"，低低地笑了声："你怕啊？"

她蹙眉："我没怕啊。"

青天白日的，她怕什么。要是真怕他，她就不会跟着来了。

两人相对无言，等"叮"的一声响起，一同走出电梯。

这是一梯一户的楼型，看面积大概是两百平方米。江辙进门前取了邮箱里的信件，厚厚一大沓，水电费账单、银行流水，还有粉红色的贺卡，一看就是女生们告白的情书。

他面色无波，换了鞋，回头一看陈溺立在门口不动："你不是说不怕？"

陈溺："你没给我鞋。"

他双手抱在胸口，斜斜地靠着墙觑着她，喉结微动："我又没带过女孩回来，上哪儿去给你找鞋。"

怎么听这语气，他还有点被她冤枉的委屈感？

陈溺有点好奇："鹿鹿也没来过吗？"

"那丫头说我这儿是狗窝。"江辙挺无奈地解释。

他转过身，把手里信件往墙边上的一排排半满出来的箱子里一丢，外套也随手扔在沙发上："每周都有阿姨打扫，直接进来吧。"

陈溺跟着他的脚步，往他丢信件的那处看了看。

箱子里还有很多玩具模型、奖杯，礼物和贺卡也堆了好几箱，可看上去似乎都没打开过。网络越来越便利的时代，纸质邮件显得多可贵。

但他早就对此习以为常。

在被爱这件事上，江辙天赋异禀，轻而易举就能赢得别人的好感。

所以他想要的也都来得太容易。

陈溺收回视线，往客厅里瞧上一眼。

都说一个人的居住环境能展现一个人，那这房子的主人无疑是个懒散的极简主义者。

家具不多，黑白墙纸是冷淡的北欧风格，空调温度也不高，很多家居都是智能化的。

江辙在厨房那儿给她弄了杯果汁，继续带她往前走。

陈溺没料到这上面居然被他打通了，旋转木梯上那一层楼的灯自动打开，仿佛进入了一个游戏世界，蓝白色的灯光照在他们身上，她才意识到：江辙这是在家装修了一个小型 VR 体验馆。

她之前倒也看过他们人工智能系的课表，知道学生私下会研究仿生机器和购买一些智能的机械设备。

但是有财力和空间弄一个沉浸式 VR 体验馆的人，恐怕全校也找不出几个了。

“戴上。”江辙递给她一副 3D 眼镜。

陈溺缓了好一会儿才适应眼前的环境，江辙在门口处的 LED 显示屏那儿调系统。

有直接观看太空的宇宙飞船、虚拟空间里的保龄球球馆、游乐园的高风险体验项目，连切水果游戏的画面都被他设计成了切僵尸脑袋，真是够恶趣味。

江辙回过头看见她一脸新奇的表情：“之前没去过 VR 体验馆玩？”

“没有。”

尽管周围喧嚣过，但陈溺总觉得自己的中学时代是安静的。

没有逃课、早恋，也没有浮夸的约架叛逆。

回头看看，她也没做过什么轰轰烈烈的事。

她只记得偶尔不敢和父母诉苦的压力，找不到同伴去厕所，还有老师和个别同学无意间的羞辱和青春期对容貌的焦虑。

对普通家庭里的孩子来说,青春期或许都多多少少伴随点局促和自卑。

她是张三李四，是极其普通的芸芸众生。

……

连续劈开200只僵尸脑袋，还破了上面的最高分纪录之后，陈溺觉得自己现在不仅是对这些事物感到新鲜了。

她完全被夺走了注意力，只有一种难以言喻、从没想过的、超出自己控制范围的兴奋感。

江辙站在她边上，看着这姑娘凶残的动作，他突然就很想笑：这是自小压抑自己的个性多久了？

“陈溺。”他喊人，想把她弄去另一个项目那儿玩，老在这儿砍僵尸多没劲，满屏幕都是血。

结果他的手还没碰上她，她就条件反射性似的往他脸上抡了一拳：“啊！”

江辙猝不及防，差点没被她撞开几步。

“对不起对不起，你没事儿吧？”陈溺后知后觉地摘下眼镜，玩VR本来就容易沉浸在游戏画面里。

江辙指腹顺着被她打着的嘴角反向往边上划弄了一下，停了两秒：“没事，要不要玩赛车？”

场内有几台竞技型机器，打开投影就是F1赛车车道。

VR馆的这种赛车比电玩城的那种投币式赛车要大，视野更开阔，关卡也较为多样化。

他们一人坐上了一辆，陈溺还惦记着刚才抡他一拳有没有把他细皮嫩肉的嘴角抡肿。第三次往他那儿看时，她眼前倏地一黑。

江辙的脸近在咫尺，挺直的鼻梁上架着副眼镜，下颌线条凌厉利落，唇色有些红润，声音低而缓慢：“你到底还要偷看我多久？”

耳边的赛车BGM（背景音乐）已经响起。

陈溺脑袋往后退开一点，拉开距离，有点庆幸眼镜挡住了彼此间的直接对视。

她扯了下嘴角：“你要跟我比赛吗？”

江辙扬了扬眉：“比赛车？”

“赢了请喝奶茶。”

陈溺语气十分敷衍，系好安全带，扶住了方向盘。

这座位也会根据游戏实景来调整颠簸角度，使游戏体验感更为逼真。

视野中两辆GTR（跑车）并道在同一直线上，随着“3、2、1”的倒数，两辆车如利箭一般飞驰出去。

赛道上有不少障碍，从悬崖的十几个弯道，到街区中的各种路障和减速带。但江辙才开始几千米就已经被她远远地甩开了，他甚至有点愣地瞧了她那边一眼。

椅子已经震得不成样，陈溺依旧淡定地踩着油门往前冲，那辆赛车也被她撞得破破烂烂。

她能跑这么快只有一个原因：胡搅蛮缠，横冲直撞。

无视赛道和规则，没有路也被她撞出一条路来。反正都是游戏，重视结果就好了。

末了，车到终点时她直接把一个轮子震了下来，画面都成灰色了。

陈溺半点不在意，还挺自豪：“我赢了。”

江辙是头一次见这种玩法，真实的赛车哪里会这么开。

他象征性地拍拍手，赞扬道：“岁数挺小，胆子倒是大。”

陈溺其实被颠得五脏六腑都难受了，她艰难地从位置上下来：“你们这个专业还真挺好玩的。是不是学好了，什么都能改成智能的？”

“未来全方位智能化是大势所趋。”江辙懒声回答，顿了下，“你想改什么？”

陈溺想了想：“我小时候最烦的就是要写周记，要是有一个日记机器就好了。”

她记得看智能机器人主题的电影时看到过。有一个很小的机器人，在出门前会预报天气和紫外线辐射，平时随口跟它说的话也会被记录下，是日记，也是备忘录。

人工智能无疑是个残忍又浪漫的领域，探索虚拟未知，有时也会让人脱离真实。

陈溺低声呢喃了句："不过，这里什么都是假的。"

"这是真的。"

随着他的话音落下，男生宽大的手掌覆在了她的手背上。

项浩宇他们那伙人提着啤酒过来的时候，江辙正窝在阳台的椅子里捣鼓机器人。

电脑放在小桌子上，屏幕中一系列的数据结构和程序设计在外行人眼里犹如天书。

他双腿随意交叉搁着，侧着脸，认真写程序的样子远远看上去很迷人。

黎鸣和贺以昼看他在做小组作业，也懒得过去，直奔楼上去玩。

不到半分钟，上头传来黎鸣的大吼："小江爷，你怎么把我'切僵尸脑袋'的最高纪录给破了？你是不是闲得慌？"

江辙放在键盘上的手指停顿了下，嘴角牵动了几分。

项浩宇捕捉到他的表情变化，把啤酒丢进冰箱里，贱兮兮地搬了个椅子挪到他边上："我的辙，你和陈妹算怎么回事儿？"

"什么？"江辙头都没抬，视线仍在电脑上。

"还装！我刚过来的时候好像看见她上车离开啊。"项浩宇揶揄地拍拍桌，"她来干什么？"

江辙停下动作，捏捏指骨，随意地回了句："来钓我。"

大概是被这笑话给逗笑了，项浩宇憋着笑很配合地又问："哦，那你在干什么呢？"

电脑合上，江辙站起身："忙着上钩。"

3

晚上回学校时，陈溺接到了母亲潘黛香的电话。

天气越来越冷了，北风的呼啸声顺着电话线传到对方的耳朵里。

“哎哟，小九你怎么大晚上还没回寝室。北方的风好大啊，昨天你爸爸给你送的冬衣穿了没？”

“穿了。”陈溺刚吃过饭，慢吞吞地走在回寝室的路上。

潘黛香：“那你们什么时候放寒假啊？”

“还没通知。”

“我忘记在你兜里塞几瓶辣酱了，我为了过冬特意弄的呢。”念叨了几句家常事，潘黛香“哎”了声，“要不我让你爸再给你送一次？”

陈溺很轻地皱了下眉：“不用麻烦爸爸，您直接寄快递吧。”

“说什么呢？给女儿送送东西哪里算麻烦！再说了，你爸这不是正好去你隔壁市里进货嘛，一举两得的事。”

潘黛香没察觉到她的异常，问了句在门口抽烟的陈父下次去进货是几号。

陈溺在电话这头安静地听着父母的交谈，一开口仍旧在拒绝：“妈，真不用让爸爸过来。”

潘黛香的语气听着有点不高兴：“你这孩子是怎么了？出省读个大学连家里人也不想了，这么多年都白养了……”

“我早就说过不要来我的学校了。”陈溺声音不自觉地提高了几个分贝，鼻间有些酸涩，嗓音听着也不对劲。

潘黛香愣了下，终于反应过来：“是不是你同学又说什么了？”

陈溺不想再说，要挂电话：“我上晚课去了。”

那端迟迟没有回应，陈溺狠狠心直接挂了。

她知道妈妈估计又要躲起来偷偷哭了，她真是个坏孩子，总让妈妈伤心。

奶奶去世前那段时间，正巧碰上她父亲陈三愿输光了家财。

很长一段时间里，陈溺很怨恨父亲。

就因为他赌钱，为了满足他一时的贪欲，害得家里连奶奶的安葬费都要靠东拼西凑。

可她也看过父亲痛哭流涕、悔不当初的样子。

公司濒临破产，他那时压力也大，被人引诱几句就去了赌场。他本以为能赢回点渡过危机的本钱，谁知道连棺材本赔进去都还不够。

有一个残疾的父亲其实也没什么丢脸的，只是被外人说出父亲残疾的原因时，陈溺连反驳的资格都没有。

从中学开始，到现在，总是这样，为什么像是成了她的污点一样？

手机“嗡嗡”地响起来，是陈父打过来的电话。

陈溺深吸一口气，清了清有些沙哑的嗓子，接起。

陈父语气倒还如常：“你妈妈给你打包辣酱去了，地址是填你学校就行了吧？”

陈溺坐在寝室楼前的小亭子里，指甲在石桌上磨了磨：“嗯，不要弄太多，吃不完。”

陈父应了句，沉默须臾后开口：“爸爸对不起我们小九，没有做一个让你骄傲的父亲，没让你有一对光彩的父母。”

陈溺顿感艰涩：“对不起，爸爸，我不是那个意思……”

哪有这么多光荣的父母，无功无过，把孩子养大已经是尽责了。

陈溺没有怪他们的意思，只是他每次的出现，都会给她带来不小的困扰。

她不想听见那些围在自己身上的闲言碎语，更不想听见外人对一个改过自新的父亲说三道四。

回到寝室，两个室友躺在床上，一个打游戏，一个在刷剧。

路鹿正坐在她的椅子上，见陈溺进来，立马把买的芝士奶酪递给她：“吃过饭了吗？”

“吃了。”陈溺换了件睡衣，“你怎么过来了？”

“坐这儿，坐这儿！我跟你说个事儿。”路鹿拍拍椅子，看上去很兴奋，“昨天跑我们学校论坛发疯的那个人你记得吧？”

“张劲涛？”陈溺正想解释一两句，被她截停。

路鹿：“对，那个人是不是在高中追你不成，恼羞成怒？所以就在那儿胡吹？”

陈溺听着有点不对劲：“你是这么想的？”

“我何止这么想，我就是这么跟那些人说的！”路鹿压根儿不需要听她辩白，自顾自地说，“你怎么可能眼光这么差劲儿啊，一看就是那男的发神经！”

路鹿说到这儿笑了笑：“嘿嘿，所以我江辙哥一大早蹲在他们寝室楼下，等一开门就冲上去把那什么涛揍了一顿！”

陈溺有点蒙：“他一大早？今天早上吗？”

“对啊，我哥说你下午和江辙哥在一块儿。”路鹿戳戳她，笑得晦涩不明，“可别说江辙哥没告诉你啊。”

他确实没提过。

他甚至来找她时都是一脸若无其事的样子，看上去不在意这么多无关紧要的过去，下午也只是想在 VR 体验馆里陪她玩得开心而已。

“他跑人学校去打人。”陈溺咬了咬唇，斟酌着措辞，“不会有其他事吧，万一张劲涛和他结下仇怎么办？”

而且那还是体校，他这么嚣张没被群殴吗？

路鹿惊讶地看着她：“他是江辙欸！你担心什么，连那个张劲涛寝室的门都是他舍友亲自开的……”

说完，路鹿突然问：“你赶紧给我透露透露你和江辙哥到哪一步了？”

陈溺站起身，牵着她往外走。

等把人推到外面了，她抿抿唇关上门：“晚安鹿鹿，早点睡。”

“欸，小美人！你还是不是跟我天下第一好了？”门外传来路鹿气急败坏的拍门声。

寝室里两个听了半天墙脚的室友不约而同地把脑袋探出来，笑嘻嘻地对视一眼，发出了想吃瓜的信号。

陈溺立马捂着耳朵往浴室走：“奇怪，怎么突然听不见了？”

两个室友有些无语。

江辙把人打了一顿的事并没有什么风声传出来，只是第二天陈溺下课回寝室的路上，看到了张劲涛。

他手上捧着束玫瑰说要来道歉，就站在教学楼下等着陈溺，他眼睛那儿还有乌青，手臂也缠着绷带。

见到陈溺时，他小小地讶异了一下，套近乎地笑着把花递给她：“陈溺，好久不见。”

陈溺抱着书，长发及腰，站在他面前直接问：“是江辙让你给我道歉的？”

“嗯。”他笑得有点谄媚，“怪我这大嘴巴，我们那些都是一两年前的事了，不应该拿出来说。”

“就算事情过去十年了，我记得当初也告诉过你吧。”

张劲涛听出女孩声音里的不耐烦和戾气，连忙点头：“我知道是误会，你放心，我给他们解释过了。”

陈溺看了眼手上的花：“玫瑰也是他让你送的？”

“对。”

她往前走了两步，声音很轻：“知道他为什么要让你送玫瑰吗？”

陈溺捧住鲜红玫瑰时像个柔弱无害的小仙女，人看上去又乖软，很能让人失去戒备心。

张劲涛下意识地舔了舔唇，顺着她的话问：“为什么？”

陈溺没回答，趁他没防备突然一脚踹在他膝盖上，直接把他给踹跪下了。她又扬高手，拿着花直直地往他脸上摁。

张劲涛骂了句脏话，昨天被打的伤口还疼着，一下也没反应过来，等他恼得边骂边要站直推开她时，陈溺已经被拉开了。

“陈溺！”他动作幅度不敢太大，把玫瑰花瓣从脸上移开，“你别给脸不要脸！”

拉开陈溺的是傅斯年，他挡在他们中间：“同学，你要是想在我校闹事，那我可要叫保安了。”

其实张劲涛也忌惮着江辙，确实不敢还手，临走时只是狠狠地瞪了陈溺一眼，往地上吐了口痰。

周边停下来的一小撮人看热闹：

“那人为什么要带着花来？”

“你没听说啊？那个男的追人没追成，爱而不得，就在我们学校论坛上编故事说陈溺倒追他。”

“他长成那样还敢编故事？呕！谁会信啊。”

……

陈溺站在那里好一会儿没动，等围观的人散了，才甩了甩酸痛的手。

傅斯年把掉在地上的书帮她捡起来：“论坛的帖子我也看到了，之前一直没问你，叔叔阿姨现在怎么样了？”

陈溺接过书，道了声谢：“就那样，做些小本生意。”

傅斯年跟着她过来，像是有话要说：“我们大三下学期就要开始找实习单位了，平时也顾不上学校一些小八卦。不过，前几天我听说你和那个江辙好像走得很近？”

陈溺囫囵地回：“还行。”

“江辙这个人……我也了解一点，花花公子富二代，家里有本钱给他玩，又长了张能迷倒小女孩的脸。”

傅斯年手背在身后，看着她平静的脸有几分恍神，定了定身形。

“你也知道他让多少女孩芳心错付吧，他命好，又贪玩。我认识的一个学姐就因为和他分了手，难过到连毕业论文都交错了。学姐跑他那儿去求复合求了一个礼拜，他愣是连个眼神都没给过，还大张旗鼓地和另一个女生谈了起来。”

让别人栽进去，自己却能在感情里全身而退，这确实是江辙的本事。

陈溺静静地听着，没其他反应。

傅斯年欲言又止，语气带着点引导的意味：“当然了，你肯定和她们不一样。你自小就聪明，知道什么人能深交什么人不行，你是例外……”

“可是，斯年哥……”陈溺听到这儿打断道，仰起脸看他时蓦地还笑了一下，笑容单纯又青涩。

傅斯年一怔，就听见女孩漫不经心地否定：“我怎么就会是例外呢？”

十二月二十一日是冬至，安清市降温降得很快。

昨晚飘了大半夜的雪粒子，空气潮湿寒冷，江辙回思澜公馆时还听见了家里保姆万姨的咳嗽声。

万姨听见机车停在大铁门那儿的声响，忙迎上去：“小辙？你回来了。”

她在江家工作了近十年，已经把江辙当亲近晚辈看待。

江辙把头盔摘下来，捋了捋头发往里走，朝她点点头：“万姨，我回来拿点衣服。”

“早上就都给你收拾好，让司机送你公寓去了。入冬这么冷，你还穿这么少！”万姨嗔怪一句，又急着去厨房把还没装进保温杯的长寿面端出来，“不过也还好你回来了，省得我再往你那公寓跑一趟，还不一定能遇到你。”

江辙望了一眼那碗面，才想起来今天是什么日子。

在万姨的督促下，他只好乖乖地坐在那儿吃面。

外面客厅传来行李箱的滑轮声，江辙抬起头。

是江父回来了。

父子俩毫无预兆地对上视线，江嵘点了下头：“回来了？”

江辙没搭理他，把最后几口面吃完，站起身准备离开。

“等等。”江嵘把手上的礼盒给他，“李言给你的，李言出差想起你爱吃这家老字号的点心，就特意嘱咐我给你带过来。”

客厅静得仿佛能听见针掉落。

万姨忙说着场面话帮他接过来：“我给小辙放车上去，待会儿带回学校吃。”

江辙拦住她的手，接过来直接丢进了一边的垃圾桶里，冷笑一句：“你可真会挑日子来讨我晦气。”

听着重物掉进去的声响，江嵘皱着眉：“你——怎么说也是李言的一份心意，你二十年的教养都哪儿去了？！”

“没爹没娘，我哪儿来的教养？”江辙扯了扯嘴角，拿过纸巾擦了擦手，仿佛多碰一秒那东西都嫌脏。

万姨不停地对他做着“少说几句”的手势，急得不行。

江辙也不打算在这儿和江嵘呼吸同一个房子里的空气，出门前踹倒了被江嵘放在玄关的行李箱。

箱子是橙色的，显然不是江嵘常用的类型。

他冷眼盯着箱子，声音薄凉：“别说我没提醒你，敢把人带进这个屋，我一定让那人横着出去。”

身后江嵘被气得不轻，偏偏又无可奈何，愤愤道：“都一个疯样！和他妈一样！”

陈溺在学校北门那条街吃完晚饭，顺路买了包猫粮去巷子口那儿。

其实她平时也只是从那儿经过会扔点零食给那只流浪猫，一来二去，只要是傍晚晚饭时间，那只猫仿佛和她达成了默契一般，不管陈溺会不会出校门经过那儿，那只猫到点了就会蹲在大合欢树下等着被来往学生投喂。

偏偏现在的人喂流浪猫也喜欢好看的，那只猫似乎之前在倒地沟油的下水道滚过一圈，烫烂了背上一大块毛。它丑也就算了，脾气也炸，见到路过的猫都要咋呼地去打架，连路人都有点害怕它。

陈溺今天来得晚，流浪猫已经没在等她了。

她索性把猫粮撒在地上，也没等那只猫过来就打算先回去。

一抬眼，她瞥见巷子口那儿停着一辆眼熟的机车。她又走了几步，映入眼帘的是一地的烟灰。

江辙没穿外套，身上只有一件黑色的低领毛衣，长裤裹着修长的腿，他在抽烟，整个人很“佛”地倚着墙，偶尔被烟呛得轻咳几声。

青白烟雾缠绕着他低垂漆黑的眼，那张脸华丽又颓废。

陈溺本来没打算暴露自己在这儿，怎料那只流浪猫闻着味就过来了，又一次朝陈溺扑了过来。

猫叫声和脚步一起响起，陈溺听见他的动静就抬起头来了：“……好巧。”

江辙把烟蒂丢了，闲闲地迈着两条腿朝她走过来，眉峰稍抬：“哪有这么巧？”

陈溺边蹭着那只猫的耳朵，想让它走远点，边解释了一句：“我是因为顺便过来喂个猫，不是来抓你抽烟的。”

瞧瞧这小学生般的话语。

江辙轻笑了一下，但也只是勾了勾嘴角，眼里漠然，看不出其他情绪。

“上回张劲涛那件事……谢谢了。”陈溺靠着墙纠结了会儿，决定投其所好，“你想不想去海洋馆？”

“现在？”他兴致并不高。

“有白鲸表演，还有这个。”陈溺说着，两只手放在腰间，手掌挥了挥，做了一个笨拙的走路姿势。

江辙压着眼眸，耐心地猜道：“老鹰？”

海洋馆哪儿来的老鹰，陈溺超大声地强调：“是企鹅！帝企鹅！”

她难得这么大脾气，好像被猜错就受了极大侮辱似的。

江辙这次是真被逗笑了，胸腔微震：“陈绿酒，你到底在干什么？”

她没好气地说：“看不出来吗？为了安慰你，我已经快把自己弄成弱智了。”

巷子口的风很大，天色暗淡下来，路边那盏路灯亮起，橘光照在两人的脸上。

“为什么安慰我？”江辙压近她，骨节分明的手指擦过她脸颊，凸出的喉结上下滚动着问，“喜欢我？”

陈溺脑子空了一瞬。

从他问出口的那一刻起，好奇、不甘、求胜欲、无聊似乎已经全都满足了，她心里也知道应该到此为止。

可人活在世界上，总会有偏差，要费多少劲儿才能让自己一直保持在理性的轨道上？

江辙的脸陷在暗处，唇薄鼻挺。月色和夜色笼着他的眼睫，他用手指暧昧地圈住女孩头发。

陈溺对上他深邃的眼，反握住他手指的那刻，淡声地反驳：“你说反了。”

她背贴着墙，明明比眼前人矮了一大截，气场上却半点儿没输。她的手紧紧攥着江辙，眼神也倔强倨傲。

她人长得柔软，偏偏性格太好强。

她和同样没怎么低过头的江辙硬碰硬，不是迸出火花就是炸出火药。

江辙任她握住自己的手，弯下颈，热息交错："我说反了？"

她下意识地屏了口气："不是吗？"

"是，怎么不是。"江辙扬了下唇，空气中弥漫着淡淡的尼古丁味，他偏头凑在她耳根那儿问，"知道我喜欢你，还跟我在这儿装呢？"

陈溺还没来得及说话，只感觉耳尖突然被他温热的唇碰了一下。

他似乎是不打算停了，薄唇贴着她耳朵，还准备往下移。

太近了，也太紧了。

脑子从一开始的空到现在如线团缠在一块儿的乱，陈溺眼睛用力眨了几下，提膝就直接撞向他的小腿。

可江辙哪会受女孩这点力气的威胁，他甚至预判了她的动作一般，伸手往下一捞，握住了她的膝盖。

他没退开，额头和她相抵，低低地笑了声："想踢哪儿？"

陈溺单脚有点站不稳，重心全倒在了墙上，也更方便被他这样扣着。

她胸口微微起伏，盯着他宽大的手掌："放开。"

江辙没听，将她的腿抬得更高了点。

他仿佛意犹未尽，唇又覆到她白皙锁骨那儿，气息很重，语气挺无赖："别动啊，你涂了什么？身上好香。"

他的指腹从她的耳下滑至后颈，反复摩挲，没完没了，直到蹭出一块绯红来。

陈溺的腿已经没了桎梏，但她知道踢也踢不动身上这人，脸热到极致，挣扎两次后还是失败。

江辙把下巴搁在女孩硌人瘦削的肩胛骨上，被她攥住的手指终于知道反攻，绕过去，把柔荑握进自己手掌心，拢住她的指尖。

他闭上眼，安静地嗅着她身上让人安心的味道。

4

一到期末，全体学生都进入了紧张的考试周。

三大专业课考完，海洋环工系还剩一个期末实践活动——海洋生态保护，即海边捡垃圾。

收到辅导员的信息通知时，陈溺盯着“捡垃圾”三个字有点哭笑不得。

她想起高三毕业后，刚拿到录取通知书，父亲就问这是不是去海里捡垃圾的专业，没想到一语成谶。

安清市是临海城市，学校安排的活动场地就是本市的海栗湾。

冬天的海边风声猖獗，海水的气味顺着风吹过来，是鱼、盐、海藻等叠加在一起的味道。

天气晴朗时，这里会有沙滩车、帆船、桨板冲浪、摩托艇等娱乐项目。

不过系里的学生都要遵守学校的实训教学纪律，每天都被安排好的组长看着，按时做实践劳动记学分，所以只能看着游客玩。

好在今天已经是最后一天，学校安排好了明早回去的车，大家此刻都在酒店房间里整理实践报告和休息。

酒店走廊，隔壁班的一个女生擦防晒霜擦到一半，边举着镜子边来敲门：“陈溺，陈溺住这间吗？”

盛小芋开了门，点头：“怎么了？”

“大堂那儿有人找她。”女生往里探头，瞥见正从洗手间里洗了脸出来的陈溺，招呼了一句，“陈溺！江辙在酒店楼下等你。”

陈溺点点头，不紧不慢地坐在梳妆台前擦水乳，做着自己的事。

那女生见她慢吞吞，比她还着急，嫌她磨蹭又提醒了好几句：“你快点去啊，待会儿人家等急了。”

躺床上的倪欢帮着怼了一句：“等急了他自己会走，你急什么？”

女生语塞，表情讪讪：“我这不就是担心他走了嘛。”

陈溺脸上一如既往的平静，没什么喜怒。

她答应了给路鹿带沙子和贝壳，这会儿正把昨天在沙滩上捡的贝壳装进瓶子里。

盛小芋把门关上，大动作地蹦到床上，揶揄地开口："哎，老师说野生座头鲸每天只有'吃饭、睡觉、打虎鲸'三件事。"

倪欢瞥她一眼就知道她要说什么，立刻接上话："这么说，江辙跟这座头鲸还挺像。前两天他跟着咱们系过来之后，每天就剩下'吃饭、睡觉、等陈溺'。"

一个寝室关系好的就这样，别人管闲事乱掺和不行。但关起门来，自己人想怎么调侃就怎么调侃。

盛小芋若有所思："溺啊，好像两个月前……是在篮球赛那会儿他就对你穷追猛打了吧？"

倪欢拍拍手，爽快地吹着"彩虹屁"："还得是我溺姐！搁别人身上，能撑过两个礼拜都挺厉害了。"

虽说趋利避害是本能，可江辙这种肯定除外，总有飞蛾扑火般的女孩对他心甘情愿，甘之如饴。

陈溺装完瓶子，跟没听到这两人说话一样，收拾好行李箱，她这才披了件外套出门。

她们对她这个反应也早已习以为常，倪欢从善如流地开口："宝贝儿，回来时给我带一杯热可可。"

"我也要！"

酒店大堂那儿，江辙坐在沙发上看着从茶几上随手拿的报纸。

他装模作样地低垂着黑睫，实际上等女孩从身边一经过，就立马站起身来跟着出去了。

虽然和海洋系订了同一间酒店，但他也没怎么见过陈溺。

白天看着海洋系的人一起捡垃圾，做环保，围着陈溺的都是女生，他也不好插进去。

等到了休息时间，好不容易能守到她下来买东西，但小姑娘大概是记着上次他亲她的仇，连个好脸色都不愿意给，把他给憋屈得不行。

陈溺拿着手机导航，转过几个街角，阳光照射下，和她影子保持着不远不近的距离的是另一个影子。

江辙手插兜，在她身后慢悠悠地踱着步。

快到了海边和老师约好的位置，陈溺转过头说：“我待会儿要下海潜水，你别跟着了。”

她还记得上次江辙在游泳馆的异常，心想还是别让他受刺激比较好。

但江辙没买账，也不知道有没有认真听她说话，他把视线放在她脸上，开口就是不正经的调侃：“你终于舍得理我了？”

陈溺看他不怎么在意的样子，心想自己真是狗拿耗子，便懒得和他说了。

观瑚亭那儿的老师和研究院的工作人员都看见了她，朝她招招手。

安清大学海洋系和合作的研究院在这片海域有个延续了四年的传统——水下种珊瑚。

自研究院培育珊瑚以来，每届学生都会来这里和科研人员一起种植珊瑚。

本来海洋系的几百号人是前几天分批下水做完这项任务，但陈溺的生理期到昨天才彻底结束，只能赶在离开之前把珊瑚种了。

说不定一辈子只有这么一次经历，她并不想错过。

因为今天来种珊瑚的学生只剩下几个，工作人员也就比前几天少很多。

陈溺过来时，那几个同学已经从海里上来了，边走过来边说着刚才在水下发生的事。

负责带领学生下海的老师叫吴辉，在他边上搬运珊瑚苗的是研究院的任博士，泡在海里的还有五个工作人员。

吴辉看了一眼陈溺身后的人，有几分好奇：“怎么比未下海的学生名单上多了一个？”

江辙厚着脸皮跟过来，也不解释，眼睛直勾勾地看着陈溺。

陈溺没法，说了句：“老师，他不是我们系的，也不下海，就是来看看热闹。”

一边的任博士闻言道：“来看热闹？我们研究院每年种珊瑚的时候也

挺多看完热闹就来报名下海的志愿者。后生仔身体没什么毛病吧，要不要一起下去试试？”

陈溺下意识地想替江辙拒绝。

但江辙碰了一下她的手，和她肩并肩站在海岸上，笑了笑说：“行啊。”

两个女工作人员在甲板上帮陈溺穿潜水装备，她是第一次下海，心里难免会紧张。

不过，吴辉和任博士也带过这么多新生下去，对缓解心理压力很有一套，两人说了好几句玩笑话，又端着一盒培育好的珊瑚苗在她面前过了一遍，让她挑一盆。

陈溺深呼吸好几口气，囫囵看了一眼，选了一盆看上去很小的苗。

吴辉把她的黄色绑带绑在了那盆珊瑚苗上。

海洋系每个下海种植珊瑚的学生都有这么一条绑带，上面除了刻有安清大学的校徽，还有种植同学的名字及学生证件号。

盯着那一大圈绑珊瑚的白色扎带，陈溺捏了一下，问：“这个将来会腐烂在海底吗？”

任博士：“对，这些是可降解的特殊材料，不会对海洋环境造成塑料污染。”

事实上，正是由于附近海域的珊瑚群受污染严重，这项由学校和政府共同进行的公益活动才延续至今。

站在甲板一侧的江辙还不慌不忙，抽出手来接电话。

电话对面是黎鸣他们那伙人。

几个男生嗓门很大，大大咧咧地说：“小江爷，您这是上哪儿潇洒去了？后天可就考最后一科了！”

江辙离陈溺很近，也没特意走开，吊儿郎当地回了他们一句：“别烦我，我约会呢。”

陈溺刚背上了氧气瓶，就听见他在厚颜无耻地胡说八道，往他那儿瞪上一眼。

他没皮没脸，撩起眼和她对视，回以一个恣意的挑眉。

项浩宇知道他去了海栗湾，呵呵直笑：“陈妹最终还是和你这禽兽好上了啊，有闲心约会没时间回来复习？”

“江辙，你是少约过会还是咋的？”贺以昼抢过电话，大声嚷嚷，“赶紧回来给兄弟们画考试重点啊，能不能抱上佛脚我可全靠你了！”

黎鸣表示赞同：“就是，兄弟才是你的手足！再说了，约会不就是那档子事？”

江辙低声笑，骂了一句：“你们这几个人真庸俗。”

黎鸣：“那来说说你怎么不庸俗？”

不远处传来入海的“扑通”声，是陈溺跳下去了。

江辙边走上前，拎起一件大号的潜水服，边说：“别烦我了，我要陪她去种珊瑚。”

说完，他挂了电话。

对面三个人仿佛见了鬼，都不解地皱起眉：种啥玩意儿？那也能被他说成是约会？

岸上的事，陈溺一无所知。

跳进预定的安全海域，她就跟着两位老师往下潜。

她在目的地看见礁盘上已经有大片种好的珊瑚苗，每一盆上都系着一根黄色绑带。

任博士拿着钻孔机在礁石上打好眼，放上胶粒，用钉子钉好。

而陈溺要做的，就是端着自己那盆幼苗上前，拿着扎带固定住珊瑚。

过程看上去很简单，但即使是在不算深的海底，水的阻力也特别大。

还有一群寄居的鱼类偶尔会阻挡视线，一切在这片空旷的海域中，变得缓慢而寂静。

两位老师在打眼，陈溺百无聊赖地看向其他种植好的珊瑚。有几株珊瑚上面黏附着若干个核果螺，这是专吃珊瑚的天敌，她顺手把它们扒拉下来。

等老师们示意陈溺可以上前种植时，陈溺动作有些急，踩在一块礁石上，差点滑下去。

有人推了她一把，除了边上的工作人员，起了最大作用的是江辙。

陈溺回头看，显然惊讶于他居然真的下来了。

这人就是浑不吝的典型人物，可能就想证明他不怕下水，潜得比她自在多了。

两人都穿着繁杂的潜水服，戴着蛙镜也没法过多交流。

陈溺把珊瑚苗安置进老师砸孔的位置。

江辙手上也拿了一盆珊瑚苗。

他是临时下水，没有定制绑带。盆上和普通游客的没两样，估计转头就不知道哪盆是他种的了。

陈溺把盆栽放进固定凹槽里，拍拍他的手，做了一个手势。

她让他把珊瑚苗种在自己这一盆的旁边，免得之后过来找不到自己那盆。

珊瑚苗种好，两位老师还要在那儿加固其他育苗。

而江辙握住了陈溺的手，带着她往海面上游，帮她省了不少劲。

顺利地把潜水服换下，走出甲板时，陈溺小腿肚那块才后知后觉地有些发软。起初她确实是不怕，但从海底游出海面那一刻，颅内的感觉都不一样了。

她对水没什么恐惧都这样了，何况江辙？

但下一秒陈溺就发现自己实在过于操心，她担心的人正在不远处的奶茶店里买奶茶，表情悠闲，没受半点影响。

冬日的太阳不烈，只是紫外线辐射依旧强。陈溺找了张遮阳伞下的游客椅坐着，往那儿看过去。

一群人里，他连背影都是出类拔萃的。

像是有心灵感应一般，江辙拿到奶茶就往她这个方向看了过来，英俊的眉眼坦荡冷淡，脸上挂着点松散的懒劲儿。

他只买了一杯奶茶，慢慢悠悠地朝她走过来时，身后还跟着个年纪相仿的女生。

他刚落座到陈溺对面，后边那个女生犹豫了会儿，还是走上前，问他方不方便交个朋友。

江辙没说话，奶茶也只是放在自己手边，一副和陈溺不认识的样子。

他冷着脸也不妨碍对方轻声细语地重复问一遍，可能偏好他这副不搭理人的模样，女生声音更加温柔了，像是能软成水。

“不方便。”陈溺淡淡出声，径直拿过面前的奶茶喝了一小口，抬起眼皮，“我的人。”

江辙总算笑出了声，笑意从他嘴角漾开。

他睨向站在边上的女生，表情看上去挺抱歉，但声音藏不住愉悦，附和了一句：“嗯，她的人。”

海边风大，海浪轰鸣中还夹杂着海鸥的叫声。

刚才还锲而不舍地问联系方式的女生听见他俩一唱一和，立马换了一张脸，白眼一翻，转身时骂了一句：“合着搁我面前秀恩爱呢？一对神经病。”

陈溺微微皱眉，下意识地抿了抿唇。反观对面这位，被骂了也乐得不行。

江辙左手搁在桌上，食指上戴着一枚银灰色克罗心戒指，上面的鸢尾花和十字架图案很有设计感。

天生桀骜的一张脸上挂着痞坏的笑，眼尾那颗淡痣在湿发下显得更为潋滟帅气。

他们刚从海底上来不久，头发都是湿漉漉的，好在刚才在船舱里擦过一次，不至于滴湿衣服。

陈溺撑着下巴，浓密长睫毛垂下，心无旁骛地喝着那杯甜度过高的奶茶。

江辙伸手扫开她眉间粘在一起的碎发，幼稚地扬扬下巴，跟告状似的：“她骂你。”

“我听见了。”陈溺面无表情地补充，“她也骂你了。”

江辙唇边笑意更深，跟提醒她别想赖账似的：“嗯，骂我们这一对。”

真不知道他笑这么荡漾干什么？嫌自己不够招眼吗？

陈溺也感觉有点莫名冲动了，面上神色自若，其实都不知道走神走去哪儿了。

她这算是答应了吧？

他们自这一刻起已经在交往。

没什么正式的仪式感，也没有真实感。

江辙看着她停下喝奶茶，似乎嫌太甜腻，蹙了好几下眉，喝得也费劲。

他突然起身凑过去，快到有风拂面，他高挺的鼻梁骨差点撞到她鼻尖。

陈溺身体都僵住了，上半身往后挪了挪："干什么？"

江辙一只手的手肘撑着桌子，另一只手把她的吸管转向自己这儿，咬住它喝到底，咂巴了下唇，才抬眼回答："帮你喝完。"

陈溺段位太低，脸皮也厚不过他，站起身来要走。

她刚往前迈了两步，肩膀就被往后扯了下，他宽大修长的手缠过来，十指交握住。

江辙举起两人交握的手在她面前晃了晃，嗓音沉沉："陈绿酒，牵好你的人。"

陈溺被他缠得有点惶恐："你别握这么紧，热。"

他喉咙里发出闷笑，摆明了不信她，怕她反悔一般，握得更紧了："大冬天的哪儿热，我给你降降温？"

她脸颊都被逗红了，偏偏死扛着不低头，推搡他。

江辙挨近了点，吊儿郎当地碰她脸："害羞什么？"

陈溺打开他的手："大街上，你别乱犯病。"

他笑着又凑上去，想问一句"那回去能不能犯"，但终究怕把人逗狠了，下次又该躲他了。

冬天的天黑得特别快，夕阳和海平线相接，完成最后的交棒。

天际另一边，斜月沉沉，远处的山海间起了大雾。随着潮汐而来的，还有港口归航的船只。

陈溺看了看时间，才下午四点，街边的路灯就已经全亮起来了。

系主任在群里发了消息，半个小时后，酒店开始给大家送餐。

两个室友连环轰炸她，问她什么时候回去。

江辙歪着头看着她："准备回去了？"

陈溺抬眼："你还有事？"

“我说你，刚有了对象就抛弃他。”他煞有其事地捏捏她的指骨，“你是个始乱终弃的好手啊。”

陈溺脸颊两侧的头发软趴趴地随风而动，她抬起湿漉漉的眼睛，一本正经地纠正：“江辙，‘始乱终弃’不是这么用的。”

江辙霸道无理：“那我不管，在我这儿就是这么用。”

她愣了几秒：“你想怎么样？”

“当然是……和我约个会。”

他们优哉游哉地散步，到了本地最大的广场那儿。

跳广场舞的大妈们在热烈起舞，大草坪上坐满了看公屏电影的市民，往前走还有几个小孩在放风筝。

冷不丁有人撞过来，江辙揽住陈溺，把她往人行道内侧放。

陈溺手上还捧着一个冒热气的煎饼果子，慢吞吞地吃着，跟小猫咪进食似的。

江辙没什么胃口，但喜欢逗她，时不时就要低下头咬几口饼。

冬夜里的城市比起热天都要沉闷几分，晚上风大，吹得湿发早就干了。

陈溺穿得不算少，但人瘦，裹再多也显得纤细。外套帽子盖住她脑袋，只露出个鼻头到下巴尖，腮帮子一鼓一鼓地动着，看上去乖巧又软萌。

吃完煎饼果子，江辙又给她塞了一小瓶热牛奶。

他也不拉开她的帽子，就直接往里头喂。看着她好像在喝，他就故意摸她的脑袋，真把她当宠物养了。

陈溺恼怒地抬手掐他的胳膊，本来还试过打他的头，不过相较他来说她太矮了，要踮脚就没了气势。

最后她牛奶也喝不下了，又推回给他。

两个人没说话，动作却莫名地默契又应景。

闹了她好一会儿，江辙边笑边把她帽子摘下来。

陈溺吃东西时一直低着眼，也没看走到哪儿了。

耳边传来吉他和电子琴的伴奏声，她看向那一小撮人群。

是流浪歌手在唱歌，嘴里哼着不知名的调，怪好听的。

刚挤进去，也不知道他们前情提要是什么，站在C位的主唱小哥蓦地朝江辙递上了话筒："帅哥，我决定今晚的第一位合唱观众就是你了。"

一群人起着哄，边拍掌边说："来一个，来一个！"

陈溺被逗笑，看热闹不嫌事大。

江辙偏了下头，问她："想听吗？"

围观群众当然在这时候不忘撺掇。

也不知道他问自己是想唱还是不想唱，但陈溺从来不给他准备什么台阶下，她淡淡一笑："听啊。"

江辙揉揉她头发，就借了那位不知名歌手的吉他，坐在了中间的高脚凳上，单腿弯起，大衣扣子也松了两颗，骨感白皙的长指看似很专业地拨弄了两下吉他弦。

几个音符出来，旁边的电子琴伴奏手很快知道他要唱哪首歌。

江辙侧着脸，漆黑的眼眸稍垂，靠近立着的麦克风开始唱了第一句："琥珀色黄昏像糖在很美的远方，你的脸没有化妆我却疯狂爱上。"

是《园游会》。

不知道从什么时候起，陈溺这种除了"落日飞鸟"乐队就不听其他歌的人，却已经把他喜欢的周杰伦的歌听过好多遍。

"气球在我手上，我牵着你闲逛。有话想对你讲，你眼睛却装忙……"

江辙轻哼出清越的调，人群圈子不断扩大。

霓虹灯在他发梢和清秀挺直的鼻梁上停留，男生认真唱歌的模样和漫不经心时相比，更多了一份吸引人的特质。

江辙只唱了十几句就停下，手指在吉他弦上做最后的伴曲收尾，最后他绅士地从凳子上下来，鞠了个躬。

陈溺站在原地未动，注视他许久后，在下一秒和他安静地对上了视线。

江辙落在她身上的目光深隽，带着笑意。

有些恍惚迷离的夜色下，他这模样恐怕任谁看了都要称赞一句深情。

海洋系全体学生回校那天，安清的市中心下起了雪。

直达车进了校门，雪越下越疾。

陈溺下车时，身上裹了件白色大衣，一看就是男款的。

她和江辙的八卦在他们回来时就已经传遍了返校的几辆大巴，回校后也自然有人朝她多看几眼。

“也没怎么特别啊。”

“长得纯还冷淡，应该也不会撒娇吧，比过往几个普通多了。”

“这都回学校了，江辙连人都不知道在哪儿呢，看不出有多上心，看他们多久分吧。”

在这种讨论声里，陈溺总是装睡装聋。

说来奇怪，她在中学时代巴不得越低调越好，几乎没被这么多人关注过。

但上大学以来，网络的传播面更广了。不管是好的坏的，她已经被顶在风口浪尖好几回。

从开着空调的车里下来，冷空气顺着风飘进她脖颈里。

陈溺刚吸吸鼻子，迎面而来的就是一个熊抱。

路鹿坐在女寝楼下等了有几分钟了，刚又贪玩地捏了捏雪，手都是冰冰凉凉的。

陈溺把路鹿的手塞进自己带着体温的外套口袋，皱着眉：“你怎么出来了？”

路鹿手指戳戳她身上这件衣服，一脸“你说呢”的表情：“回去跟我讲！我要听全过程！”

身后两个室友闻言紧跟其后，一脸兴奋地点点头。

5

晚上睡觉前，陈溺的微信语音电话响了起来。

十一点，校园网已经不怎么通畅。陈溺开了流量接通，也懒得跑去阳台吹冷风，索性捂着被子：“喂？”

那边起初有些吵，应该也是在寝室，江辙直接去了外边，拉上了阳台的玻璃门。

从海栗湾回来没买到高铁票，江辙一闻到长途大巴的气味就反胃，忍着晕了几个小时，回来就躺在寝室补觉。

他醒的时候已经天黑了，给陈溺发消息，她回得也慢，跟嫌打字浪费钱一样，依旧是不冷不热的几句话。

跟她谈个恋爱，像是在做梦。

这才第二天，江辙仿佛已经体会到了那些女孩跟他在交往后期的感觉，不主动也不拒绝。

他穿了件薄卫衣，倚着墙，仰头看了眼黑漆漆的天："你在干什么？"

陈溺闷声回："睡觉啊。"

"睡这么早？"

陈溺看了眼时间，可能对年轻人来说确实早吧，不过她也没什么打发时间的爱好。

江辙听不见她回话，有些心不在焉地又问："明天有课吗？"

"早上有一节。"

"我给你送早餐。想吃什么？"

"……想喝个汤。"

没来由地，陈溺想起开学时看见江辙熬汤的那张照片。

对江辙一时兴起的说要送早餐，陈溺其实没抱多大希望。

冬天的早上八点，在外头都能被冻哭。要不是有课，她估计也不会起这么早。

和大部分女生一样，她里头穿着睡衣，外面裹个大棉袄就出了门。

她还没走出寝室楼，手机"叮咚叮咚"响个没完。

【JZ：？】

【JZ：上早课的人还起这么晚。】

【JZ：您这是打算踩点进门，和教授肩并肩呢？】

……

陈溺把静音开了，加快脚步走到寝室楼外面。

清晨雾气冰冷。

江辙站在路边上接受路人的洗礼，眼皮沉重地耷拉着，看上去还没睡醒似的。

他怀里抱着一个保温食盒，只露出一个盒盖。

陈溺走过去，自发进行“失物招领”。

江辙完全是看鞋认人，抬起头盯着她，把食盒递过去，打着哈欠，说：“早。”

他黑睫上还有潮湿的水雾，伸出手旁若无人地揽着她往教学楼走。

陈溺看了眼手上的食盒，她还记得他那个“瞎弄”的谐音哏，问了句：“这汤不会就是‘夏浓’吧？”

江辙被她开口的第一句话就气笑了。

他没说昨晚就因为她一句想喝汤，他大半夜出校门，跑到超市买完食材，又回了公寓。

她倒好，磨磨蹭蹭下来，直接给他扣一个“瞎弄”的帽子。

江辙用指腹碰了碰她冰凉的脸蛋，而后有些咬牙切齿地捏着她脸颊上的软肉，困乏地否认道：“不叫‘夏浓’了，叫‘春日’。”

江辙熬的艇仔粥，味道居然不错。

只是他大概对陈溺的胃有误解，食材太满，虾仁、猪肉、生鱼片，满满当当一大食盒。

陈溺在课上偷偷摸摸地喝了大半碗，最后剩下的都带回去给路鹿喝了。

两人在寝室待了还没半小时，陈溺又接到了江辙的电话。

路鹿在这边大声喊：“江辙哥你有完没完了？谈个恋爱黏死人了，连我们小姐妹的闺密独处时间都要霸占！”

江辙轻飘飘一句话就让她闭上嘴：“那你也去谈一个。”

他仿佛嫌说得不够多，又来一句：“你别老围着我的对象转，自己找不到吗？”

路鹿气极：“我！”

以前也没见他谈个恋爱这么骄傲！

陈溺及时把手机拿回，挡开姐妹的滔天怒气，接过对面的话："找我有什么事？"

"没事儿就不能找你了？"他的声音带着懒洋洋的倦意。

当代大学生总是这样，早起毁一天。

陈溺不知道他又闹什么，也许是早上没让他陪着一块儿去上课。

大一事情少，海洋系期末考试又刚考完，这几节都是在做结课。

她是懒得大张旗鼓地把男朋友带进教室的，但江辙就不这么想，拖着声："过来第六教学楼这儿，陪我上课。"

陈溺不想去："我都换衣服躺床上了。"

江辙咳了声："你每天裹得跟只熊似的，抱起来都没感觉，谁管你穿什么衣服？"

陈溺确实怕冷，一到冬天，穿得尤其多。

毕竟家乡那里别说大雪了，连偶尔飘个小雪都能让她吃惊。

路鹿坐在那儿看着陈溺穿外套，小白菜被拱了，她也不知道是该开心还是担心。

她"哎"了声："江辙哥真不是个好东西。"

刚满二十岁的男生和高中十七八岁的都差不多，心智幼稚。

何况江辙这种生来就命好，鲜衣怒马正年轻，连爱也不太需要。

他什么都没做，在无意中却能成为一些女孩的整个青春。

陈溺听着也不反驳。

江辙对她来说，算是十八年来的一场意外。

他脾气不算好，也没耐心。

他心情不好时会在人后抽很烈的烟。

就算有不能克服的心理障碍他也不轻易认输示弱，反而跟自虐似的，偏要把那事在她面前做一遍又一遍。

好玩的他都能来几手，他朋友很多，他的身边总是看着热闹。

他大多时候又有点玩世不恭的冷颓感。

陈溺走了会儿神，出门前问路鹿："不一起去吗？我刚才听见项学长的声音了。"

路鹿难得停下了叽叽喳喳的嘴，眼神有些黯然似的，一会儿又扬起笑脸："去呀。"

怎么能不去？好歹能笑着离他近一点。

人工智能专业的课程都安排在计算机大楼里头上。

陈溺和路鹿推开大课室后边的门，尽量放轻了脚步混进学长学姐的课堂里。

江辙坐在后排靠窗位置，表情蔫蔫的，长腿随意搁在过道上，看见陈溺过来就招招手："怎么这么慢啊？"

教室里的人都在等教授过来，玩手机的、看书复习的都有，江辙冷不丁出声，让大半个教室的人都往后看了一眼。

陈溺怕吵到人，走到江辙边上，做了一个让他小点声的手势："我第一次来这栋楼，刚才没找到教室。"

江辙也不是非要个答案，看那表情也知道没认真听。

他伸长手拽了把陈溺宽厚的羽绒服，直接把她揽到腿上来了。

前面几排传来一阵抽气声，显然都在偷偷观察他们这儿的动静。

陈溺有点尴尬，手忙脚乱地推开他站起来，指了指他左手边的位置："你往里面坐坐。"

路鹿就在他们斜前方，见状笑了声："我听我姥姥说，男人要是习惯往里面坐，等结婚了也会睡在床里面！"

江辙淡淡地扫她一眼，吊儿郎当地开着腔："你姥姥没骗你……"

"噗——"前面有正在玩游戏的男生笑喷了，转过头来调侃，"小江爷，嘴可悠着点啊，妹妹们还不知道这么多事呢。"

边上的项浩宇也赶紧捂住路鹿的耳朵，把她脸转过去："干什么，别和我妹说这些啊！"

江辙跷着腿笑，往后靠着椅子。

坐在位子上的陈溺坐得很端正，跟没听见他们说话似的，她上课就像个小学生，手也放平在桌面上。

桌上放着电脑、一本书和一支笔，那支笔就是上回江辙从陈溺手上抢的。

江辙盯着她半晌，上前把她领口拉链拉下来点："哪有这么冷。"

下午已经出了太阳，昨晚的雪也早就化了。

陈溺还穿着件乳白色的面包服，整个人蓬蓬的。细软的乌发有一半藏在衣服里头，白皙干净的脸颊上有淡淡绯色，看上去很软糯温柔。但少女显露的气质实则是疏离的，能察觉到她似有若无的嘲弄和风情。

人离得这么近，又仿佛那么远。

他散漫轻浮，她固执清冷。

刚开始只觉得陈溺清汤寡水，处久了方知有多好玩。

而江辙也爱看她冷淡着的一张脸上出现各种情绪。

他挺卑劣的，越美好纯洁的，越想让她跳下来陪自己玩。

等教授来上课的这段时间里，他的手也没闲着。

陈溺看他们的专业书看得有些晕，低着头，耳尖都被他磨红了。她白了江辙一眼："别老碰我。"

"行，我睡觉总行了吧。"他不紧不慢地拉过她一只袖子放腿上，闭着眼就靠在桌上睡了起来。

陈溺看了会儿，发现身边人真不闹她了。她侧过脸，看见江辙眼睛紧闭着，脸很窄，下颌生得精致，沉睡时难得有股无辜好看的稚气感。

午后阳光从窗口移过来，陈溺下意识地伸手，拿着书帮他挡住了。

路鹿和项浩宇他们几个人在打游戏。

对面有个女孩，一直在开麦求他们打轻点。

他们这队的另一个男生说："求浩哥有什么用，他就一直男！之前跟我们系系花组队都把人骂哭过。"

路鹿："为什么骂哭她啊？"

"菜呗，又菜又坑，还一个劲喷队友。"

路鹿知道自己游戏打得也挺烂，用手肘推推身边人，有些娇羞地问：

“嗳，你怎么从来不骂我？”

项浩宇眼都没抬，操作手机的手指飞快，云淡风轻道：“人家骂了还能好好打。你被骂了，送人头送得更起劲了。”

就知道这人狗嘴里吐不出象牙！

路鹿气得跺脚，转头往陈溺那边求助地看过去，结果猝不及防被喂了一嘴狗粮，更气了！

七十多号人在大教室里等了十几分钟，教授还没来。

课代表出去打了个电话，回教室里才说老师生病了，这节课得往后挪挪。

大学不比高中，说这节课自修就真不会有老师来了。

有些人可能待会儿还有课，索性在位子上待着等上课。

还有大部分人就都直接回寝室睡觉了。

这里头当然也包括睡了大半天的江辙，只不过他没回寝室，直接把陈溺带回了椿树湾的公寓。

一进屋，江辙就把空调调高了几度，给陈溺拿了一双新的女士拖鞋，刚好是她的码数。

陈溺嫌有点热，只能把外套拉链拉开。

因为来过一次这儿，她也没了起初的好奇，跟自己找事做似的，问：“看片吗？”

江辙正从冰箱里拿出两罐汽水，闻言背靠着冰箱柜门，眉峰抬高，嘴角在笑：“你还有这爱好？”

陈溺盯着他这意有所指的笑容，沉默须臾：“你想看哪个洋？”

江辙第一次听见有这么分类的：“太平洋吧。”

江辙家里的电影房比较简陋，只有一张榻榻米。

选好片子，连接好了电脑和投影仪，陈溺坐到了榻榻米上。

江辙在客厅那儿磨蹭了会儿，端着个零食盒进来。

陈溺从盒子里随手拿了个包装袋出来，看清上面的字母，什么“kiss

me keto（吻我）”，是颗软糖，一看就是女生买的。

她拆开丢进嘴里：“你怎么跟过年接待客人似的？”

江辙瞥了眼，这些都是他堂姐江晚葭寄过来的。

平时一群大老爷们儿来他这儿也不吃零食，正好带个女朋友回来解决囤货了。

他没个坐相，懒怠地抱着陈溺靠在榻榻米的台阶上。

可能是看她聚精会神的样子，他不由得笑了：“你跑你男朋友家来看片，这合适吗？”

陈溺嚼着软糖，表情无波无澜：“江辙，你知道什么叫‘仁者见仁智者见智’吗？”

随着她这句话说完，片子开场是一大片海域的空镜头，正片慢慢浮现片名：太平洋纪录片。

江辙感觉受骗了：“这就是你说的片？”

“我又没说是那种片。”

“你故意的。”

“随你怎么想。”

他伸手直接钩过她的脖子，俯身对着她耳朵吹着热气：“那你跑男朋友家来就为了看个纪录片？”

陈溺没挣扎，申明：“是你把我硬拽过来的。”

江辙哼笑了声，眼神像只锁定目标的狼，扯开她厚厚的外套往后丢。

“你……”陈溺刚要开口，人被抱到他怀里。

江辙摸着她手臂，喟叹了声：“现在有点人的实感了。”

之前她穿这么厚，简直跟抱着个毛绒玩具没两样。

她小小一个，缩在他胸膛，女孩子身上那种柔软好闻的味道沁在江辙的呼吸间。

影片画质高清，正放到鲸鱼跃出海面。

陈溺看得津津有味。

江辙却是心不在焉，没几分钟就要闻闻她头发，然后动作越来越放肆，低下头往她纤细的脖颈那儿蹭。

陈溺嫌痒得慌，终于转过头来，给了他一个警告的眼神。

“我真忍不住。”他难以自持地低声骂了句，突然伸手遮住了她清澈的眼睛，脸压了下去。

他的薄唇贴近她的鼻尖、脸颊，最后到那张从来不对他说点软话的唇上。

嘴唇贴在一起的那一刻，热息交错。

陈溺有一瞬间的怔忪，刚吃完的那颗软糖余留在口腔的甜味被延长，长卷黑睫快速又慌乱地扫着江辙的掌心。

她侧了身，横转过来，两条腿却被他右腿压住，背则抵着他膝盖，是个跑都跑不了的禁锢姿势。

他盖住她眼睛的手没盖严实，房间里昏暗的光线从指缝间漏了几丝进来。也因此，她能看见江辙闭着眼，一脸沉迷地咬住她的唇。

他侧着脸，高挺的鼻梁骨蹭着她脸蛋，唇在她唇间流连。

察觉到女孩的睫毛停止颤动，江辙稍微退开点，松开手掌，声音低哑：“偷看我？”

陈溺被他亲得有些喘不过气，后脑勺磕在他膝头，湿漉漉的眼睛直直地盯着他，胸脯起伏不定。

她蓦地抬手钩下他脖子，迎合似的又亲了上去。

谁说她不懂勾人？

江辙动作一顿，重新含住那张红润的唇。

陈溺在这场赛事中很快就失去了主动权，眼眸微合着，滚烫交融的唇齿磕碰中，不小心咬破了江辙的唇。

江辙手收紧，还想继续吻时被她抵开。

他眼尾泛红，混着情欲的昏靡感，下唇瓣冒出了血珠。

陈溺微张着唇，呆呆地、缓慢地伸出指腹在他嘴上擦了一下。

他趁机咬了口她指尖，只一下就松开，额头抵着她，嗓音沙哑：“接个吻还把我咬出血。”

“我是第一次，”她有些心虚地蜷了蜷指骨，话头一转，“当然没小江爷有经验。”

阴阳怪气时不喊人名字是她的特色。

江辙半点不怕现任翻旧账，继续抱着她亲，笑得放肆：“怪我来太晚。”

第八章

女朋友

X

怎么会有人和止痛药这么像？

1

一月八日，学校正式放了寒假。

校园空得很快，朋友圈、QQ 动态里到处都在分享度假和过新年。

大学的第一个假期十分轻松，陈溺买了最早的票回去，到家后给室友们和路鹿都发了寒假快乐的信息。

她也逐渐忙碌起来，因为陈父最近在和别人合作做水产养殖生意。南港市依山傍水，养个鱼也只是小成本小投资。

父母忙于新生意，家里的那间小超市就全靠陈溺每天看着。年假期间不少走亲戚的外省人来来往往，她每天在收银台得待到晚上十点才能关店。

除夕夜，和往年一样吃了餐饭，在巷子里跟着潘黛香到邻居家里逛了一圈，陈溺突然想起，她好像很久没有联系过江辙了。

寒假回来后几天，他偶尔会发消息，会打电话，但最后也只剩在手机上寒暄几句。

她连人在面前都不见得会有多热情，更别说隔着屏幕。

而江辙或许也只会对眼前的事物用点心，开心时就来缠着她玩。

他朋友很多，圈子也热闹。

在项浩宇的朋友圈里经常能看见江辙的身影，一群人陪着他单板滑雪、约人喝酒。纸醉金迷的日子多潇洒，自然不用对着一个手机里的人找消遣。

陈溺和他不仅是恋爱观有偏差，就连家庭环境也相差甚远。

但这一切的不合适在校园恋爱这几个字下，似乎都不能成为阻碍。

路鹿有句话说得挺对——

江辙谈恋爱就像个小孩在玩玩具，太随心所欲了，也很容易腻。

角落架子上的电视机在放老电影：《堕落天使》。

片中的女主角正说着台词："我已经很久没有坐过摩托车了，也很久未试过这么接近一个人了。虽然我知道这条路不是很远，我知道不久我就会下车。可是，这一分钟，我觉得好暖。"

陈溺拿着手机在发呆，手指放在消息的发送键上迟迟未动。

拿了两盒鞭炮的顾客走过来，把东西放在收银台上，瞧了眼电视："在看王家卫的电影啊？"

她放下手机，点点头，扫了一眼商品："四十二元。"

那人付完钱却迟迟未动，陈溺下意识地抬头，对上了一张熟悉的脸。

是她的高中同学，赵琳。

"还以为你一直不会抬头呢！"

赵琳曾是班上的英语课代表，也是存在感很低的女生，后来似乎是考上了京市的师范大学。

其实上大学之后，陈溺和高中那些人已经渐行渐远。

她没有玩得特别好的朋友，也不会注意谁上了本科，谁去了职校。

赵琳是来陈溺这边小区走亲戚的，也有点吃惊会在这儿看见陈溺："你变漂亮了欸！不过，你以前就挺好看的，就是总低着头，天天穿校服，也不跟我们一块儿玩……"

陈溺礼貌地回赞："你也漂亮很多。"

"上大学之后会瞎打扮了呗。"赵琳闲扯着，说到班级同学聚会的事，"大家也很久没见了，正好趁这个机会见见，以后就更聚不齐人了。"

陈溺没什么想去的欲望，只敷衍地说："再说吧，得看看我那天有没有时间。”

思澜公馆的02栋别墅传出极其聒噪的施工声，大过年的，这屋里没点喜庆气氛，电钻声刺耳地响了小半个月，简直扰人安宁。

一辆车直接从大铁门那儿撞了进来，施工人员都吓了一跳，纷纷停下手上动作退避开。

江辙推开门下车，冷肃着一张阴沉沉的脸，身上还有烟酒味。

他重重地关上车门，朝着池边的一帮人问："谁让你们重修游泳池的？"

北风呼啸中，男生的声音里压抑着暴戾。

总监工一抬眼，知道是这家的少爷回来了，连忙去屋里喊人。

李言和江嵘从大厅里走出来，看见江辙时显然有几分心虚。

江嵘上前一步，挡住江辙的视线："你不是去你爷爷那儿了吗？怎么突然回来了？"

他话音刚落，江辙直直冲过来撞开他，一把掐住他身后人的脖子往后推，一直推到门口靠在那座石狮子上。

江辙手背青筋根根清晰地凸起，眼睛红得快遏制不住怒火。

他死死地盯着李言，话却是对江嵘说的："我说过这人不能踏进来一步，你把我的话当耳旁风？"

李言身高一米七出头，斯文秀气，在江辙的绝对压制下完全动弹不得，李言的脖子被掐得青紫，脸也转成猪肝色，双手无助地拍打他。

江嵘气得要命，喊着周围几个人来帮忙："还愣着？快给我拉开这个疯子！"

八九个工人一拥而上，七手八脚地拉开江辙，但不敢弄伤这位小少爷，只能拦住他不再冲过去伤害人。

李言终于松口气，扶着江嵘手臂："小辙……咳咳，你们先放开他。"

几位工人看了一眼江嵘，得到允许后才松开手出去。

院子里只剩下他们三个，江辙脸色阴森狠戾，太阳穴的青筋毕现。

他没再威胁般对李言动手，只是从齿缝里挤出一句："江嵘，你当初答应过我妈什么？”

江嵘脸色苍白，嘴唇嗫嚅几下，没发出声。

答应过什么？他在那个因自己半清醒半疯癫的女人面前发过誓，答应过她会用一辈子赎罪，他一辈子都不配得到快乐。

为了这个承诺，江嵘和李言有五年没见过面……

只是人性多贪婪自私，愧疚抱歉是真的，但这份情绪终究随着时间流逝而变淡。

李言在一边温和地开口：“小辙，对不起，我只是看那游泳池很久没用，想——”

江辙侧过脸，打断李言的废话：“你算什么垃圾，也配想？”

荒芜了近六年的游泳池连瓷砖缝里都长出了长长密密的杂草，那是一块禁地，属于江家不能碰的地方。

而现在在工人的重新修建下，瓷砖焕然一新，注入水源后又会恢复成生机休闲的样子。

多讽刺，有人永远活在了生不来、死不敢的地狱里，而罪魁祸首们居然想轻易翻篇，得到幸福。

“你有事冲我来。”江嵘几番忍耐，终于要爆发一般朝他吼叫，“你再嫌弃我，再看不上我，我也是你老子！你生来就是我这种人的种！”

江辙冷笑：“你最好祈祷你命比我长，否则我一定将你挫骨扬灰。”

他直接上了车，朝着游泳池直踩油门，眼也不眨地把车开了下去。

车身颠簸反弹似的震了几下，轮胎压着施工的工具，稳稳占着游泳池正中间，注定要和这个池共存亡。

江辙踹开车门，走之前指着李言对江嵘说：“我警告你最后一次，不要再试图把这个人带进这个家。”

走出公馆，江辙随手拦了辆车去机场。

他出来得急，手机也丢在了爷爷家里，好在身上的钱包里放了证件。

从安清市到南港的航程一共不到两个小时，江辙从机场出来随便搭了一辆公交车，兜兜转转绕了几条内外线，他在最后一班车的终点站下来了。

那年城市里还能随处可见公用电话亭，江辙在钱包的十几张卡里翻了许久，终于翻到一张电话卡。

南方城市的冬天不怎么下雪，最冷也不过是像现在这样，小雨中夹着冰雹砸在树叶和沥青路面上。

陈溺家里在给她过生日，潘黛香下厨做了一桌子好菜。

陈父从冰箱里把蛋糕拿出来："老婆，你把桌子收拾收拾，该吹蜡烛了。"

"小九呢？这丫头怎么吃完饭就到房间里缩着了。"潘黛香拿着抹布朝陈溺房间喊。

陈溺捂着手机话筒，朝外面应了一句："妈妈等一下，你们先点蜡烛。"

电话那头是江辙，声音很疲惫地在质问她："是不是只要我不找你，你就不知道找我？"

"嗯。"

陈溺其实对他的话没过脑，只是低哼了一声，回过神来想他说了什么时，才有些赧然："我不是那个意思。"

"她们都不像你这样，你光对我不好……"他好像喝了酒，说话没个逻辑。

陈溺不想听他说这些有的没的，把电脑上暂停的美剧重新点了播放。

在嘈杂的影片 BGM（背景音）中，她漫不经心般地对手机对面说："江辙，你没事的话就回家吧。"

江辙没说话。

陈溺也不知道该说什么，声音不自觉地变得冷淡："那我数三秒就挂了。一，二。"

"嘟嘟嘟——"

江辙看了眼被挂断的电话，心里暗骂：骗子，三秒都没数完。

餐桌上摆放着一个生日蛋糕，潘黛香刚刚听见陈溺在房间里面说话，问："你和谁打这么久的电话啊？"

陈父看她管这么紧，不赞同地“嘁”她一句：“小九都上大学了，你管她和谁打电话。”

潘黛香撇嘴：“上大学怎么了？她八十岁了也是我女儿，我还不能管？”

陈父轻哼一声：“你管吧，别管得她到时候成个妈宝女，大学这几年连恋爱都谈不上。”

这倒是提醒潘黛香了，她以过来人的口吻问：“小九，没谈恋爱吧？”

不知道什么时候炮火转移到了自己身上的陈溺：“……没。”

潘黛香拍拍她的肩膀：“那就好，晚点谈也不急的……越处得久越能看出人品。这男孩子啊，要会疼人，长相都是其次。”

陈父：“那还是要长得好的吧，长得好的还能改善后代基因。”

潘黛香不满意了：“你这话什么意思，我们小九还不够好看？”

陈父很能承认自己长相上的不足：“那你当年要是嫁个你们文工团的知青啊，小九还能更好看。”

潘黛香快要被他气死，转头问陈溺：“你说，你是不是站妈妈这边？”

自古以来爸妈一有分歧就喜欢拉着女儿站队。

陈溺难得地摇摇头，撑着脸无辜道：“妈妈，我也喜欢长得好看的。”

“哈哈哈哈哈，年纪小啊，都这样。”陈父安抚似的赶紧把话题截止，看着滴着蜡油的蜡烛，催促陈溺，“快来，吹蜡烛许个愿望。”

潘黛香还在念叨：“好看有什么用，好看又不能当饭吃。”

一家人把蛋糕切完，三个人也只吃了二分之一，吃吃歇歇，陈溺在客厅那儿还陪着父母看了会儿春晚回放的小品，然后把剩余的蛋糕放回冰箱，和爸妈互道晚安后就回了房间。

她进门的那一刻，放在桌子上的手机在振动。

她再晚来一步的话，手机估计就要振得掉地上了。

陈溺忽略那十几个未接来电，接通电话：“江辙，我刚刚在客厅看电视。你要干什么？有事你可以发消息。”

“我没带手机出门。”他只不过是看着卡里仅剩的余额慢慢减少，人也赖在电话亭没动。

陈溺平静地说："那你可以打别人电话，约他们去玩。"

江辙："只记过你的啊。"

她记得上一次看见他似乎还是在项浩宇发的溜冰场视频里，是两天前。

嘈杂的游客笑闹声中，他身边有好几个女孩子围着。

而电话另一端此刻却很安静，她捏着手机能听见男生的呼吸声："很晚了，你在哪里啊？"

像是就在等她这句话说出口一样，江辙语速很快："你家离九中远不远？我在以前那个公交车站。"

离开学也没差几天了，陈溺确实没想到这个时候他会来自己这边。

看了一眼时间，她边围上围巾，边对他说："你等我一下，我看看我爸妈睡了没。"

江辙第一次见她这么乖，突然笑得很不正经："陈同学，大晚上出来跟男朋友约会，是不是很刺激？"

2

陈溺出房间时，恰好碰见了收拾东西要外出的父母。

三个人全穿好了衣服，对上视线时不由得一滞。

陈溺穿着一件白色的羊羔绒外套，笔直的铅笔牛仔裤，长发披在脑后，看得出有梳妆过。

潘黛香盯着她这一身穿搭，率先开口："你这是要去哪儿？"

"我忘记锁超市店门了……"陈溺把手机塞到口袋里，舔舔唇，"爸妈你们去哪儿啊？"

"和你爸一起做生意的那个朋友说是在中环那儿被车撞到腿了，他在这儿没亲没故的，我和你爸过去照看一下。"

陈父看了一眼手表："我们过去顺便关超市门吧，你在家歇着。"

潘黛香也同意："对，今晚还在下冰雹呢，外头冻死人。"

"不用了，又不顺路。"陈溺摆摆手，"而且平时这个点我还在看着店，你们赶紧先去闵叔叔那儿。"

潘黛香边穿着鞋，边有点担心地迟疑了会儿："那也行，我们晚上可能就不回来了。你关完门早点回家啊，我晚上十点多要打电话检查的。"

陈父拿了货车钥匙，拉着她出门："行了行了，这么懂事的女儿你还不放心啊。"

楼道里，两人的脚步声越来越远。

陈溺舒出口气，把兜里通话没挂断的手机拿出来："江辙？"

她手机放在兜里，这边说的话也没让对面听清多少。

江辙坐在密闭的电话亭里，声音懒懒的，透着股空荡感，音质像隔着磨砂玻璃："还在。"

陈溺把靴子换上，连包也没拿："我现在过来了，大概十五分钟能到。"

她往楼下走时，耳边是呼啸而去的寒风。

"女朋友，可我好像要和你失联了。"他突然轻笑了一声，冷眼看着电话卡里的余额彻底归了零。

冷寂的街道四下无人，每隔几米一盏的暖橙色路灯还坏了几盏。潮湿的柏油路上粘着厚重又枯黄的梧桐和香樟落叶，被冰碴儿覆盖着，脚踩上去发出"嘎吱"响，夹杂着淅沥雨声。

九中的高三生已经开学，这个点外面没有学生在瞎逛，只有一排排整齐的自行车停在校门侧边。

没有人永远是十七岁，但永远有人是十七岁，永远有人正青春。

陈溺匆匆从母校门口经过，往公交车站台那儿看了一眼，没有人在。

她联想起刚才江辙似乎是在附近的电话亭里给自己打电话的，往前又跑了一百来米，终于瞧见了亭子里的人。

电话亭的玻璃门上全是雾气，只能模糊地看清里面一个男生席地而坐。

陈溺拉开门，一阵呛人的烟味从里面飘出来。

江辙长腿屈着，脚踩着墙面。他额前碎发长长了点，低头时半遮了眼，让人看不清表情，侧脸线条冷漠分明。

而一边的传声筒因电话线的垂直拉长快要掉在地上，随着风悠悠地晃动。

"江，咳……"陈溺猝不及防被烟雾呛了一下，摸到他冰冷的腕骨，把他从里面拉出来，"你不冷吗？"

他只穿了件黑色的圆领毛衣，看上去十分单薄，手指都被冻得通红。

江辙把手上的烟头摁熄丢进边上的下水道里，才反应过来似的，薄唇抿了一下，咧出一个比哭还难看的笑。

他抱住她，半个身体的重量都压在她身上，叹了一句："冷啊。"

陈溺忽然意识到，他或许不是一时兴起才过来的。

他身上有烟酒味，脸色恹恹，心情不是很好。但江辙这人死要面子，很会伪装自己的不堪和低落情绪。

"你先放开我。"陈溺把脖子上的围巾解下来，示意他勾下颈。

围巾很长，又是很少女的款式，头尾还有维尼小熊的图案。

江辙低眼，面无表情地打量了会儿，显然觉得这和自己的猛男形象半点不搭。他皱皱鼻梁，还是没把嫌弃两个字表现得太明显。

陈溺拉着围巾两边往下，强迫他和自己对视："你什么时候来的？"

他配合地微微弯腰，想了会儿："下午五点多下的飞机。"

饶是淡定如陈溺也不由得瞪圆了眼："然后你就在外面冻了快三个小时？"

他插着兜，往前走："那不然怎么办，我女朋友都不理人。"

"我没有……"她想起刚才自己确实没接他电话，在客厅看电视来着。

"怎么没有？放假这么久以来，你跟我联系过几次？"

江辙还想再继续卖个惨，一低头，看见刚还拉着他的小姑娘突然停下脚步，蹲在地上了。

他表情一顿，跟着蹲下去："怎么了？"

陈溺咬着下唇："肚子疼。"

江辙面色不好，赶紧把人横抱起来，就近去了学校边上的附属医院。

正是年假还没放完的时候，医院里病患却很多。

都是换季流感、咳嗽发烧的病友。空气里除了难闻的消毒水味，还有嘈杂的说话声。

“急性肠胃炎，今天都第几个了。一到过年啊，就乱吃。”急诊医生习以为常，给江辙开了张单子，“症状不严重，吊两瓶水回去睡一觉就行。”

医院里没有空余的病房，陈溺被护士安排到了大厅。临时的床位弄得很简陋，两边连个床帘子都没有。

江辙过来的时候，她脸色有些苍白，已经疼得睡着了。

他忽然庆幸陈溺睡了，因为小护士在给她扎针。但可能是光线和她血管太细的缘故，针头好几次都没扎进去。

“麻烦你认真点。”江辙看得不耐烦，拿起陈溺的手机给她打光。

小护士显然是刚上岗没多久的实习生，年纪也跟他差不多大，被他一双凌厉锋利的眼睛盯着，更紧张了。

好不容易扎对了位子，陈溺疼得眉头都皱起，也没睁眼，手本能地往腰侧蜷了蜷。

她手背被针扎出血的地方极其明显，肉眼可见地泛起青白。

江辙把她的手抽出来放在掌心摩挲了几下，焐热了点后又凑上去吹了吹。

小护士挂好盐水，回头看了一眼。

男生脖子上还戴着一条粉嫩围巾，眉目英气硬朗，对待女朋友的样子和刚才说话的语气完全判若两人。

给小情侣扎针真难做，她有点心塞地溜走。

小护士走后不到半个钟头，大厅挂号窗口那儿的哄闹声蓦地更大了。

大概是对药品价格不满意，有位病人家属拽着医生不让他走，大声喊叫着要退钱。

家属三十来岁的样子，年轻力壮。而医生是个六旬的老头子，被拽着完全不能动。周边一群人看着，谁也没敢上前。

躺在床上的陈溺疼得出了一身汗，耳边又一直“嗡嗡”响，她眉头蹙得更紧，睡得也不太安稳。

江辙收回视线，把脖子上的围巾解下来，捏了一角盖在她眼睛上，挡住光，而后起身往挂号窗口那儿走过去。

“花了这么多钱，最后还说要观察观察？你们这些医生都是一个样！”家属说到气头上，正扬起手要抽老医生一巴掌。

下一秒，他扬高的手被截住，然后被撂倒在地。

所有人都有点蒙，只感觉突然就杀出了一个不速之客。

那男人是个只会叫嚣的纸老虎，一碰到硬的就叫不动了。

保安被喊了过来，连忙把人拉开。地上那男人爬起身，边躲在保安身后，边叫嚣着要整死江辙。

江辙眉头稍挑，像听到了什么好笑的笑话，威胁似的往前走了一步：“还学不会闭嘴？”

保安连忙把那男人的手往后背扣着，作势要将人丢出去。

“同志，可以了！”脱离困境的老医生拦住江辙，“见义勇为是好事儿，但也不用……”老医生说得尽量委婉，“也不用打这么狠。”

江辙说：“那不行，他差点把我女朋友吵醒了。”

过来换盐水的护士也远远地看见了他，听见他这么理直气壮的语气不由得跟着笑了一下。

好好一小伙子，怎么有些恋爱脑呢？

她错眼间瞥见床上的陈溺侧了一下头，应该是醒了有一会儿了。

护士把新盐水挂好，帮她把盖在眼睛上的围巾拿开，跟她说了一下忌口的情况，最后闲聊了句：“你男朋友对你真好。”

陈溺不好意思地弯了弯唇。

江辙走回来时，隔壁床的小男孩大概是被他刚才凶戾的模样吓着了，看着他就开始哭。

他把食指放在嘴唇边上抵住，冷森的眼神加以威胁。

可那小男孩完全不吃这套，哭得更大声了。

江辙有点傻眼。

“江辙。”陈溺很无奈地喊了他一声，“你别欺负小孩。”

见她醒了，江辙也没去管那个哇哇哭叫的小男孩，坐到床沿上，边捂着她耳朵，边咕哝一句：“别吵着你了。”

陈溺把他的手拿下来，从口袋里翻出一颗软糖，想给那个小男孩。

“给我的？”江辙明知故问，作势要拿来剥开。

陈溺顺手挡住他下半张脸，掌心贴着他的唇，只露出一双漆黑深长的眼。

江辙直接亲了亲她的手心。

陈溺推开他，把糖递过去：“去哄一下。”

那小男孩才六七岁的模样，监护人不知道是不在这儿还是怎么样，哭了好几分钟也没人过来安慰。

江辙心不甘情不愿地走过去，伸出手，大大咧咧地“哎”了一句：“小屁孩，别哭了。”

“妈妈、妈妈说不能吃陌生人给的糖！”小男孩抽抽噎噎地把话说完，装作不经意地朝旁边的陈溺看了一眼。

“看我老婆干什么？”江辙幼稚地把他的脸转回来，把糖丢进了自己嘴里。

小男孩又倔强地把脸转过去，怯生生地问出口：“姐姐，你真的是他老婆吗？”

江辙轻哼：“那不然呢？”

陈溺摇摇头：“不是。”

“你什么意思啊？”听见她否认，江辙脸沉下来，扳正她的脸，上前亲了她一口，“是不是我老婆？”

陈溺捂住自己的嘴，眼睛弯得跟月牙似的，又有点被这么多人注视的羞赧，闷声出口：“才不是。”

他逮着她手背亲了好几下，自说自话般：“怎么不是？就是。”

“你别闹我了。”陈溺这会儿没了腹痛，但也没什么力气和他推搡，手指都要被亲软了。

刚才那位差点被殴打的老医生提着几个橘子过来表达感谢：“哎！后生仔，我这办公室也没别的东西，你吃着解个闷儿。”

江辙怀里抱着四五个橘子，活像个刚做完好人好事被迫拿奖被推上讲台的乖乖仔。

陈溺捂着半张脸笑，想起他当初在公交车站那儿自称要争当“三好市民”。

如今看来确实没错，的确是“热心市民江先生”。

她笑得咳嗽，细细地喘气。

江辙丢了个橘子到旁边那个小男孩床上，不满地看向陈溺：“你怎么像看傻子一样看着我？”

陈溺仿佛被他戳中笑点，又笑了好半天才靠回床头。

她盯着他剥橘子时被灯光映衬得极其白皙骨感的手指，轻声说了句：“那我以后不把你当傻子了啊。”

就这样吧，和这样一个看似和自己南辕北辙的人在一起，也许以后会沮丧，但此刻至少不孤单。

江辙这个人，危险和糟糕都摆在明面上。

让人看透，也偏要人陷进去。

爱他的炽热薄情，爱他的英俊高光。爱他接吻时的浪荡，也爱他在无人打扰时的顽劣和颓丧。

江辙那两个橘子半点没让陈溺尝一口，在医院里头还一个劲儿数落她乱吃东西才会肚子疼。

吊完两瓶盐水已经深夜了，陈溺手揣着口袋和他一块儿走出医院大门。

下了许久的冰雹终于停下，地面潮湿又润滑。

两个人慢慢闲逛着往回走，陈溺拿过他手里的药：“我要回家了，你今晚住哪儿？”

“待会儿随便找家酒店。”

“哦。”她淡淡地应了一声。

她能察觉他今天不太开心，但又不知道能不能问，或许问了他也不会说。

陈溺自以为是个很会揣测人心的人，也因为看得透彻不爱说，才和每个人都保持着不远不近的距离。

她看似冷漠疏离，只是没有和几个人深交的缘故。

可谈恋爱和为人处事的方法似乎不太一样。

他们两个人在一块儿又不算久，先踏破界限的话，大概会觉得受到冒犯吧。

她就这么走着神，胡思乱想，一直到绕进了胡同里，到了自家小区楼下。

而江辙也只能送到这儿。

陈溺转过脸："江辙，你过年这段时间玩得是不是很开心？"

"过年？"他有些呆滞地重复了一遍，漆黑眼睫看向她的脸时不自觉颤了颤，"我没有过年，就是……当放假而已。"

"放假呀。"她点点头，难怪天天出去玩，几乎不着家似的，"那你年三十有守岁吗？"

江辙被她问得有点恍惚："我忘记年三十那天做过什么了。"

陈溺被他这些回答弄得稍稍堵心："你连年三十做了什么也能忘，那你年夜饭也不在家吃？"

"十四岁之后，我就没有在家里吃过饭了。"

陈溺错愕地抿了抿唇："是因为和爸妈闹矛盾吗？"

他眼神有些黯然，只须臾不到就复而笑笑："嗯，算吧。"

"我看网上说……"她说到一半又止住，有点像窥探他家里的隐私似的。

江辙的母亲是退圈艺人，但偶尔还是能看见有关她的报道：嫁给安清市的地产大亨，生了一个孩子，过得幸福美满。

大概那些记者也从来不知道，这位影后的孩子其实还挺叛逆。

江辙语气很平静："网上说什么？"

"说你妈妈很漂亮，啊，我爸爸貌似也是你妈妈的影迷。"

他弯唇笑，笑意依旧很凉淡："这样啊。"

陈溺不擅长说些说教的话，只好仰着脸："那我先上去了？"

"等会儿。"江辙虎口卡着她下颌抬高，偏头亲在她柔软的唇珠上。

吹了这么久的夜风，两个人都在外面站着，脸都被吹冷了，唇也是冰凉的。

棉绒衣料相互摩擦着，陈溺被他撬开了唇，手被动地抱住他的腰。

江辙接吻从来不懂浅尝辄止，放浪形骸，要人喘不过气，把灵魂都交付出去，任他舌尖攻略领地，让女孩瘫在他怀里。

末了不知道是哪家的关门声太大，发出“砰”的一声响，陈溺这才迷迷糊糊地挣开他，有点懊恼怎么在楼梯口就和他亲起来了。

夜色也不能很好地遮掩她羞红的脸和耳尖。

江辙弯下颈，又亲了亲她滚烫的脸颊，开口时声音有些喑哑：“上去吧。”

回家刚脱下一只鞋，陈溺就听见了家里座机在响。

突然想到了母亲说要查岗的事，她也顾不得这么多，连忙接起：“妈妈？”

“你怎么回事儿啊？”潘黛香在那边着急地问，“关个店门关了快两个小时了？电话不接，手机也关机！”

陈溺看了一眼手机，已经没电了。

想到母亲容易小题大做的性格，她支吾着道了歉：“对不起妈妈，我回来就睡着了，没听见电话。”

潘黛香听她这么诚恳地解释，气就消了一大半。

其实她也是太着急了，毕竟前段时间总看社区群里发些流浪汉犯罪率新增的新闻。

和母亲好好说完之后，陈溺挂了电话。

她视线放在手边上那一小袋子药里，犹豫了会儿，往露台那儿看下去。

一个人影还在那儿，猩红的烟在黑暗中若隐若现。

他在等什么？

陈溺愣了会儿，好像知道了，她抬手开了家里客厅的灯。

再回来时，她正好看见江辙转身离开。

……

楼道里的声控灯依次亮起，陈溺脚跟悬在鞋外，小跑着出去。

她跑得太急，一个没注意差点在拐角那儿摔一跤。

“陈溺？”扶住她的是胡同里唯一一个和她同龄的男生，李家榕。

不过两人一直是胡同里大妈大婶们的比较对象，私下也没走得多亲近。

陈溺站稳，趁机把脚塞进鞋子里："谢谢啊。"

李家榕笑了一下，话里有话："你妈妈刚打不通你电话，还让我去一趟你们家超市，看看你有没有早点回家。你这是回来一趟又要忙着出去了？"

陈溺不知道一个晚上要撒多少谎了。

她忙着追过去，只叮嘱他一声："别和我妈乱说话，就当我已经睡了。"

李家榕想起刚才和他擦肩而过的男生，在她背后戏谑："原来是个就算骗妈妈也要出去见的人啊。"

陈溺听着他的调笑，更没好意思回头。

她小跑出胡同口，撑住腰，幸好还来得及喊一句没走太远的人："江辙！"

陈溺是第一次和男生住同一间房，订酒店时，她甚至全程低着头。

但前台显然对这种大晚上来酒店的情侣见得太多，熟练地来了一句："只剩标间了。"

标间挺好的，至少有两张床。

陈溺跟着江辙进了电梯，迟迟没说话。

空旷的走廊上灯光刺眼，四周安静，甚至能听见他们脚步的回声。

门卡插入电源口，陈溺有些拘谨地站在门口没动。

江辙踢开鞋，回头盯着她："怎么不过来？"

陈溺慢吞吞地移过去，刚才也不知道自己怎么一时脑热，觉得他的背影太孤单落魄，所以才追了过来。

到了这儿，她反倒有点不敢往前了。

他看着她，漫不经心地问："要我过来抱你走？"

"不用！"她回答得太过斩钉截铁，又过分严肃了点，明明知道他是在开玩笑。

江辙也没想强迫她怎样，起初看见她跑过来还以为是自己看错了，怔了好半天，才把她带进酒店。

他踢开鞋，上半身直直倒在床上，有些疲乏的样子。

在这样没什么攻击性的江辙面前，陈溺终于放心，坐到他边上。

陈溺像找不到话题似的，目光从他脸上移开：“你困不困啊？”

江辙睁眼仰视她：“你困了？那我们睡觉。”

陈溺“嗯”了声，脱了鞋要去另一张床上。

江辙把她扯回来，微抬眉梢：“不是说睡觉吗？”

“这是双人间，有两张床。”

他哑声笑：“谁告诉你两张床是这么睡的。”

陈溺没懂这个哏，转过头来问他：“那该怎么睡？”

“这么睡。”江辙拿被子把两人盖住，关了床头的灯。

他在黑暗里寻着陈溺的唇，覆上去亲了会儿，渐渐又移到女孩的耳郭，唇贴着她的肌肤，不舍不离。

陈溺感觉到他的手一直摸着她的腰，从外套里探了进去。

她惊慌地把身体转向另一边，脑袋从被子里伸了出来。

江辙好似停不下来了，他伸手捂住她的眼睛，滚烫的唇舌重新吻上她的后颈，就着把她抱进怀里的姿势，越抱越紧，呼吸声也渐渐浓重。

“江辙。”陈溺缩了缩肩颈，心下跟落空了一样，手无措地抓住他的手腕。

身后男生的动作暂缓，仿佛在平息。他嗓音又欲又沉，蹭在陈溺耳后：“别乱动，不怕硌？”

3

阒然幽寂的房间里，陈溺睁眼时才凌晨四点左右。

她还穿着厚重的外套，尽管前边扣子都解开了。

身后人的身体明明冲过两次凉水，却依旧滚烫，被子又压着她，她几乎出了一身汗。

她稍稍挪动一下，箍着她腰的手臂就收紧。

前一秒明明还熟睡的江辙蓦地缠上来，唇贴着她后颈处，热息覆着，声线有些半梦半醒间的沙哑：“去哪儿？”

陈溺想转回来，恼怒地拍了一下他手背：“不去哪儿，你压着我的头发了。”

他稍稍抬起手，把人捞怀里来。

空荡荡的空间里，两人呼吸声一起一落。

“江辙，你生日在十二月二十一日吗？”她在他订酒店时看见了他的身份证，想了一下，那他才比自己大两个月。

江辙懒散地应了一声：“随便。”

陈溺不解：“生日怎么随便？”

他答得理所当然：“生日不就是找个理由让自己高兴的日子？还需要固定？”

这倒是个新鲜的说法，陈溺忽然问：“那你十八岁成人生日也不重要吗？”

这他倒是记得，江辙说：“我给自己送了份礼物。”

“什么礼物？”

“在官网上签了一份人体器官捐献书。”他语气平平，“等我死了，就不用家里人帮着火化选骨灰盒了。”

仿佛能感受到身边的人有多无语，江辙笑了一下，捏了捏她的手背：“那你呢？”

陈溺撇撇嘴：“我过成人礼的时候还在学校读高三啊，高三哪有时间过生日。”

江辙好像想起什么，问她：“我见到你那会儿，你多大？”

“十七岁。”

不过，在那之后也没多久她就十八岁了。

陈溺“唔”了一声，补充道：“其实我昨天过的生日还挺开心，可能我爸妈是为了把去年在高三忽略的生日给补回来吧。”

江辙懒声道：“十七岁逃课见男朋友，很有想法啊你。”

她撑起脑袋在黑暗里盯着他，故意沉着嗓子开口：“我怎么记得当时你是别人的男朋友？”

江辙理亏地咳了声，转移话题：“你昨天过生日？”

“嗯。”

江辙：“那小爷给你庆祝一下。”

听出他声音里的不正经了，陈溺谨慎地往后挪了挪：“你别犯浑啊。”

“陈绿酒，你真的是……”江辙笑了笑，翻身在上面半压住她的手，低垂着脑袋，用鼻尖蹭了蹭她的脸，调笑道，“你真的好色啊。”

真能倒打一耙。

随着他这句话说完，陈溺这侧的台灯被打开了。

暖橙色的光充盈整间房，她屏息看着悬在自己上方的人，视线扫过他近在咫尺的薄唇：“你开灯干什么？”

“给你过个生日。”他把人拉起来，低头瞥了眼陈溺身上凌乱的衣服，笑意渐浓。

陈溺微囧，手忙脚乱地系好扣子，把他踹下床去。

江辙的外婆家在思鹤镇，小镇离市里只有一个小时不到的车程。

凌晨时分还没有早班车，他们搭了一辆在跑短途的出租车。陈溺熟练地砍价，从一百块砍到了七十五块。

等快到镇上时，陈溺看了看时间，五点都不到。鸡鸣桑树颠的时辰，这个点回家她都觉得有些叨扰父母开门。

她不由得看了一眼江辙，这人疯起来，总是对什么都不管不顾。

思鹤镇的清晨空气清新宜人，街道两旁的树叶上还在往下渗着晶莹剔透的水滴。月牙在天际只剩下一点干净的白，远远能听见狗吠声。

镇里不比城市，各家各户有高楼的不多，多是低矮小平房，房屋边上还连着个自家的小菜园。

也有起早去干农活的伯伯、爷爷，总会往他们两个身上多看上几眼。

陈溺在镇上待过一年半，当初从市里转到乡镇读完了初中。但她那时候只知道从学校回家的路，对镇里的其他地方并不了解。

反观江辙，轻车熟路地就把她领到了一座大院门口。

大院门是红色的木门，有点年代了，上头两个铁门环已经生了锈。

江辙直接伸手大力在上面“哐哐”砸了几下，嘴里喊着：“黎老先生！起了吗？”

陈溺担心地拉了拉他袖子：“你小点声啊。”

江辙浑不在意，又喊了几句：“怕什么，就她一人在家。”

“那大清晨的，不是更打扰外婆吗？”陈溺不想讨这个嫌，拉着他要走，“我们还是吃过早饭再过来吧。”

江辙没法理解她的顾虑，死赖着不动。

老人走路连个声儿都没有，猝不及防地拉开门，“吱呀”一声，老木门就往两边推开了。

而站在门中间还在跟江辙据理力争的陈溺也没来得及往边上挪挪，转个脸就正对着外婆。

两个初次见面的人面面相觑，有一瞬间沉默。

陈溺紧抿唇，有点不想喧宾夺主地往后要退一步，腰却被江辙死死环住。

他伸出手来给老人介绍：“认识一下，您外孙媳妇。”

黎铧有些无语。

陈溺好想给他一拳。

江辙的外婆叫黎铧，年轻时候是中科院女博士，也是这镇上为数不多的高级知识分子。

后来嫁了人，生的一儿一女都是人中龙凤。

儿子做科技人员，女儿做电影明星，还嫁了一个富裕夫家。

老伴过世之后，黎铧也没跟着孩子去城里住，就在出生长大的乡镇买下一座大院，平时浇花种菜，过着神仙日子。

要说最吵闹的，就是这外孙会在逢年过节来闹腾一下。

进了屋，江辙更是半点不见生分，他把陈溺往前一推：“黎老，您外孙媳妇过生日，来您这儿吃碗长寿面。”

他说完就不客气地往楼上房间里钻，说要去换一套衣服。

陈溺立在那儿，社交恐惧症都快被他吓出来了，缓了下神，才摆手说："外婆不用这么麻烦，我在家吃过面的。"

黎铧长得和善，一双智慧的眼睛更是比这个年纪的老人都要清明有神。她细细打量了面前的女孩半晌，笑笑："不吃面就不做了，早饭吃过没有？"

陈溺摇头："还没……"

黎铧转过身，往厨房走："我去给你们做碗小云吞，刚好擀了面皮。"

陈溺忙跟过去："我来帮您。"

依山傍水的小镇最不缺安宁抒情，烟囱里升起白色的烟雾，鸡鸣狗吠、阡陌纵横的小径上也有了人影。

太阳慢慢探出头，镇里的人都纷纷苏醒。

厨房里，老人边熟练地切着葱花，边问道："小九，你跟阿辙是同学吗？"

陈溺在边上帮着拌馅，乖巧地答道："不是，我们是一个大学的，他比我高一年级。"

黎铧问："阿辙他从小的脾气就很坏，他对你好不好？"

似乎是没想到会被这样问，现在哪个男方的家长不都是说"就算他不好也请多担待"之类的话。

陈溺愣了一下，点头："很好的。"

"好就行，要是不好了啊，你也别惯着他。"黎铧说着贴心的话，一点也不护着自家人，"这小子除了有张好脸骗骗小姑娘，也没别的什么了。"

陈溺不好意思附和，心里却在笑。

江辙到底是做什么十恶不赦的事了，连他外婆都不说他一句好话。

黎铧看了一眼小姑娘做家务的动作，显然是经常帮家里忙才有这么纯熟的手艺。

想到那个不靠谱的外孙，她不免微微笑了下，这小子哪来这么好的福气。

江辙下楼的时候，看见一老一小正一块儿把云吞捞出锅。

他换了件黑色的冲锋衣外套，是之前就留在这儿的。洗过澡的缘故，他头发微微湿润，一身水汽，冷硬的下颌线泠冽分明。

还怪好看的，完全没了折腾了一晚上的邋遢不羁样。

只是陈溺没被这美色迷惑，她瞪着他，用口型说：去拿勺子。

他立刻去了，拿着两个调羹和碗慢悠悠地踱回来。

陈溺看了眼，说："外婆的你没拿。"

江辙很了解老人家的作息，边坐下边说："她吃过了。"

果不其然，黎铧已经起了有一会儿了，把一大盆云吞放上桌后，让他们慢慢吃，她去晒晒早上洗完的衣服。

老人一个人住，一整天也忙忙碌碌的。

等他们吃完早饭，她又说要去田垄里看看新种的菜苗。入了春，到处都是新生发芽的草木和清凉的雾。

两个什么都不懂的年轻人跟着去只会碍手碍脚，他们只好在家看着门。

屋子里的东西都挺现代化，清晨更深露重，江辙点燃了壁炉，室内立马变得暖烘烘的。

江辙把她带去了自己常住的那间房，东西很多但不杂乱，墙上挂着几张篮球画报和他随手的水墨画涂鸦。

陈溺四处打量着，看见了桌上很显眼的一张合影：两个人站在一棵大树下，是初中时候的江辙和他的母亲黎中怡。

陈溺当然见过黎中怡，在各种老旧杂志和新闻上。

荧屏中的女人在大众眼里是一代美艳女神的存在，高颧骨，浓眉大眼，笑起来迷倒一众为她痴狂的粉丝。

而在这张合照里，黎中怡虽已退圈十几年，还生了孩子，但风韵犹存。

那个姿态大气的女明星有了慈母的一面，一颦一笑之间，气质上显得更温柔了。

江辙自然也注意到了她的视线，头一偏，扯了扯嘴角："盯着你男朋友初一的照片不眨眼，是不是被帅到了？"

原来那时他才初一，难怪看上去这么青涩。

江辙的五官没什么变化，从小就长得鹤立鸡群、无可挑剔。看学校里那些大合照上，他总臭着脸，一副唯我独尊的矜傲样。

只是在妈妈面前，他好像才把面无表情时的冷感收敛了点，微微抿着唇，眉梢沾着点暖意。

一张长大版的脸突然凑了上来，五官棱角更为立体深邃，挡住她继续看的视线。

江辙挑挑眉，捏着她下巴："眼前的不比之前更帅？"

陈溺白了他一眼，又忍不住好奇："为什么楼下墙上没有你妈妈的照片？"

家庭大合照里，她看见连江辙都在其中，却没有这家里的女儿。

江辙低眸停顿一下，提醒道："待会儿在外婆面前别提她。"

他也没刻意隐瞒，实话实说。

黎中怡这段婚姻在外人眼里是天作之合，但在黎铧和老伴眼里一直不被看好。起初她未婚先孕见家长的时候，两家人就没谈得来过。

陈溺疑惑："为什么不看好？"

江辙微不可闻地拧了下眉："老人总有老人的理由。"

老人见过的人比小辈们吃过的饭还多，尽管客观上说不出来那个信誓旦旦会对自己女儿负责的男人有哪儿不好，但主观上是不情愿的。

一代荧幕女神黎中怡退圈结婚，轰动了半个城。丈夫江嵘为她明灯千里，放焰火至天明。

可那几天，两位老人因女儿偷走户口本硬要和他们不满意的男人结婚，气得连婚礼都没去参加。

间隙就是这样慢慢产生的，两边都是心高气傲的人，好几年没再往来过。

直到江辙会说话会走路，才被舅舅带回来给二老看看。

老人哪里会真舍得跟女儿置气这么久，只是黎中怡在江家过得如鱼得水，也没有想与父母和好的心。

"……之后，我外公去世，我妈也没回来。"江辙叙述起来是平淡的，好像是和他不相关的人和事一样。

陈溺慢慢消化完这个故事，想起他跟自己说和父母关系不好，她看了一眼桌上的合照，几乎是肯定的语气："你只是和你爸爸关系不好吧？"

“嗯。”江辙一动不动地看着她，似乎有点紧张地在等她下一句会问什么。

但陈溺没再问下去了，换了个别的话题：“初三的时候，你是不是也常来你外婆家呀？”

听见不在自己预料内的问题，江辙好像松了一口气，随口说：“嗯，见过我？”

“见过。”陈溺皱皱鼻子，很嫌弃地说，“那时候你挺丑的。”

“谁丑？”

“你。”

“再说一遍。”

他较真似的觑着陈溺，陈溺轻声笑起来，露出几颗整齐洁白的小犬牙。

她笑了还没几声，就被他扑过来压倒在桌上。

陈溺身体软，腰像折了一半似的躺在那儿被他摁着。

江辙一只手绕到她脑后，扶着她后脑勺，一下又一下的亲吻落在陈溺的眼睫和唇瓣上。

他外套上没了昨晚残留的烟草味，只剩清冽澄澈的味道。

陈溺顺从地闭上眼，搂住他的脖子迎合着。

她白皙的纤颈上仰，红唇被他咬上，轻轻地吮。

她在这密密匝匝的吻里开口，存心要气他：“外婆说、说你要是对我不好，她就给我介绍……镇上长得更帅的哥哥。”

江辙听得心烦意乱，在她脸蛋上轻轻咬出了一个牙印。

他往下移过去，重新含住她的唇，跟撒娇一般喃喃开口：“你怎么对我这么坏。”

4

清晨的风从窗棂那儿往里吹，一股潮湿的泥土味和茉莉芬芳顺着风飘进来。

楼下，黎铧正背着一篓在田垄间摘的菜走进院门，后边跟回来一条黄色的狗，似乎是彻夜未归家，刚被找回来不久。

而身上的江辙接起吻来简直上瘾得要命，跟对陈溺有皮肤饥渴症一般。

陈溺感觉下唇瓣都被他咬麻木了，她睁开眼掐他的手臂，想起他刚才的控诉：“为什么说我坏？”

他稍退开了点，说着很孩子气的话：“你就是坏啊。”

从见第一面开始就蔫坏蔫坏的，看见自己同学被他分手哭着走了，她倒是满脸笑得挺开心。

“我才不坏。”陈溺声音冷静，眼神定定地看着他，“从我身上起来，我腿麻了。”

江辙手臂环着她的腰，表情僵了一下，他脸正好对着窗口，突然对着院子那儿喊了一句：“外婆？”

陈溺感觉瞳孔都放大了一圈，连忙推开他转过身。

一看楼下，哪有什么外婆在！

而恶作剧完的人看见她这紧张的样子立马幸灾乐祸般笑出声，肩膀直抖，那嘲笑的模样比谁都要恶劣。

骗子。

陈溺气得朝他身上扑过去，半点不留情地揪他的胳膊。无奈这人还挺注重健身，一身都是硬邦邦又精瘦的肌肉。

江辙闹够她了，躺回床上去玩手机。

书架上有一本很薄的相册，陈溺捧着它坐在床边上看，发现了一张他高中时候的照片。

是张模糊了背景的抓拍，地点大概是在学校的篮球场。

高中时候的江辙比现在看上去更阴冷暴戾，眉眼对着镜头时不像如今总挂着懒洋洋的笑，反倒像匹凶悍的孤狼，生人勿近。

她记得路鹿说过，江辙父母在他初二时经常吵架。

今天又听他多说了几句家里的事情，她好像能够明白点了。

陈溺的十七岁，学习任务繁重。

身上有着父母和老师的沉重期待，同学间愚蠢的社交问题和闲言碎语也早已经干扰不到她。

平凡又日复一日的高中生活，在那个雨夜遇到这样的江辙时，被稍稍打破。

而江辙的十七岁呢?

以他的性格，其实该是一个唇红齿白的少年郎模样。但从这张照片上来看，他好像已经很久没有开心过了。

江辙回了几条信息,回过头来发现陈溺抱着那本几年前的相册在出神。

他坐起来靠着床头，把人拉过来：“在看什么？”

陈溺皱皱鼻梁,指着那张照片开玩笑:“你拍照的时候都不笑啊,好凶。”

他看了一眼，似乎是在想这张照片怎么来的，大抵是想了片刻也没想起来，就说了句：“为什么要笑，我帅就行。”

陈溺撩了下他额前的碎发，发愁：“真自恋。”

“你男人不帅？”江辙食指和拇指捏着她鼻尖,语气流露出点挑衅,“那谁帅？你那个斯年哥帅？”

不知道他为什么会记得傅斯年，陈溺觉得好笑。

这个角度，她仰着脸能更清楚地看清男生浓眉下修长外扬的桃花眼眼尾，不经意含着情的内眼角弧度往下冷漠地挑着，像狼又像狐。

她手指点了点他眼尾的那颗小痣，跟哄他开心似的：“你帅，这照片送我吧。”

被她夸了的江辙傲娇地轻哼一声,漫不经心地撂下一句:“你要就拿。”

怕父母回来发现自己不在家，陈溺没敢在镇里待太久，搭着最早的一班公交车回了市里。

离开学只剩三天，江辙在外婆家继续住着，到时候和陈溺一块儿买票回学校。

只是到返校当天，前不久遇见的高中同学赵琳又给她发来消息。

起初是所谓的高中同学班群里的通知，陈溺只当没看见，但她甚至打来了一个视频电话。

陈溺没接，挂断后回复她：【抱歉，我真的去不了。我今天要回学校了。】

赵琳那边几乎是秒回了句：【你是买的机票？】

陈溺：【火车票。】

赵琳：【那太好了！我们班订的饭馆就在火车站边上，东江酒楼！我已经跟同学们说了你就在这附近，赶紧来，等你啊！！！】

……

拎着行李箱出门时，潘黛香还在叮嘱陈溺上了车就给自己打电话。

“知道了妈妈，您赶紧回屋吧。真放心我爸在厨房煲汤啊。”

潘黛香皱眉往楼上看了一眼：“好，那你到了学校记得通知家里一声。”

陈溺拦了一辆出租车，上了车才给江辙发消息说要把行李箱先寄存在火车站，还要去参加同学聚会，让他晚点过来。

本来他们的车票就是在晚上十点多，陈溺这么早出家门也只是为了提前到火车站和他见面。

江辙收到消息的时候正起床，看了一眼消息回了个“。”就又继续躺回去睡了。

九中上一届的毕业生就是闲得慌，才一个学期没见面而已，也不知道是谁先发起的聚会挑战。

陈溺到的时候，才发觉这家酒楼二层以上全是九中各个班在办聚餐。

“陈溺！这里！”赵琳从厕所出来，恰好看见她上楼，立刻亲昵地挽着她的胳膊往里走，“还好你来了，不然任鹏他们几个又说我吹牛！”

似乎毕了业，大家都变了不少。

不善言辞的赵琳在大学这一个学期下来突然变得健谈。

但看着圆桌边上的位子，好像也没什么变化。

成绩好的依旧和成绩好的坐在一起，爱玩的也依旧是和爱玩的一起扎堆。

陈溺坐在了赵琳边上，听着她叽叽喳喳活跃气氛般跟大家寒暄着。

说是同学聚会，可其实来的人还不到班上总人数的一半。

等该来的人差不多来齐了，有人拍了下陈溺的肩膀：“喂，好久不见。”

是孙厘。

听赵琳说，孙厘好像考上了一个大专，但是家里没给她钱去读，所以现在她在市里的一间发廊工作。

陈溺面无表情地看着对自己笑的人，居然是那么没防备又单纯的样子。

她扯了扯嘴角，没说话，只是简单疏离地点点头。

“班长真的好久都没消息啊，平时在班群里也不冒泡儿！”任鹏看着陈溺调侃道，“以前就是我心中的清冷女神，上大学之后越来越漂亮了，女神真是当之无愧！”

这人嘴上就没个把门，一开口就能一直说。

包厢里人多了，很快就热闹起来。各有各的小分队，聊得热火朝天。

赵琳指了指坐在左前方的卢炎骏，凑过来小声说：“记不记得他？今天这餐饭就是他请的客，听说他家里很有钱，现在还追到了我们学校曾经那位校花。”

陈溺对男生的印象不深，往那儿看了一眼。

挺耐看的长相，好像平时成绩一般般，性格也比较收敛内向，平时花销也不像家里很有钱的样子。

酒菜端上桌，大家聊得也越来越大声，无非就是说些高中同学的糗事和现在在哪儿上大学、工作。

边上的一个男生给卢炎骏倒了杯酒：“你小子，深藏不露啊！上个大学连我们学校的祝佳迎都被你追到手了！”

“就是。之前祝佳迎眼光可高了，好像在高三的时候还谈了个校外的公子哥吧？”

任鹏一拍大腿：“叫江辙！之前我和他一块儿出去喝过几次酒，一年节假日什么的才碰几次，好像他也不是本地人。”

“那哥们儿我是真服气啊，什么都玩得来，我高中都拿他当人生榜样来着！也难怪校花那时候被甩了都对他念念不……”

陈溺抿了口果汁，眼睫毛垂下来，心不在焉地捏着调羹搅弄碗里的汤。

“咳咳。”有人使了个眼色，示意门口有人来了，“说这些以前的事干什么？别欺负我们卢仔老实人啊！”

说曹操曹操到，门口拎着个挎包进来的正是祝佳迎。

祝佳迎那时候和他们九班的孙厘走得近，对包厢里的人也都有点眼熟。

她在门口就听见里面在说她以前和江辙的事，看了一眼那个呆子男友，她搬了张椅子坐在边上澄清：“一个被我甩了的男人，有必要提他吗？”

刚带头起哄的任鹏听她这么说，立刻自罚三杯酒：“是我多嘴了，听错了消息……”

正主一来，这个八卦立马翻篇。

气氛正热烈，几个好事者说着待会儿再去一轮 KTV。

陈溺的手机振动了几下，她接起：“喂。”

那边的江辙在火车站坐了快半个小时，车站嘈杂、味大。

他等烦了，百无聊赖地打电话来催人：“还没聚完啊？哪来这么多话要聊，你是不是背着我见你高中初恋？”

陈溺接着电话也没引起谁注意，懒得理他那些离谱的猜测，淡声对着手机说：“那我马上过来。”

不料边上的赵琳听见她这句话，立刻劝她再玩会儿。

赵琳一开口，周边人自然也一块儿劝，连陈溺今晚订的火车票都查了几点开车，硬是不让人先走。

“啧。”江辙这边也能听见他们起哄，不爽地骂了一句，“你那一群什么同学，占着我的人不让走？”

陈溺不知道怎么说。

江辙脸色极差：“你现在把地址给我，我来接你。”

挂断电话，话题被引到了陈溺身上。

“班长，啧啧啧，是男朋友啊？”

陈溺没点头也没摇头，抿唇喝了几口汤。

她不配合着一块儿聊，那些同学也只能揶揄几句后又转了话题。

直到手机上的消息发过来，江辙说他快上楼了，陈溺借着去洗手间出了门。

这楼上有两个楼梯口，陈溺起初找错了楼梯，绕回来时才碰到江辙……和正站在他面前叙旧的祝佳迎。

陈溺站在灯光昏暗处，手放外套兜里，也没走过去，只倚着墙等他们叙完旧。

祝佳迎显然有些吃惊他会出现在这儿："江辙……你来这儿干什么？"

江辙撩起眼皮，放在手机上的视线往前瞥了一眼："来接我女朋友。"

"你女朋友，是谁啊？"祝佳迎语气里莫名带了点期待，手指卷着波浪发尾。

"九班的。"江辙没打算和她继续聊下去，头偏了一下，往墙拐角那个露出来的人影喊，"陈溺，你还打算站在那儿多久？"

祝佳迎往后看过去，瞧见一个熟悉的身影。

是刚才在包厢里被提到的女生，还是那个班上没什么存在感的班长。

她不由得冷嗤了声，真厉害，居然就坐在那里面不改色地听他们聊起江辙和自己。

陈溺被他这么一喊，也没办法继续在那儿候着，只好走了出来。

但不知道是不是故意的，祝佳迎突然晃到她正前方，木着一张没有表情的脸，存心找事的姿势看向陈溺，也堵着她。

陈溺比祝佳迎矮了几厘米，祝佳迎索性连眼都没抬，只是步子顿了一下，停在了那儿。

走廊这么宽，谁也没挪一下。

僵持了没几秒，江辙直接伸手牵过陈溺，带着她的手去推了推祝佳迎的肩："挡路了，让让。"

祝佳迎被迫往边上让开几步，看着江辙揽着女生的肩走下楼，不自觉地攥紧了手指。

他这种浪荡公子哥，什么时候喜欢上这种乖乖女了？

但随即又想开了似的冷笑，她也算了解江辙这人——习惯了受人娇惯爱慕，性格也被养得桀骜骄矜。谈女朋友从来不走心，懒得拒绝更不会放低姿态去哄人。

他生来仿佛就只是为了游戏人间，凡事图个新鲜而已。

开学期间的火车站人流量很大，又到了回暖的春天，候车厅的空调许久没修，很多人被热出一身汗味。

江辙坐一边看着陈溺喝水，心里没底。

他很少有这么慌的时刻。

谁让……谁让两次都被她撞着同一个人。

“你不要一直这样盯着我啊。”陈溺倒是很平静，跟刚才什么也没发生过一样。

她越这样，江辙越有股说不出口的烦躁，宁愿让她骂几句，发下脾气。

陈溺低着眼，手指捏着空了的矿泉水瓶玩，终于提了句刚才的事：“你和你的前女友们都还有联系吗？”

她很轻的声音被繁杂的人群声冲散，但江辙还是听清了，很快接上话：“没，绝对没有。”

他每次分手都分得利落狠绝，交往的女友个个又都是高岭之花，也大多识趣，低声下气来求一次又一次的实在不多。

好像得到这句回答，陈溺也没什么好问的了。

她一直以来都算是比较理性的人，知道拈酸吃醋的对象也不该是祝佳迎。

她“哦”了一句，回头看他，把他的脸转回去：“那你还紧张什么？”

听她这语气就知道是没事了。

江辙松口气，从兜里摸出包烟：“我头痛，去醒醒神。”

他是第一次坐火车，也不知道要在这破候车厅坐这么久。人太多，也太吵，耳边总是嗡嗡响，滞闷的空气让他偏头痛都犯了，忙去了抽烟区。

抽烟区的人大部分是男人，那块区域的空气中全是低质量的尼古丁味。

陈溺皱着鼻子走进去时，看见江辙蹲在了墙角的阴影处，正揉着太阳穴，周遭烟雾缭绕。

微弱灯光打在江辙身前，他头上戴着黑色棒球帽，遮住一大半窄长的脸。

外套袖子挽至手肘，露出消瘦手臂的青筋和骨感的肌肉线条。他嘴角咬着一根烟，硬是在这种三教九流的人群里别有一番颓痞贵气的格格不入样。

陈溺的一双腿先映入他眼帘，她整个人站在光里。

他抬眼看她，蹙眉："来这地方不嫌呛？"

"头有这么痛？"陈溺蹲下来迁就他的高度，拿过他手上的烟学着抽了一口。

她本来就是冷乖的长相，抽着烟的样子和平时单纯的她反差感实在太强。

她那双跟只鹿似的眼睛微微睁大，吞了口烟气在嘴里，像是在品味这烟的味道。

江辙戳戳她鼓起来的腮帮子，被逗笑："吐出来啊。"

陈溺被戳得吞了一大口烟，被呛得直咳嗽。

江辙拿过烟，摁在灭烟盖上灭了，拎起还蹲在那儿咳着的陈溺，推开了侧边那扇儿童厕所的门。

陈溺眼眶被呛出泪花，黑白分明的眼珠里含着一潭汪汪的水，鼻头和耳朵根都弄红了，看上去特别好欺负。

江辙手往后摸索着门把，"啪嗒"一声落了锁。

她没反应过来跑这里面来干什么，咳完了问他："你头还痛不痛——"

最后一个字音才落下，她的唇被堵住了。

江辙托着她的脸，吻得又急又凶。

要命。

怎么会有人和止痛药这么像?

第九章
醋意

X

你打算什么时候亲我？

1

新学期刚开始，大一的学生们也逐渐习惯了大学的课程。

陈溺每天过得都差不多，只是有一大半的时间被谈恋爱占了。

对此，路鹿有超多的不满意。

她一个人时偶尔羡慕，偶尔沉闷。直到后来帮着几个导演系的学姐学长去拍短片作业，她才让自己忙碌了起来。

而陈溺总是在下完课就忙着看消息，然后匆匆忙忙跑到楼下。

三四月，校道两旁的樱花和梨花争相竞艳，来打卡的游客络绎不绝。

荷花池塘那儿，江辙在悠闲地等人，甚至帮过往游客拍起了照片。

陈溺站在后边等他转过身，才捏着手机上前。

“手怎么这么香？”江辙压低眼眸，握着她的手闻了一下。

陈溺解释道：“不会吧，我们刚才课上有用到实验鱼，我用手抓的，太腥了就多洗了几遍。”

外行人难以理解海洋系专业的课程，江辙纳闷：“实验鱼？那鱼呢？”

“我的？”陈溺盯着满池的绿意愣了愣神，半晌才说，“我的被学校里的野猫偷吃了。”

两个人十指交握，走在校园大道上。

陈溺想起室友跟她说的，上周末去法院听审判的事。

“……有个特别离奇的出轨案子，妈妈生了一对双胞胎，有一个是丈夫的，还有一个居然是外遇对象的。”

陈溺还在分析这件事从医学上来看的可行性，为此和室友们一个晚上都在想着下次去看二审。

江辙听着有些心不在焉，散漫地“嗯”了声。

她察觉到敷衍，话语顿了一下，咬着下唇：“我说的这些都很没劲吗？”

“不是，你想不想去……”他不知道在想什么，反应比平时慢半拍，话问到一半，又不问了。

两个人沉默地往前走，不是回他公寓，也不像要带她去吃饭。

陈溺憋着，正要说话时，江辙直接拉着她拦了一辆车：“去市中心第三人民医院附属医院。”

陈溺闻言看他一眼：“你哪儿不舒服啊？”

他没说话。

倒是司机往后视镜瞧了他们一眼，一看这姑娘就知道她可能是个外地人，他好心地科普了句：“小姑娘，这第三人民医院可不是看什么普通病的。精神病、抑郁、半身不遂等都在那儿长久住着呢。”

陈溺听完，有点迷惘地回过脸去看江辙。

但他闭眼倚着窗，压根儿没听他们说话一般，捏着陈溺的手指玩。

第三人民医院在市中心，医院占地面积不大，看上去是家私立医院，保密性很强。

门口进门要录入身份信息，但江辙仿佛是这儿的“常客”。

不管是前台还是医护人员，对他都眼熟，他拉着陈溺进门时，保安人员都未对他和他身边的人进行核查，只是打了个招呼：“来了？”就放他们进去了。

楼里是有电梯的，但显示正在维修。

江辙牵着她走安全通道上三楼。楼梯间很空旷，以至于他们的脚步也不自觉地放轻了。

一进走廊，扑面而来的是一股窒息感。不同于其他医院里的消毒水味，这里更重的是一阵中药味。

这条走廊的正中间挂着一张牌子——精神卫生患者住院中心。

两侧的病房都是带着门锁的，偶然有护士从其中一间走出来，也会很快把门锁上。

而个别病室里，传出尖叫声，是患者在一系列治疗措施下发出歇斯底里的、绝望的惨叫。

江辙下意识地把陈溺往身边拉近了点："别怕，这里住的大部分都是抑郁症患者。"

陈溺神情有些僵硬，讷讷地问："抑郁症吗？"

这条路比她想象的要长，他们走到走廊尽头，病房号是317。

从外面拉开玻璃窗的帘子，能看见里面有几个护士在给病床上的人过生日。

病床上是一位瘦弱的中年女人，穿着蓝白色条纹的病号服。她的长发中掺杂了一半的白色，像个孩子一样抱着腿蜷缩在床上。

当她抬起头那一刻，江辙连忙退了一步，躲到了墙边。

而陈溺正眼对上女人的脸，呼吸都停了一瞬，本能地抬手捂住了嘴。

这样一个悲哀的人，怎么会是黎中怡？

"你妈妈……"陈溺去牵身边人的手，有些失语。

江辙看着陈溺的表情，眼神躲避了一下，点点头："是她。"

普通人普遍意识里认为的抑郁症患者，安静自闭，没有求生欲望。

而江辙的母亲还伴随着双向狂躁症，自住院以来，她发病的次数多得数不过来。

"你刚刚跟我说出轨的案子，我家情况也差不多。"江辙捏着她的指骨，嗓音低闷，"在我初二的时候，我爸被我妈发现有外遇，结婚之前就有。"

陈溺没法理解："他一开始就是抱着骗你妈妈结婚为目的吗？"

"嗯。"江辙的头低着，眼睛在地板上快要看出一个洞，轻声阐述，"我爷爷不同意他和那个初恋在一起，说要是他俩在一起就不给他一分钱花，把家产全捐了。我爸就找了一个……”

找了一个很漂亮、很有知名度的女人结婚。

把婚礼办得极其隆重，尽人皆知，就为了让老爷子知道他死了那条和初恋在一起的心。

江辙指了一下病房里的女人，笑得很讽刺，满脸尽是漠然和想不明白：“她为了嫁给我爸很不容易。”

——不要事业，丢了爱好，背弃家庭。

因为付出这么多，最后发现一切都是一场骗局，所以她更难接受事实。

发现江嵘把小三带进家里苟且时，黎中怡从楼梯上踩空摔了下去。

腿打着石膏那段时间，她不出门，不和任何人交流，越来越崩溃，情绪在临界点反反复复。终于选择在儿子十四岁生日那天，她躺进家里那方为她建起的游泳池里割腕了。

黎中怡，那样一个漂亮骄傲的女明星被一段充满谋算的婚姻、被一个满嘴谎言的男人毁了一辈子。

“我外公去世那天，她的精神状态已经很差，根本出不了门。但是外婆不知道……老人家身体不好，也没人敢让她知道。”

黎中怡偶尔清醒，会像交代后事一样嘱托江辙，不要让黎铧看见她这副样子，宁愿让黎铧觉得生了一个不孝女。

她时不时也会流露出可怜他的神态。

就像他上一次来看她时，她闻到他身上的烟味，会劝他：“我们阿辙不要抽这么多烟啊，对身体不好。”

只是这种时刻实在少之又少，大多时候，黎中怡看见他那张脸就会无端躁怒，用尽身上所有的力气拍打他，拿手边的利器攻击他。

“你是不该存在的啊！你为什么会存在呢？我为什么要把你生下来？”

温柔的母亲在这一刻变成了要他命的毒蛇，仇恨地掐住他的脖子：“那个贱男人配有孩子？你也应该去死啊！给我去死！”

清醒的时候，看着江辙满身的伤痕，从十四岁到现在……黎中怡只会更痛苦。

医生之前已经告诫过江辙，避免与黎中怡相见。

江辙越长大，和父亲相像的五官也越来越明显。

……

江辙的语气无波无澜，讲到这儿也只是冷着一张脸。

陈溺却有点喘不过气，生活沉暗到这种地步，实在太压抑了。

她看见病房里依旧是痴呆状态的女人，也看见了江辙往后退的一步。

所以她才连一句“会好的”的安慰都不能说出口，只能握紧他冰冷的手，再紧一点，告诉他还有人陪着他。

几个护士把病房里的人哄睡，终于推门出来。

为首的那位年长一点，看见江辙就皱眉：“说过家属不是必要情况就别过来，嫌前几回刺激得还不够？”

后边的医护人员拉了拉心直口快的老护士：“今天是他妈妈生日。”

“不是我的错啊。”江辙倚着墙，居然笑了一下，一双漆黑的眼里没什么情绪地反问她，“你说呢？”

老护士被他问得哑口无言，摇摇头，叹口气离开了。

脚步声渐行渐远。

江辙好像脱了力，往窗口那儿深深看了半分钟，而后拉上了帘子。他伸手把陈溺圈在怀里抱着，脸埋进她的肩颈，像在休息。

陈溺伸手回抱住他，蓦地感觉自己的锁骨处，好像有点液体顺着往下滑落，掉在了她心脏那儿。

……

在这之前，陈溺不是没见过不一样的江辙。

众星捧月的天之骄子，高高在上是他，意气风发是他，落魄颓废也是他。

陈溺有那么一瞬间觉得，他真有点狡猾，明明已经够招人喜欢了，还那么招人怜爱。

闲言碎语有多无孔不入，没人比陈溺更了解。

一个普通家庭不管是破产还是离异都不免有人背后议论。

何况那是黎中怡。

为爱退圈的女明星，却有了婚姻上的丑闻，保密自然成了理所当然的事。

而江辙作为在这种家庭出生的孩子，注定了是痛苦的存在。

妈妈在矛盾中偶尔爱他，偶尔恨他，只是那种恨意比陈溺想象的要更强烈。

陈溺无法理解，一个女人被丈夫背叛居然想让自己的亲生孩子去死。

也许是因为江辙的存在提醒着女人愚不可及的付出，为一段最初就只是为了交差的婚姻失去了这么多。

但不管是因为这段充满欺骗和背叛的婚姻，还是现在这个精神分裂的黎中怡，无辜的江辙已经成了他们之中的受害者。

十四岁，他目睹了母亲躺在满是鲜血的游泳池里。

在这么年幼的时候，还要被一个精神出现问题的母亲殴打，言语侮辱，一遍遍告诉他不配活着。

大人们对他的唯一要求是保守秘密，不可以让别人知道，尤其是外婆。

他乖戾不羁的青春期来得有些晚，在没法反抗和独立的年纪里，只能按部就班地听着爷爷的安排读书、高考。

高中毕业后，他因为一份录取通知书收到了爷爷的一笔现金奖励。

他拿去做投资，赚了足够养活自己的钱之后就从家里搬了出来。

成年之后的肆无忌惮已经不能叫作叛逆。

江辙这个人，偏偏生得聪明，注定不是那种会沦为社会渣滓的人。他知道只要没耽误学业，没太出格，家里那位老爷子管不到他身上来。

他把一切都做得天衣无缝。

外人眼里的江辙，与生俱来就带着让人艳羡的光环，自身也这么出类拔萃，轻松就能站在金字塔顶尖。

只有那些亲近的发小才知道——

很长一段时间里，江辙在清醒地看着自己堕落。

酗酒飙车，身边的漂亮女孩来来往往。

他自卑又自负，离经叛道，嚣张锐利。他怀着对这世界的不屑和乏味，活得潦潦草草。

有些人永远都不会有救赎。

就像江辙，他不需要，也已经习惯了和这样的混沌日子为伍。

从医院回来，是一段沉默的路程。

这是江辙为数不多有人陪伴的一次探望，一般来说，他这时候会去赛车场飙到筋疲力尽，然后再喝到烂醉如泥。

大概那样才能抵消去那儿见母亲一次的烦闷。

有时，他也会特意回趟家，故意找江嵘的不痛快。

望着那个看上去斯文儒和的中年男人，在他气不过的谩骂声中思考母亲的话：这种男人配在世上留个种吗？

而这次，是陈溺陪着他回了椿树湾公寓。

一路上，江辙表情恹恹，在他长久的暗黑阴郁期，难得地会向另一个人说自己家里那点破事。

他倒头睡在床上，眼睛困乏地合着，被子胡乱盖住腰腹，手牵住了陈溺，呓语般地喊她名字："陈溺，你要陪我久一点。"

这个看似拥有一切又一无所有的大男生，嗓音干哑，用这句话作为糟糕一天的收尾。

"睡吧。"陈溺靠在床沿上，看着他安静的睡颜轻声说，"我就在这儿陪着你。"

2

四月底，这一周是对大一学生进行体测。对一部分女生来说，最困难的莫过于跑八百米。

高中生最烦跑步，安大轮到他们这届，男女居然都变成了统一的一千二百米。

寝室，盛小芋从操场散步回来，大声地抱怨一句："完了！我最近上秤都胖了六斤，哪跑得了啊。"

一同跟着进门的倪欢捏了捏她身上的肥肉，若有所思：“要不这样，我在你跟前钓杯奶茶？你肯定会追着跑起来。”

盛小芋沉默几秒，立马向另一张床上的人告状：“溺，她侮辱我！”

倪欢吭哧吭哧地拿着盆，走进浴室：“谁侮辱你了？好心当成驴肝肺！你喊陈溺也没用，她肯定在跟江辙聊天呢。”

她确实没说错，床帘里，陈溺戴着耳机一边写作业，一边在跟江辙视频。

乖乖女认真学习起来，总是能聚精会神到把男朋友都撂一边。

陈溺身前架了张小桌板，手机就立在桌沿边的支架上。台灯光线很亮，照着她一张白皙清淡的脸。她把长发随意绾了个低马尾，眉眼寡淡纤细，思考问题时轻咬住的花瓣唇看上去很柔软。

江辙安静地盯了会儿，手指点在屏幕上，“啧”了一声：“写完没啊？”

“没有。”陈溺眼睛都未抬，桌上是线性代数的作业，理科一向是她的弱项。

“待会儿再写。”江辙偏要现在跟她说事，不依不饶地拎起沙发上一件衣服，“这就是你送的礼物？”

陈溺没放下笔，瞧了一眼：“不是你要的吗？”

前阵子他不知道发什么疯，硬是要让陈溺送他礼物。

陈溺被他缠得没办法，花了心思去选礼物。

但江辙这人就是个矜贵公子哥，身上哪有什么廉价物，一双鞋都五位数起步。

最后还是路鹿给她出了个主意：买套情侣装。

快要入夏的季节，天气热起来倒也能穿短袖了。陈溺就在网上买了一套某个运动品牌的情侣装 T 恤给他。

都给他买了，怎么还这么多事。

陈溺指间转着笔，不解地看着他：“不喜欢？”

“不是。”江辙哭笑不得地抬眸，唇边扬起隐隐约约的笑意，指着那件纯色 T 恤，“为什么给我留件粉的？”

原本就是一件白色一件粉色，谁知道她会给他留了件淡粉色的。

陈溺其实也没想这么多，随手拿了一件给他而已，反正也不打算换了，她淡声反问他：“那你穿不穿呢？”

她声音本来就轻软，带着“呢”“呀”这种语气词就跟撒娇似的。

可性格使然，陈溺没怎么和他撒过娇。她生得温山软水，但骨子里比谁都硬。

所以偶尔有这种让人出现错觉的时候，饶是江辙也顿了一下，心里挺吃她这套的。

但他面上却只是很轻地笑了下，懒声问她：“喜欢看我穿粉色的？难怪你衣服来来回回也就那几件白的。”

“我才不是……”陈溺本来想反驳，她衣柜里明明还有其他颜色。

但看着他有点痞坏的笑，她很快反应过来了。

她无语地和他对视几秒，因为生着闷气，唇微微嘟着，看上去没半点威慑力，特可爱。

反正江辙是这样觉得的。

这姑娘要不是顾及着寝室有人，肯定得骂他流氓了，越正经八百的才越好逗。

他清清喉咙，揉了把自己凌乱蓬松的短发，继续漫不经心地火上浇油：“你看你，现在穿的也是白的。”

陈溺下意识地低头，她今天一整天除了拿外卖就没出过门，身上穿的还是昨晚的睡衣。

从手机视角看，宽松的衬衫领口露出女孩漂亮的肩颈和锁骨线条，因为扣子只扣到倒数两颗，可以看到内衣肩带滑到了肩胛上。

江辙厚着脸皮，眼睛一下也没从那儿挪开过。

对面的陈溺很快把肩带提好，甚至把扣子也往上系了一颗，冷着眼问他：“喜欢看？”

他哑笑出声，扬了扬眉梢，突然伸出只手在镜头前晃了几下，脉络分明的手背上青筋明显，往上是几根骨节修长的手指。

陈溺被他别有暗示的动作一引导，耳根红到自己都觉得烫，“啪叽”

一下把视频给挂了。

轮到大一体测当天，陈溺听了大半天的鬼哭狼嚎。

登记完各类项目成绩之后，终于到了大部分女孩都感觉费劲的一千二百米。

按理说，高中天天跑早操，这一两圈压根儿不是事。但人不能懒这句话一点也不假，大家都快一年没好好跑过步了，何况光是做完前边那些仰卧起坐、跳远什么的，就已经累得够呛。

盛小芋在跑到一圈半的时候就直喊腿酸，几乎是被倪欢拖着继续跑。

陈溺自小体育是短板，缺少锻炼，只闷着头往前冲。大下午的，跑得汗流浃背。

田径场上围着上千个人，广播声、号令枪声，嘈杂热闹，堪比运动会。

体测是每个人都要参与的，人来得也比运动会多。

耳边除了风声、脚步踩踏在塑胶跑道上的声音，还有两个室友倏地发出的惊呼："那是江辙吗？"

盛小芋激动地喊身边人："溺溺，抬个头！你男朋友在你这条跑道的终点线上！"

陈溺眼睛里滴了点汗，用手重重地揩了一下，往前看过去。

要不是连跑道外都有人发出惊讶的声音，她都差点儿以为是自己看岔了眼。

"妈呀！那是江辙吧？他穿得怎么这么另类啊……"

"这个头发，我又可以了！风吹动的不是他的头发，还有我蠢蠢欲动的春心！"

"帅哥的氛围感真的太强了，呜呜呜！他是来这儿等他女朋友吗？"

……

终点线那儿，江辙穿着那件陈溺送的粉色短T，黑裤子包裹着两条长腿，直直地鹤立着。

阳光落在他深邃立体的五官上，深褶的眼皮，高挺的鼻骨，薄唇，下颌线清晰利落。

不同于以往的模样，他脑袋上还顶着一头粉色头发，衬得那张脸更加瓷白妖冶。

太张扬轻狂了，生来就不怕成为焦点。

陈溺往前跑，正好是最后一圈。

离他越来越近的时候，江辙站在了她那条跑道的终点，径自朝她张开了双臂。

学生会里的贺以昼正好和黎鸣过来帮忙登记成绩，远远地瞧见了江辙。

“喂喂喂！小江爷这头粉毛什么时候染的？还穿着粉T恤，少男心满满啊，哈哈哈哈哈哈哈！”

黎鸣推回他的手肘，一脸被酸的表情：“难怪上次我说一块儿去剪头发他不去，原来是存到今天换个发色来给我们陈妹应援啊。”

别说他们吓一跳，就连陈溺也是头一次看见他染的这头粉毛。

看见他朝自己张开手，她也没客气，在跑到终点那一刻，直接扑进他怀里，汗全蹭在了他衣服上。

江辙轻而易举就把她往下滑的身子拎了起来，架着她手臂，敲敲她膝盖骨，懒笑了声：“体力这么差。”

陈溺气喘吁吁，没力气反驳，随他怎么摆弄自己，趴在他手臂上就跟没骨头一样。

那边刚闲下来的黎鸣立刻拿着几瓶水过来发给大家：“陈妹喝水啊。”

他把矿泉水瓶丢过来，江辙接住了，拧开喂给她。

刚剧烈跑完步不能坐着，江辙捞着她不让她往下坠，喂完水低眼觑着她：“你这腿怎么还发颤？”

陈溺这会儿有精神了，脸红扑扑的，随手往那片跑完的女生里一指：“你看有几个腿不颤的？”

“我看她们干什么。”江辙搂着她在身前，喉结微动，“不是喊你穿那件白的？”

陈溺一下没想起来哪件白的，手指攥着他身上的衣服才明白他什么意思。

很明显，她忘了。

江辙“咔”了声：“合着我今天白穿了。”

他还特地染了个头配这衣服，她倒好，买套情侣衣就撂一边了。敷衍谁呢？穿都不带穿的。

男生腿长肩宽，站在她面前挡住了刺目阳光，那头显眼的粉发肆意又张狂。

别人染了可能是杀马特灾难现场，他染着就好看，穿粉色T恤也好看。野性掺杂着点冷感的鲜艳，光影从他脑后打过来，连头发也沾着金光点点。

陈溺算是弥补了那次在公交站第一次见到他时没看到他染发的遗憾了，但在他生着气的情况下，当然不能说这些。

她皱了下鼻子，知错不改，但很快服软。

她一双手自然而然攀上他后背，腿还酸着，想让他背。

江辙顺从地稍稍弓下脊背让她上来，手托着她大腿往上颠了颠，朝着运动场外面走。

他好不容易有一回占理，嘴里没停下批评：“姓陈的你就仗着我这人长得好看又好欺负是吧？硬是没留点记性在我这儿，连我交代你……”

他说到一半，蓦地感觉到脖子那儿一热，差点咬到舌头，话就这么顿住了。

陈溺亲了一下他的脖颈，在他耳侧问：“行了吗？”

身边还有陆陆续续忙着去体测的人走过，她也真是算突破自我了。江辙差点没扛住，嘴张了下：“你行什么行。”

江辙会去染这个头发，还有一部分原因是不想进国旗队。

太出风头的事，他刚进大学时会图个有趣。可现在他都快大三了，压根儿没半点儿兴趣。

为此，陈溺还特意到论坛上搜了一下他大一进国旗队升旗的照片。

他穿着白色制服，身影挺拔。三庭五眼和谐端正到让人挑不出半点瑕疵，站在一列人里英气蓬勃。平时散漫的模样也在那一刻被不凡气度取代，自然成了不少人的表白对象。

陈溺默默看完，保存了几张图下来。

立夏后，为迎接暑期实践，校长为海洋系几个专业的班级组织了一次航海实习。

带领陈溺这个班一起到静音科研船上的是赖院长。

静音科研船停在校区东边最近的泊船港口。

海洋系各个专业的学生们都有序地跟着赖院长进去，听他像向导一样介绍这艘船的自由航速、设备配置等。

“我刚才讲的这些东西，对水声工程、船舶设计有兴趣的同学都可以回去再详细了解一下……”站在船帆下的老教授声音洪亮，“我想问一下，大家选择海洋系的理由是什么？”

“因为我要成为海贼王那样的男人！”一道突兀又皮的男声响起。

人群中也不乏有人老老实实地回答：“分数刚好够了，就报上了。”

大家不约而同地笑出声来，这话确实说得实诚。

十七八岁报考高考志愿的时候，并非每个人都有梦想中的专业，也并非每个人都能如愿进入自己想去的专业。

赖院长很理解地鼓鼓掌，表示肯定：“那就当我这番话只说给热爱海洋并且将来会从事海洋工作的同学听。

“这是一个需要真诚勇敢、不畏艰险的职业。当你在日复一日的海水探测、海洋资源保护等工作中变得疲惫，请不要忽略初次入海时，你曾经为那些最平凡又最美丽的事物感到过惊艳。”

骇浪和云相遇，飞鸟和鱼接吻，礁石和潮汐碰撞……都是这片海域独有的浪漫。

陈溺站在人群里静静地听着，破天荒地觉得这个专业似乎也没自己想象得那么无聊。

跟着大部队一块儿下船没多久，有人往西南方向的安清市跳伞基地看过去。

为保护冒险者安全，这种极限运动都会在水域广阔的地方开展。

三千米的高空之下，一朵朵蘑菇云般的降落伞撑开。

赖院长在私底下倒也没课上严肃，乐呵呵道："上面估计飘着你们段教授呢，还有大二几个男生……"

段教授指的是段听筠，人工智能专业的老师，他刚过而立之年，和赖院长算是忘年交了。

有人眼尖，看见落了地正脱着装备的人："哎哟，那个男生是不是江辙啊？"

赖院长往远处眺望一眼，点点头："啊，你们段教授确实说了有他一起陪着去跳。"

不知道是谁引起的话题，隔壁船舶工程专业自称是和江辙一个高中上来的一个男生，对他还挺崇拜。

"他是咱们安清四中的传说啊，我们老师当初教训我们的名言都是：'你帅得过上届的江辙？连江辙都要苦熬三年才考得上大学！你们还有什么理由不努力？'"

"哈哈哈，你们老师怎么这么搞笑！不会也是颜控吧？"

男生挠挠后脑勺："不知道，反正当时咱们那届男生都活在江辙学长的阴影之下。说不定我们后面那几届也会被这么说。"

说实话也不怪他说得这么夸张，这年代网络这么便利发达，屁大点事都能挂在各种热搜榜上。

当年江辙读高中的时候，微博上有个热搜第一的话题叫 # 那些年遇过的素人帅哥 #。

而江辙凭借三张路人拍的照片，位居热评前三。

有他穿着夹克外套骑机车的，拿着根棒球棒去打球的，还有坐公交车靠窗睡觉的。

人一火，做什么都会被拍。

当初还有社会大姐大翻围墙，就为了一睹江辙的真容。

"好在我们学校是军事化管理，封闭式高中。不然啊……他高中女朋友就该没断过了。”

男生说得起劲，丝毫没察觉到还有个年迈的赖院长就在边上听。

有人嚷嚷：“不是说江辙现在的女朋友是我们海洋系的吗？海洋系里哪个专业哪个班的大美女啊？”

盛小芋和倪欢憋笑快憋疯了，她们中间还隔着个快石化的陈溺。

本来她们仨只是混进隔壁专业来听八卦，但陈溺现在的表情就像是：吃瓜吃到自己头上。

“说曹操，曹操到”，他们才聊完的人跟着段教授走了过来。

江辙那头一次性染的粉毛没两天就掉成了原本的黑色，他去剃短成了寸头，干净利落的短发更显头骨圆润饱满。

一张引人注目的脸，一双深长漆黑的眼。

不知道是不是因为刚才玩的跳伞太刺激，他脸上的表情一直很冷峻，连平时那股懒劲儿都消散不少。

后边还有几个一块儿跳完伞从这条路回学校的同学，都礼貌性地跟赖院长问了声好。

赖院长对江辙还有点印象，仔仔细细地瞧他一眼，开着玩笑：“确实生得好，有我当年的风范。”

段听筠笑笑：“赖老，你怎么突然对我学生这么关注了？”

赖院长指指身后那群人：“这不刚才我的学生也在聊他，说他女朋友在我这院。”

江辙闻言抬了眼，跟找人似的在那群人里搜寻。

段听筠瞧明白他的眼神了，朝底下一帮没走开的学生笑着问：“谁对象来着，还不领走？”

陈溺就这么被两个室友坏笑着推到最前面来，迫不得已看了江辙一眼，向两个教授承认：“教授，这是我男朋友。”

江辙嘴角弯了下，牵着她的手往前先走了。

从港口回校区就那几趟车，江辙偏不搭车，拖着她远离了那群还在等车的同学。

陈溺侧首，感觉到他不开心：“你又怎么了？”

江辙睨着她，开始慢条斯理地算账：“刚在那儿你还不想认我？”

废话，谁愿意在教授面前这么招摇。

陈溺看他较真的脸，摊手，冷着语气道：“你要这么想我也没办法。”

她就是故意的，哄也不哄一句。江辙捏她的脸：“就会气我。”

陈溺打开他的手：“被我气得拳头硬了？”

他冷哼一声。

两人牵着手走了小半段路，总算身后没了人，江辙停下脚步，压低眼眸跟恐吓人似的：“亲我一下。”

陈溺叹了口气，手放在他的肩膀上，正要踮起脚，他就使坏地扬起下巴。

他俩身高差了二十多厘米，陈溺踮脚也只够亲到他喉结，更何况他还故意拉开距离。

一来二去，她的唇次次都落了空。

最后一次，陈溺伸手在他腰那儿挠了一下，她知道他那儿敏感怕痒。

果不其然，他本能地低了头。

陈溺抱着他的脖颈，凑上去亲了一下就撤开。

江辙攥住她的手，侧着脸亲回来，吮着她的下唇：“男人的腰能乱摸？”

陈溺也不说话，又重复了一遍刚才的动作，乖冷的脸上就写着一句：管他能不能摸，摸都摸了。

江辙被气笑了，低头咬磨着她作乱的手：“我别叫江辙了，叫拿你没辙算了。”

3

因为生来就瞩目，在学校也是不少人的关注对象，所以江辙这人谈个恋爱，总容易弄得尽人皆知。

当着海洋系大一年级这么多人的目光，他公然把人牵走，留下现场的人面面相觑，眼带疑惑。

最后还是倪欢和盛小芋两个人想到江辙平时对她们寝室的投喂，才出面把他俩谈了两三个月的事当八卦给同学们说了。

他俩在外人眼里几个月没分,已经算大新闻了。关键是大家都看出来了,江辙还挺宝贝陈溺的。

不久后，也就这个月中旬的事，学校吉他社团办了个草坪音乐会，有人请江辙上去唱一首，拿他做招揽观众的噱头。

底下一群学弟学妹拿着手机手电筒正晃着，台上灯光老师的大灯圈往下面观众里随意一扫。

结果刚还坐在高脚凳上弹吉他的江辙立马把舞台让给别人，跳下去就直接拥着人走了，边走还边低着头亲怀里的小学妹。

陈溺这么规规矩矩,却也被他带得在很多陌生人眼里都算是个熟人了。

更多其他系的学生会打量她，遇到时也会嘀咕，不外乎那几个介绍词：那个就是江辙现在的女朋友。

下完课从教室出来，陈溺收到了傅斯年还书的消息，约她在学校外面的咖啡厅见面。

他现在已经在实习，挺忙的，难得在学校见上一次。

傅斯年坐在高靠背沙发上，穿着湖蓝色正装，青涩中不失沉稳。见她来了，他伸手招了招：“小九，这儿。”

陈溺坐过去，接过他还过来的书：“其实不急着还的，而且今天是工作日吧？”

傅斯年点头：“是。我被老板派出来跑腿，就顺便回来一趟。”

“工作还顺利吗？”

“一开始肯定难适应，做了一两个月就渐渐习惯了。”他话题忽转，“你呢？”

陈溺接过服务员给她上的热可可，错愕：“我？就老样子啊。”

傅斯年：“不一样了吧，你不是在和江辙谈恋爱吗？”

“嗯。”陈溺坦承道，“一段恋爱而已，也没有影响我太多。”

知道她在避重就轻，傅斯年眸光变淡：“你入学的时候我就提醒过你，就算要谈朋友，也应该找个好人。”

陈溺被他这措辞逗笑：“斯年哥，对你来说江辙是坏人？”

“我把你当妹妹看了这么多年，当然也是为你好。”

把人这样轻易分好坏不是傅斯年的本意，说句难听的，如果不是因为陈溺，他压根儿不想去注意江辙这个纨绔公子哥。

傅斯年说得很现实：“小九，我以为你不一样。他是多金帅气，但他牵过多少人的手？你和他真的是同一个世界的吗？”

就算你心里想的只是一段恋爱而已，但到底浪费的是自己的青春。

陈溺低下眼，抿了口热饮：“斯年哥，我没想这么多，只想着及时行乐就好。”

她温暾敏感，生来细腻，看人也挺准。

江辙好不好，坏不坏，她也不需要从别人嘴里听这么多。

他会因为机车停在了盲道上而特意移开；会因为风太大在不经意时往前站一步，挡住她身前凌乱的春雨；还会在看出她没心思回去上课时，提醒一句她是高三生……

她从来不是一见钟情，是恰好感觉碰上了而已。

每一次碰上，还都能记住，对她来说就已经算是特别的存在了。

“分手就分手吧。”陈溺看上去不在意这么多，甚至笑笑，“说不定在他遇到过的这么多人里，我最难忘。”

……

他们座位的斜侧方，是一个正在陪女朋友吃甜品的大二男生。

他认出陈溺之后，就贱兮兮地给江辙发消息：【小江爷，你女朋友呢？】

江辙那边正好在发消息，顺手回他：【关你什么事。】

男生拍了陈溺那桌的照片传过去：【瞧瞧，我还听见嫂子跟那男的说分手什么的……我的辙，你别是要变绿了啊！】

男生看他没回了，还想再多叨叨几句，幸灾乐祸的表情包刚发出去，就发现江辙把他拉黑了。

没过多久，陈溺的手机就响了。

傅斯年正和她聊到考研的事，不得不停下来，示意她先接电话。

打电话来的是路鹿，在电话接通那刻就快语连珠发射：“小美人，你在哪儿啊？”

“学校对面的咖啡厅，怎么了？”

“你不记得江辙哥让你下课一块儿过来过生日啦？！”

陈溺愣了几秒：“不是说只是吃晚饭吗？而且他的生日在冬天啊。”

路鹿叹了口气：“江辙哥这人过生日都是凭心情过的，不看日子。下午他和我们几个人在蟹尊苑等了你很久，刚才不知道怎么了，让菜上了桌，自己冷着脸就回去了。”

陈溺看了一下时间，有点抱歉。

她以为只是寻常吃顿晚饭，也忘记给江辙发个临时有事的消息了。

“你也别太着急，先回去哄哄他吧。江辙哥这人的气性你也知道……千万得哄好啊！晚上还有其他朋友给他安排了活动。”

陈溺说“好”。

傅斯年看她挂断电话后，眉头一直蹙着，便问：“有急事？”

“江辙今天要过生日，我给忘了。”陈溺边收拾着桌上的书放到包里，边说道，“那我先过去了，斯年哥，改天再约。”

她走得匆忙，直接拦了辆车去椿树湾公寓。

她知道门的密码，也没敲门就进去了。客厅和卧室都没人，想来是在楼上的 VR 体验馆里。

没等她上楼，江辙推开门站在楼梯上居高临下地看着她。

他穿着件居家短袖、棉麻九分运动裤，跟没睡醒似的，神色恹恹，插着兜慢悠悠地踱步下楼。他利落凌厉的下颌微敛，轻飘飘地睨她一眼，是典型的冷战前期表情。

陈溺也没来得及说话，跟在他身后。

江辙在那儿自顾自倒了杯冰水，从抽屉里拿出药来，坐在沙发上，打开了电视机。

他一句话也不说，当边上没人存在。

陈溺才想起他昨天好像说过自己感冒了，只好安静地看着他慢条斯理地拆药片的动作。

等他要吞药了，陈溺才反应过来，把他的冰水倒了，换成了常温的。

江辙眼也没抬，接过来一口喝下去。

吃完药，他还是一脸拒绝交流的样子，长腿搁在茶几上，懒洋洋地觑着电视机里的广告。

陈溺侧首一动不动地盯着他，终于等到他转过脸来，眼神冷淡地回视她："干什么？"

陈溺面无表情地问："你打算什么时候亲我？"

一阵更诡异的沉默出现了。

江辙喉结滑动了一下，盯着她越来越近的动作，最后伸出手臂，抵着她靠过来的肩膀。他薄唇开合，冷漠地吐出三个字："坐那儿。"

热恋期的男女单独待在一块儿，几乎时时刻刻想黏在一起，更何况是江辙这种总要赖着人陪的。

但这套法则显然不适用于情侣吵架的时候。

陈溺盘着腿坐回到沙发上，面朝着他，有点不知所措："我不知道你今天过生日。"

他冷笑："哦，你放我鸽子就为了和那个傅斯年喝咖啡。"

陈溺也没问他怎么知道的，指了一下包里的书："他还书给我。"

江辙不为所动，他闹起脾气也难哄。

要是对他熟悉一点的项浩宇他们知道了，又该说他了。

以前他没有和女朋友闹矛盾的习惯，都是一吵架、一心烦就直接分手，更别说会因为一个女孩生闷气。

陈溺垂着眸，不擅长说软话。

江辙没说过，她面色平淡时最容易气人。她寡淡无情的一张脸，给人的感觉就是对他一点也不在乎。

而陈溺确实也不知道要怎么哄了，胸腔里是种无奈的烦躁感。解释完，不知道应该再说些什么补救的话。

他或许早就习惯了被捧着，根本不会在意别人的感受。

“那我回学校了。”陈溺抿了抿唇，提醒他，“路鹿说你的朋友们还在等你回去玩。”

她刚要起身，又被拽回去，跌坐在了他腿上。

江辙冷峻的脸上没半分情绪，下颌线紧绷着，腿上的肌肉冷硬有力，一双眼睛颇具压迫感。

他一开口还是显露了戾气：“你对我就这么点耐心？”

“因为这是没必要生气的事。”陈溺语气冷静，手却扣进他的指缝里，和他十指交缠。

江辙自己也想不到，她嘴上还是很硬气，但一个下意识的讨好动作就能让他没了半点坏心情。

他没松手，甚至配合地反握住她。

陈溺见他态度软化，思量着把话题转移开：“我那天上大课的时候，边上坐了一个和你同一个高中考上来的学弟，他说你在高中也很受欢迎。”

江辙淡声应了句，捏着她的手指玩，兴致缺缺。

“你高中是不是也谈了很多次恋爱？”

他突然往后面一靠，腿颠了一下她，他虎口卡着她下巴转向自己：“四中是男校。”

“噢。”陈溺讪讪地补了一句，“我又没说一定是在本校谈。你不是也经常和其他学校的人玩吗？”

就比如他大一的时候还来她学校谈了个女朋友。

男的都这副德行，年轻任性，热恋尽兴。

江辙不知道为什么女生总爱翻旧账，但他隐约感觉这个话题继续聊下去，他一定处于劣势地位。

但陈溺好像也是真好奇：“所以你为什么要谈这么多次恋爱？”

“好玩啊。”

很多人在他身边来来往往，途经他的冷漠和骄傲。

江辙没找其他高大上的借口，松懒地说了句："你淋在雨里的时候，不是有伞就行？"

"我不行。"陈溺说。

这对话蓦地就变严谨了。

江辙怔了一下，鸦羽般的黑睫往上抬："知道了。"

陈溺没理他了。

江辙把她压在沙发上，又强调了一遍："我说知道了，公主殿下。"

她唇弯了一下："我是公主殿下，那你呢？白马王子？"

"不是。"他伸手拿遥控把客厅的窗帘关上了，弯下颈在她耳边说，"我是你的裙下之臣。"

陈溺煞风景地问："为什么是裙下？我经常穿裤子。"

"啧，就为了专门挑我刺来的？你这嘴还是少说话为好。"他屈肘撑在她脸侧，目光和她平视，"刚才问的，你再问一遍。"

陈溺也不知道和他从哪儿来的默契，很快就知道他要她说的是哪句："你打算什么时候亲我……"

"现在。"

窗帘被拉上，室内又没开灯，昏暗的光线下，只剩电视机的声音尤其清楚。

江辙贴着她的唇吻了会儿，偏头在她锁骨那儿流连，手不知不觉地从她衣服下摆探了进去。

茶几上的手机因来电振动快要掉下去。

陈溺终于忍不住推他："接电话。"

江辙捏了一下她蹬到自己腰上的脚丫，刚接起电话就听见贺以昼在那边叽里呱啦地喊他。

"人在家吧？辙宝啊，我的辙！你怎么不说话？"

电话那头无人回答。

"大伙儿都等你回去呢，女朋友不来，你也不能连生日都不过了吧。"他喊魂似的，又"喂"了几声，"辙哥？人在不在？"

江辙听半天没听见他说什么正事，咬牙低声道：“没事，先挂了。”

他把手机关了，丢回茶几上。

人又压回去，贴着轻颤的身下人。

一门之隔的公寓走廊上还放着个蛋糕。

几个人望着贺以昼变得意味深长的表情，忙问：“怎么了？小江爷不在家吗？”

“应该在。”贺以昼握着手机，揩了揩鼻子，表情悲壮地说出自己的猜测，“主要是，我怎么觉得他……这声音听上去好像……不太对劲。”

“不会是在做坏事儿吧？”

几个人不约而同地皱起眉头，继而面露兴奋，一个个地都把耳朵贴在门缝上。

4

江辙这人就是个浑不吝，压着人家姑娘亲了大半天，都快把人亲成一只蜷着的虾了，全身都泛红。

他慢条斯理地在这儿磨人，外面那一群却耐不住寂寞。

一群人听了会儿墙脚，发现这高档公寓的隔音太好，什么也没听见。

项浩宇他们等得着急了，直接边按门铃边捶门。

几个人戏精上身，拍着门板大喊：“开门啊江辙，你别躲在家不出声！我知道你在家！”

“你有本事藏女人，怎么没本事开门啊？”

江辙不耐烦地低骂了句，把脸不情不愿地埋进女孩的颈窝，手慢慢地抻平她的衣服。

“你起来呀。”陈溺推搡他，眼尾泛红，眼睫毛上沾着水光。

“再等会儿。”

江辙一点也不担心外边那群人，脸上表情是一贯的懒怠散漫：“怎么办？不想开门。”

他往下吻，唇贴在她清瘦的锁骨上，低头时，后肩胛骨起伏，宽松的衣服下是紧实的肌肉。他身上那件T恤被攥得满是褶皱，圆领口被扯得歪歪斜斜，隐约能看见他后肩的一块阴影。

陈溺这次看清了，是文身。

他后颈往下的脊骨上是几个外文小字，认不清是希腊语还是梵语。再往下是一大片暗黑色，布满了他上半块背脊。

陈溺稍稍伸长颈，好奇地要掀开他后衣领，却被他按住了。

“想看？”江辙鼻尖亲昵地蹭着她红红的眼角，宽大的手掌握住她的腰将她抱起来，笑得邪气满满，“下次脱给你看，先回我房间去整理一下。”

陈溺被他半抱着坐起，表情略微呆滞，下意识地低眼，不到两秒，又木着脸移开，耳根烫了个彻底。

江辙看清她这反应，不由得哑声笑了，下巴搁在她柔软的发顶，手摸到被他弄掉的蝴蝶结发带。

是一根鲜红色的绸带，原先是绑在她后脑勺的位置，挺漂亮一个公主半披肩发型，现在都被他弄散了。

陈溺拿过那根发带站起身，跑回房间整理衣服。

她来这儿干什么来了？

每次来就是给他欺负的。

把头发和衣服整理好，陈溺再从房间出来时，瞧见客厅里八九个大男生往茶几上摆了个蛋糕。

而江辙倚在单人沙发上，腿间放了个螃蟹玩偶，表情不悦地看着他们点蜡烛。

安静的屋里一下变得热热闹闹，除了江辙的室友，还有几个面生的学弟学长。

有个男生一转头看见陈溺，立马夸张地叫了声：“果然小江爷藏女人了！”

江辙抬腿踹他一脚，歪了下头：“喊嫂子。”

那人立刻改口：“嫂子好！”

项浩宇和贺以昼都是老熟人，心照不宣地笑笑，跟陈溺打了声招呼：“陈妹刚才在里头睡觉吧？”

她面色尴尬地扯了下嘴角。

好在门口及时传来路鹿咋咋呼呼的喊声：“我来啦！我来啦！没切蛋糕吧？”

项浩宇忙将她迎进来：“没呢，就等你了。”

“小美人。”路鹿笑嘻嘻地锁定目标，扑过来亲了陈溺的脸一口，牵着她的手抱怨，“我都好久没见到你了！”

毕竟陈溺现在的时间分了三部分，江辙、学习和兼职。

就这会儿工夫，陈溺又被扯了过去，代替了男生腿上的“螃蟹”。

江辙跟嫌弃人似的擦着她被亲过的脸蛋，抬眼看着路鹿，语气慢悠悠地警告：“你注意点啊。”

路鹿气得瞪眼，说：“我注意什么！这是我的好闺密，我想怎么亲就怎么亲！”

“行了行了，懂点事儿。”项浩宇连忙在中间拉架，提醒道，“赶紧让寿星吹完蜡烛，去赶下一场。”

一群人就这么围成个圈，等着江辙吹蜡烛。

他连停顿的时间都没有，低下头，直接把蜡烛吹灭了。

陈溺小幅度地扯扯他衣角：“你都不许愿的吗？”

江辙闷笑了声，牵住她的手说：“没什么想要的啊。”

他从小到大，想要的都太容易得到，根本不需要通过许个生日愿望来获得。

何况江辙这人完全不受世俗规矩约束，自由又恣意。

生日想挑哪天过就挑哪天过，旅行想什么时候走就什么时候走。今天想看鲸鱼，下一刻说不定就买好了去奥克兰南海岸的机票。

他很少考虑，总是兴致来了就会去做。

路鹿听着他们说话，吐槽一句：“江辙哥可能是想把这些年没许的愿攒起来，将来换个大的。”

江辙听得入神，捏着陈溺的后颈，声音喑哑："那我真得想想了。"

他语气又不正经，故意说这种让人误会的话，陈溺白了他一眼。

路鹿和其他几个人兴致勃勃地切蛋糕。

项浩宇拦着路鹿想抓蛋糕抹人脸上的手，说："别玩太脏了啊，还得去第二轮。"

"去哪儿？"

"当然是一年N度的赛车比赛。"

一群人到赛车场时，天色已经暗了下来。

离赛道还有几百米，远远地就传出跑车咆哮的声浪。

今晚本来是想跟去年一样跑个山道，但有两个女孩跟着一块儿来，几个人就直接去了赛车场上。

有男生跟在后边和陈溺聊天，问她："嫂子会开车吗？"

陈溺："不会，我去年暑假考驾照的时候，科目二没过。"

几个男生都愣了一下，不知道怎么接话。

江辙一个无波无澜的眼风扫过去，睨了他们一眼。

他们立刻上道地笑着摆摆手："哈哈哈，没事没事，科目二是挺难的。"

赛车场上还有王京他们那伙人在，听说江辙今天过生日就一块儿过来献殷勤。

王京搂着个女孩。赛道上停着两辆红色超跑，刚喷了漆，泛着亮亮闪闪的光。

"小江爷，和哥几个来一场？"他后边那辆车是新入手的，落地价八位数，显然就是过来显摆显摆。

江辙和项浩宇他们对了个看笑话的眼神，摆明了想挫挫他锐气。

他下巴微仰："和你比？"

"不是比，就遛遛弯儿。"说着，王京往江辙边上的陈溺瞧了一眼，总觉得眼熟，促狭般地朝他眨眨眼，"哟，这就把到手了，好玩吗？"

江辙舔了一下唇，往前走了一步，低眼觑着他，手指戳在他肩上："问这么多，那你也给我玩玩？”

身后一群人憋着笑，项浩宇他们更是直接笑出了声：“王京，真想陪我们小江爷玩玩吗？”

路鹿护短地挽过陈溺的手臂，把她往后拉到自己这条战线上。

“嫂子就在这儿看着呢，小江爷别骚了！今儿个是玩两个轮子的，还是四个轮子的呢？”

江辙瞥了一眼赛道上两辆骚包的超跑，慢悠悠地道：“那当然是两个轮子的。”

王京表情一滞，像被直接打脸了一样，但也只好附和着，他拎了个朋友上前：“小江爷，我不怎么开机车，让我这朋友和你开两圈？”

他拉上前的男人看上去年龄要比这帮初生牛犊的大学生大几岁，叫蔺润。

男人话也不多，得知要比赛就直接进去换赛车服。

一旁的黎鸣摸着下巴，觉得有点奇怪：“京啊，我怎么瞧着你这朋友有点脸熟？”

王京干笑几声：“可能是大众脸。”

一干人在跑道外围的观众席上坐下来准备看比赛。陈溺是第一次来这种地方，往四周打量了一番。

路灯虽明亮，但视野相较白天来说还是暗了不少。近处能看见，再远点，就勉强凭着跑车声浪能认出几个黑点。

江辙拉着陈溺到第二排观众席上，把身上外套脱下来给她：“赛道上风尘大，你就在这儿坐着。”

前面的路鹿不满地转过头：“啊？那我为什么要坐第一排吃灰！”

项浩宇把她头转过去，哄着人：“这儿看得更刺激。”

“你去换衣服吧。”陈溺把人推走。

他们的一举一动都有人盯着看，她老早就觉得王京身边那个女孩一直在望着自己。

女孩坐到陈溺后边那一排。

等大家注意力都集中在赛道起点被推出来的几辆机车那儿，女孩突然问：“你和江辙在谈恋爱吗？”

陈溺回过头，一脸莫名其妙：“你和那个人不是在谈恋爱？”

女孩看了一眼侧前方被簇拥着的王京，对她这反问似乎也感到惊讶：“不是。我觉得他们也不会认为你是江辙的女朋友。”

“什么意思？”

女孩指了指旁边的位子：“坐过来。”

观众席这块区域灯光昏暗，陈溺迟疑着坐过去。

这里离王京那伙人近了点，但又不至于动静太大被他们关注到。

他们或许是忌惮项浩宇那群人就坐在侧边上，声音不敢太大：“江辙带来的那个女的什么来头？脸还可以，但不爱说话，我连她声都没听见几句。”

“谈个恋爱，不就图好看？江辙说不定就这喜好，带出来玩玩。”

陈溺认真地听了几句，也知道他们为什么会有这种言论。

她混在这一群富二代里面，穿着平价衣服，打扮得也素净，看上去就是不用花心思、被江辙哄着玩玩的女伴。

那女孩像是想欣赏陈溺失落、被羞辱到的表情，好心地拍拍她的肩膀。

但陈溺听完后也很平静，甚至对着她礼貌地笑了笑，坐回了自己的位子。

赛道起点，江辙穿着套灰白色机车服走出来，手臂和腰之间夹着个头盔。

他身材挺拔有型，长腿跨坐在机车上，戴正头盔，对着他们这个方向，做了一个“OK”的手势。

贺以昼他们直喊：“帅帅帅，辙哥好好骑！”

哨声吹响，赛道上的旗手适时地挥下小旗帜，七八辆机车飞快地冲了出去，车胎与赛道的塑胶地面摩擦，仪表盘指数往上直飙，赛道上一阵声浪啸鸣。

“我的天！”黎鸣在这一刻猛拍下大腿，“我想起来了！那个蔺润跑过场地和拉力锦标赛，是专业车手。”

几个人后知后觉：“王京这小子就是鸡贼，怕输了没面子吧，请个专业车手来给咱小江爷下脸。”

项浩宇坐在那儿，让他们淡定从容点：“别急啊，你们什么时候看江辙比赛输过？”

江辙平时看着是懒散，但遇上争名次的比赛，便是杀敌一千、自损八百也要赢。

赛道上好几辆机车在障碍物那儿发生意外，几次重刹下来直接出局。

到最后一圈，他们嘴里的赛车手蔺润和江辙的车速不相上下。

赛道上令人脊背发麻的车速，光是看着都有些害怕。

耳边是轰鸣的引擎声，眼前是车上赛车手起伏的身影，陈溺手指不自知地握紧了身前的椅背边缘，她一向不喜欢这类竞技。

看着刺激，追求速度，其实对生命很不负责任。

至少她这种无冒险精神的人对这些没有半点兴趣。

她前面的路鹿也是个胆子不大的，到后面那几圈直接捂着眼睛不敢看了，嘴里念叨着“平平安安”。

赛程进入最后半圈，按照这样的速度下去，两人很可能打成平局。

观众席这堆人都站起来了，蓦地有人惊呼一声：“快看！江辙在压弯啊！”

赛车最大的忌讳，莫过于弯道漂移超车。

而陈溺对这招也很熟悉，她记得那时候在江辙的 VR 体验馆里和他比赛，她也是趁着过弯压他速度。

谁不说他疯呢？

她至少分得清现实和虚拟，可他胆大妄为，藐视一切。

专业选手蔺润大概也没想到就一个小比赛，江辙为了赢半点不怕危险。他正要紧跟其后，不料在这关头滑胎了。

赛车场上，差一秒一厘都是几十米的距离。

江辙很快把蔺润甩在身后，在快要到终点时，他手握着两边的把套，往上一提，来了一个翘头冲线。

机车快速冲过终点线，车手扬起手臂，没人能比他那不可一世的样子更嚣张。

一群人早在看比赛时就激动得站了起来，这会儿结束，看车一停就走了下去欢呼雀跃。

身后的蔺润惜败，和脸色难看的王京提议说要不要再来一局。

不光是他想再比一次，场上其他人也起了兴致，一起凑了上来。

江辙弓着腰，见陈溺走到自己边上来才把头盔摘下，他微扬眉梢，喘息声有点重："好看吗？"

陈溺没回答，帮忙接过头盔抱在怀里，声音在凌乱的风里有种恍惚感："江辙，我们不玩了吧。"

江辙低头咬开手套皮扣，看了眼她发白的唇，好像是被吓着了，是少见的紧张模样。

片刻愣神后，他伸出滚烫手掌摩挲着女孩被风吹了许久的脸颊，说："好，我听你的。"

揪心了好几分钟的路鹿满意地吃完这碗"狗粮"，脸上终于扬起姨母笑，开始和项浩宇小声吐槽这赛车有多危险和恐怖。

其他人包括王京那一群人，眼神各有各的怪异。

王京一巴掌拍歪旁边男生拗造型的渔夫帽："刚谁说的他只是带出来玩？带出来玩还会把女孩的话当军令一样？"

陈溺冷淡天真，却正好配江辙这种野性难驯、百无禁忌的疯子。

他们算是明白了，江辙就算是人中骄龙，这不也遇到了位驯龙高手？

江辙他们这边两个女孩都不想继续在这儿待下去，他们自然是听话地转移阵地，在附近会所里开了几间包厢，喝酒吃饭唱个歌。

这个点也不知道是吃晚饭还是宵夜，反正玩得开心，有什么上什么。

他们喊的人也多，借着庆祝生日的名头，其实就是大型聚会。

陈溺刚开始还能找到路鹿他们，后来被江辙带着去了两间包厢，身边就全是陌生人。

再回到第一间包厢时，才发现路鹿喝多了，靠在项浩宇腿上睡着了。

而项浩宇面前是三个人的麻将牌桌。

有人给江辙递烟，他没点，咬在嘴边当过瘾。

他一只手牵着圈外的陈溺没松开，眼睛在缭绕的青白烟雾中微眯着，在五光十色的灯光里和他们玩转瓶游戏。

烟草燃烧的味道从人堆里飘出来，猩红火星微亮，空气中弥漫着烟火气和浮动摇摆的光影。

他弯着唇，侧着脸听边上人说话，心情看上去不错。但昏沉的环境下看不清表情，只能模糊看见他凌厉冷硬的下颌线。

身侧都是想挤过来的人，陈溺不想坐在这儿了，手指刚挪出去点就被江辙使力拉回去，直接拉进他怀里。

江辙右腿膝盖伸直了点，方便她坐，弯下颈问她要去哪儿。

包厢里音乐声很大，她只能贴着他耳朵说话。她往角落那辆饮料车指了下："我想去那儿随便喝点东西。"

他看了眼那地方还算安静，松开手揉揉她的脑袋，交代她过去就别乱跑。

有个男生看陈溺一走开，赶紧凑到江辙旁边问："辙哥，嫂子是不是第一次出来玩啊？她看上去有点怕生。"

边上有女生上道地拿了打火机过来，放在江辙嘴边那根烟下点燃。

他眼未抬，拍开凑过来问问题的那人，眉眼吊儿郎当："你嫂子怕丑，你少挨着她。"

"嘿！说着说着怎么还人身攻击啊！"

……

陈溺坐在椅子上，看见门被推开，又进来几个人。

这种玩乐的氛围，她只在高中毕业的谢师宴上体验过。但于江辙他们而言，这貌似才是他们课余生活的常态。

一群人喝得烂醉如泥。包厢里满室玩乐直至曙光熹微，贪欢重欲的时代里，碰杯空樽，一醉方休。

想起刚才在赛车场上听见王京他们说的话，她没觉得有什么好生气的。

和眼界、思维不在同一高度上的人争论，不如像敷衍傻子一样，点头赞同。

何况那些对江辙的评价，喜新厌旧、锐利浪荡、恣意妄为……都是她听过很多次的，她早就知道。

牵住他手的那一刻，她就有过心理准备。

她往江辙那个方向看了一眼，那儿已经围满了人，压根儿连他的人影也看不着。

在震耳欲聋的音乐声中，陈溺很轻地叹了一口气，叹完又叹了一口……

她喝得很杂乱，把饮料车上各种颜色的果酒都尝了一下，最后喝得胃都有点难受了。

在她放下最后一杯的时候，江辙终于走了过来。

陈溺被他抱到角落的沙发上坐着。

她有点头晕，但不至于醉得不省人事，一双眼睛水灵灵的，和这里的环境格格不入。她的眼珠子很精神地转了两下：“你喝醉了吗？”

江辙闲闲地看着坐他腿上的人，拉过她的手：“谁喝醉了？”

“你。”

“我是谁？”

“你是，”陈溺面色绯红，指着他，“狗。”

他被骂也笑得直抖腿，颠着她：“陈绿酒，你是不是不爱在这儿玩？”

“没有。”

只是有点不习惯。陈溺低下眼想了几秒，看上去很冷静地投怀送抱，脸贴着他脖颈：“你在这儿。”

因为是他玩得开心的地方，她没有理由讨厌。

江辙感觉心脏就这么被她这双手环住了，他抬了下挨着她头发的下颌，问她：“那我是不是很好？”

“你不好，你让我淋雨了。”

他没听懂：“什么？”

陈溺没再说了，嘟囔了一句：“好困。”

江辙抬起她的脸，不让她睡。

他唇贴着陈溺的颈，喊她：“跟你说个事儿。”

陈溺微侧头，看似认真地在等他下一句话，然后腿往后挪了挪，移开了点位置。

江辙知道她在避开什么，笑得快要被呛到，手指捏着她脸上的软肉：“暑假别回家了。”

她有点儿迟钝：“嗯？”

他去亲她的耳珠，哄着她点头：“说‘好’。”

“好。”

第十章
荒唐

世界在下沉，我们在热吻

1

宿醉的第二天早上是无尽的头疼，陈溺顶着两个黑眼圈在酒店房间起来时，旁边还在熟睡的路鹿有一条腿已经滑到了地毯上。

陈溺下床，把她的腿轻轻提上来，顺势坐在地板上回忆了一下睡着前发生的事。

她闭眼前，江辙和项浩宇分别扛着她和路鹿丢在了床上。

陈溺低头看了一眼身上的男生外套，拉链拉到脖子下，把她裹得严严实实，难怪这么热。

回忆再往前，是在电梯里，自己缠着要亲江辙……

陈溺闭了闭眼，懊恼地轻咬了一下唇瓣，昨晚一定是喝疯了。

再往前，是她跨坐在江辙的大腿上，周遭喧哗吵闹，围绕着烟酒和歌声，她答应了江辙暑假不回家。

“神经病。”陈溺想起他引诱自己复述的无赖样子，不由得低骂出声。

门铃响了几声，她挪了几步，过去开了门。

江辙站在过道上，人高腿长，遮挡了走廊顶上的灯光。他穿着白T黑裤，挺鼻薄唇，面无表情时给人一种气质冷冽感。

他望着好像还没醒过神的陈溺。

到底是不擅长通宵玩乐的好学生。

女孩长发凌乱蓬松，白皙清淡的一张鹅蛋脸，眼睛无神地盯着人，肉眼可见的身心疲惫。

江辙用拇指和食指捏住她下巴稍抬，语气戏谑："小醉鬼，再来两杯？"

陈溺顺着他的动作仰起脸，也不说话，张开嘴，凶狠地咬在他的指骨关节上，留下几个牙印。

他被咬也不抽开手，闷声笑得恶劣，手往前钩着她凑过来，另一只手抚摸她脑袋："你记得昨晚说了什么吗？"

提到这茬，陈溺才气愤地松开嘴："不记得。"

江辙垂眸低睫："你说暑假要赖在你男朋友那儿，和他一起住。"

她瞪着人："你胡说，是你让我暑假别回家。"

他得逞地笑："这不是记得挺清楚？"

陈溺智商没回笼，懒得跟他说了，作势要关上门。

江辙伸脚抵住门，偏头贴上她的唇，又亲了亲她的眼睛："去喊路鹿起床，下楼吃早饭回学校。"

陈溺挣扎的动作停了两秒，软声"噢"了一句。

把门关上，她一转头，发现路鹿正顶着个鸡窝头靠着床头，微微吃惊地张开嘴，看着他们这个方向不眨眼。

陈溺镇定地道："快起床吧。"

暑夏热气蒸腾。

暑假放假当天，陈溺接父母电话的时候撒了一个小谎，跟他们说下周考完试才彻底放暑假。

江辙让她暑假别回去，她倒也不敢真的跟爸妈说不回去。

毕竟她才大一，这时期连个和专业相关的实习工作都难找。要是说在这儿做兼职的话，父亲估计得心疼，怕是要开车来接她回去了。

江辙只说让她多留一礼拜，也没说什么事。

一直到路鹿让她收拾行李时，才知道是要去路鹿家新买下的度假村玩。

越野车停在路边，江辙开车，项浩宇坐在副驾驶。陈溺和路鹿提着买好的零食坐在了后排。

度假村地处安清市边上的海岛，从市区开车到码头要两个小时。

一路上两个男生就没停下嘴，全是被她俩给投喂的。

上了岛，入眼可见的娱乐项目有断桥、天梯、抓杆、扎筏泅渡、龙舟比赛等。

本以为只有他们几个人，但据说贺以昼和黎鸣不来，项浩宇就喊了一大帮同学过来。

队伍很快变成了一大帮男生陪着两个女生在游戏场地里玩打彩弹游戏。

穿上真人 CS（《反恐精英》）设备，陈溺毫无疑问被分到和江辙一组。

江辙对这些游戏都很熟悉，戴着护目镜，眉梢眼角都是从容不迫的意气。他单眼一闭，一瞄一个准，枪下积累了好几条“亡魂”。

陈溺手上那杆彩蛋气枪从游戏开始就没发过一枪，她自然也没中过一弹，跟在江辙身后一直苟命。

到最后一个人影出来时，江辙突然放下枪，绕到陈溺身后托着她的手，手把手教着她举枪，往前开了一枪。

对面发出一声不大不小的命中声。

陈溺小声“哇哦”了一句，有点惊喜地抬眼看他。

“好玩吧。”江辙笑着掐了把她的脸。

充当裁判的项浩宇恰好吹响口哨，宣布他们这组成功“苟”到第一。

游戏一结束，路鹿就从草堆里愤愤地跳出来。

她一身迷彩服就没一处是干净的，看上去快被打成筛子了。

小地主把枪往地上气愤一扔，号啕起来：“啊——这是什么破游戏！我队友死这么早，就我全程挨枪子儿！”

七八个男生都憋不住笑，纷纷指着路鹿身上的彩弹液痕迹推卸责任：“老刘，这红的是你打的吧？你够狠啊，对这么一小可爱也下得去手！”

“放屁，怎么可能是我打的？我装的都是绿色的弹液！”

“那她眼镜上一大块白色的是谁打的？多损啊！是小于吗？”

“不是我！”

被她用仇怨眼神扫视的陈溺默默退后一步躲在江辙身后指了指他，为了姐妹情很干脆地卖了男友：“白色的是他打的，我看见了。”

江辙低眼觑着陈溺，眉间稍蹙。

陈溺无视他的威胁，举起枪回忆他刚才教自己开枪的样子，然后动作有些笨拙地对着他胸口“啪嗒”射了一枪。

一群人看着江辙呆愣地站在那儿不动的样子哈哈大笑。

被他解决的那几个男生在这时发出无情嘲讽：“还是嫂子厉害！全场最佳枪神死于女朋友枪下！”

路鹿被陈溺表忠心的举动感动到，立刻跳过去抱住她：“呜呜呜，小美人，你果然是我的好姐妹！我宣布今天打我这么多枪的江辙哥将在我的好友列表里被除名！”

被除名的江辙很不给面子地“哧”了声。

陈溺拍着路鹿的背安慰，心虚地吐了下舌尖，视线触及身边人轻哂的打量目光，又立马恢复一脸无辜。

她们在这儿姐妹情深似海，项浩宇不知道什么时候已经换好了衣服出来，扛着把枪对着那几个男生一通扫射，嘴里还叫嚣着：“欺负过我妹的都过来站一排！”

“浩哥！我们错了，错了！”

几个男生为了哄路鹿开心也是不容易，被打得四处流窜后还要听话地排排站好，等着大小姐“打击报复”回来。

陈溺靠着棵树，笑着看路鹿狐假虎威，在项浩宇边上拿枪指着他们撒气。

然后她感觉腰身蓦地一紧，被箍着往后退了几步。

江辙把陈溺身上的迷彩服马甲脱了，牵过她的手从混战场面撤离。

“我们不和他们说一下吗？”陈溺被他带着离开，迟疑地往后又看了几眼。

“我跟项浩宇说过了，待会儿吃晚饭的时候过去就行。”

他们走的是条溪涧小路。

远远地，陈溺隐约听见了暮鼓钟声。

山腰那儿有一座小寺庙，看上去建了有一段时间了，应该在度假村建好之前。

寺庙是真的很小，但也许因为度假村的开发，上山的游客多了起来，经过时都来这里拜佛祈福。

庙宇建筑低矮，殿内只供着两座金色佛像。

“你怎么会想来拜佛啊？”

江辙牵着陈溺到寺门前一方池塘边，忽然掐着她的腰抱起她：“谁说我来拜佛？”

陈溺人轻，离了地面感觉很没安全感，又觉得这是佛门圣地，他们这个样子实在不雅。

她皱眉：“你干什么呀？”

江辙把她轻放在池塘里一片大莲叶上，跟做实验似的：“别乱动啊。”

陈溺脚下踩着那片大莲叶，很怕掉进水里，忍不住叫唤：“我会掉下去的。”

“不会。”江辙温热的呼吸拂在她耳畔，确认她踩实后，慢慢松开手。

这片荷花池里种的莲叶全是大王莲，直径长，也能载重。

先前江辙也就是在网上看见了例图，所以想来试试。

陈溺明白他的意图后简直无语。

她伸手要他抱自己回去，又掐了几下他的胳膊。

江辙做完实验就想带着陈溺直接回度假村吃饭，但她没舍得这么快就走。

本着来都来了那就随便看看的心理，她跟着穿着黛青色衣袍的僧人进去了。

殿内有游客正往功德箱里投钱，也有虔诚的人跪在蒲团上。

香客熙熙攘攘，陈溺不小心松开了江辙的手。这地方明明不大，但她从偏殿出来后就一直没找到人。

江辙也是个坏东西，就这么懒散地倚在石柱子后边，乐见其成地瞧着陈溺兜兜转转，频频回头找他。

他嘴里咬了根山野间摘的狗尾巴草，终于大发慈悲般地跟在她身后喊了句："这儿呢，还敢不敢松开手了？"

陈溺拿开他嘴边的草，鼓了鼓腮："你故意的啊？"

"谁让你看几尊佛看这么认真。"江辙搂过她的腰，另一只手捏着她的耳垂，"怎么，想做小尼姑？"

她"嘁"了声："你才做小尼姑。"

敲着木鱼的僧人停了一下，朝他们这儿看了一眼。

陈溺很尴尬地抿抿唇，都不知道该怎么说身边这人。

为了避免他语出惊人，陈溺生拉硬拽地把他从寺庙里拖了出去。

江辙半点不知耻，由着她边拉还要边喊她："嗳，陈绿酒，你怎么回事啊？"

"闭嘴。"陈溺给了他一个白眼。

看她一脸执拗样，江辙敷衍地认错："行行行，我冒犯他们了。你上辈子说不定真是个小尼姑。"

陈溺低眼看向两人扣着的手，嘟囔了声："小尼姑才不会这样。"

"哪样？"江辙笑得很欠，把人捞到自己身边，低头凑上去亲了她一口，然后自问自答，"原来是这样。"

陈溺擦了把嘴，很烦地推开他。

落日挂在山际，他们走大石板路返回入住的山庄，路边上有一群人围着一个算命的摊子。

陈溺牵着他好奇地驻足了会儿。

那算命的看着是个道士打扮，幡布上写着"缘来就算"。

坐在椅子前的是个中年妇女，被算命先生问了几句"你最近是不是身体不太好""你和你丈夫近来关系也不顺吧""你工作单位有麻烦事了"……

被问的阿姨一脸惊奇，直点头："大师，您说的这些都对上了！"

算命的捏了两下手指："你家门口是不是有棵树？"

“是啊！我老公前年种的橘树，今年都长到我腰间了。”

“对，这就是问题的症结所在。”算命的说，“你家这棵正在生长的树给你家带来了煞运啊。”

阿姨有点惊恐：“啊？我老公可稀罕这棵树了，那可怎么办？”

算命先生：“砍树，或者用点物件挡着这煞运。”

那阿姨边上是同一个旅游团的，十七八号人连同导游也在那儿津津有味地听着。

阿姨着急地说：“砍树太可惜了，长到今年都该结橘子了。”

算命的从桌下拿出一串铜钱：“那你要不交点旺门钱？我和你有缘，想把这串辟邪铜钱送给你。”

这种玄学的东西对一部分人来说，犹如神的指示。

那位阿姨果不其然乖乖掏了五百块，拿着那串铜钱满怀感激地离开。

人群渐散，江辙没忍住嗤笑出声。

陈溺捶了他一下，想让这人收敛点。她的拳头砸在他手臂上，那位算命的老先生已经看向了她。

说实话，算命先生的年纪应该也才四五十岁。

只是这种明面上靠着周易、命理为生的人总喜欢留上一撮胡子，穿着有些年岁的暗黄色道袍。

“小姑娘，要不要老朽给你算一卦？”

陈溺错愕地笑笑，小幅度地摇摇头，拉着江辙准备离开。

算命先生胸有成竹的声音从后边响起：“你和身边的这个后生仔，谈不长久啊。”

陈溺还没回头。

听到这儿，江辙不乐意了，侧过脸讥讽道：“非要来我这儿装神弄鬼是吧？你在这里摆摊，工商局的人不管管？”

算命先生虚虚地咳了两下，挪开眼故弄玄虚：“年轻人真是不识好歹。我和小姑娘有缘，帮她算算姻缘而已。”

江辙听笑了，给他一个“你继续编”的眼神：“那你说说，她的姻缘是什么样的？”

算命先生重重地感叹一句：“坎坷啊。大概要十年后，她身边才会出现一个陪她度过余生的男人。那人是个顾家的、深情的，还会对她唯命是从。”

山林间高大错落的松树被风吹动，发出簌簌的响声。

这几个词和江辙显然没半点儿关系。

江辙直截了当地评价了一句：“瞎扯什么十年后。”

陈溺站在原地，接过算命先生的话问：“您是想说我和他会分手？”

“是的，很快就会分。”算命先生看着她说，“小姑娘，在我手上卦相测过的情侣，没一千对也有五百了。何况你们能不能走得长久，你也有点心理准备吧？”

陈溺听得入神，边上的江辙无法理解地晃晃她的肩膀：“真信了？”

“……没有。”

她对这些东西没什么信与不信之说。

在她眼里，算命先生的说法就等于“在摩天轮最高点接吻会长长久久”“在天涯海角挂上爱心锁会永远在一起”一样。

江辙不爽地看向那个算命先生。

这种话不管你信不信，心里都会有根刺。而且他看陈溺那样，多多少少是听进耳朵里了。

陈溺还在发呆，站她身后的江辙从钱夹里悄无声息地掏了几张红钞出来。

算命先生看懂他的意思，笑了笑，故意大声说给陈溺听：“男女之间的事，求圆满难啊。”

江辙面无表情，哂了下，又加了几百块。

算命先生这才仰天长叹：“其实从我这儿拿点逢凶化吉的东西，也不是不能避免。”

陈溺明白他的套路了，冷声问：“您希望我也花五百块买串铜钱？”

“不是铜钱。”算命先生看了一眼江辙的表情，很配合地开口，“不是说了吗，我和你有缘，这是免费的。”

本来这种东西，沾上钱就没什么可信度了。但他一说免费赠送，陈溺也免不了迟疑了一会儿。

她自然不知道是江辙在她身后抬了几百块的价，最后才从算命的手上拿到了两枚戒指。

其实就是两个破铝合金的素圈，都不合手。陈溺的女戒尺寸太大，而江辙的过小，只能戴在尾指上。

头一次接触这种玄理，陈溺回去后看了这戒指好多次。

想摘下来，但又不知道是不是出于“宁可信其有，不可信其无”的想法，她一直没行动。

吃晚饭时，她看到江辙尾指上也戴着戒指。

他手腕上的机械表、食指上的克罗心戒指都是较为奢侈的物件，尾指上的那枚戒指显得很突兀。

饭桌前的路鹿看上去下午玩得很开心，正兴奋地宣布明天去玩漂流和冲浪，把行程排得满满当当。

“今天晚上大家早点睡哈！”她转过头很兴奋地和陈溺说，“对啦，小美人，我刚刚看了一下经理给我俩安排的房间，抱枕超级可爱！”

“等会儿。”江辙搁下筷子，语气慢悠悠地说，“谁说陈溺今晚跟你住一间？”

桌上一群人陷入沉默。

“江辙哥你做个人吧！”路鹿搂住陈溺瘦削的肩膀，宁死不屈，“我不管，溺溺绝不能落入你的魔爪。”

一群大男生都不好意思说什么，心照不宣地笑。

陈溺被逼着表态，低下眼，喝了勺汤：“我跟鹿鹿住一间。”

江辙靠着椅背，一言不发地觑着陈溺，任由路鹿在边上得意扬扬地宣判胜利。

到真要各回各的房间睡觉的时候，路鹿还带着陈溺去泡了个仅限闺密之间的山涧温泉。

两个人趴在大理石上有一搭没一搭地聊。

陈溺主要负责听，听她说项浩宇身边出现了一个眼熟的女孩。

少女心事，不外乎就是暗恋的男生。

看路鹿沉溺在难过里，陈溺想把这空间留给她，便穿了衣服说要先回房间。

从走廊上过去，手机里收到几条信息，接着她便被人拉进了一间台球室。

“真没良心。”她耳边落下这么一句略带抱怨的话。

江辙贴上来黏着她，一手环过她的腰，微凉的唇吮上她仰长的脖颈，话语间放浪不羁，探进她衣服里的手更是不掩半点色气。

陈溺裙子下的肌肤还沾着温泉的烫意，被他这么一碰，热得更是跟发烧了一样。

他含着她白皙柔软的耳垂，低叹一句：“早知道就不跟他们来了。”

从回来到现在两人连手都没牵到过。

陈溺被他吻得发颤，靠他托着大腿才不至于滑下去。

这姿势太不稳妥，又是在没什么安全感的地方，她推着他的肩膀：“你别弄了。”

他偏要。

江辙堵上她说着拒绝的嘴，吻得她喘不过气。

陈溺手里的手机一直在响，江辙看了一眼来电显示，直接将手机撂台球桌上了。

她瞪了他一眼，不顾颈后死皮赖脸的吮吻，伸手接通。

路鹿声音忽远忽近地传过来，似乎在电梯里：“小美人，我的手机刚掉温泉里了，太倒霉了吧，还好还能用。我刚才一转头……”

路鹿的碎碎念在陈溺的耳边来回，江辙从后边环着陈溺，坏笑着，手不规矩地在她腰上捏了一把。

陈溺没半点预料，溢出了点哼吟声，她连忙捂住嘴。

好在路鹿那进了水的手机也没这么灵敏，她走到走廊上：“哎，我现在回房间来找你了。”

陈溺睁大眼：“我、我不在房间。”

“那你去哪儿了？”路鹿气愤，“你不会又被该死的江辙哥拐走了吧！”

“知道还问？”江辙接过手机，直接挂断丢回去。

陈溺蹙着细细的两道眉转过身，没忍住踹他：“你烦死了。”

“我哪儿烦了？她总占着别人老婆还有理？”他握着她的腰把人放在台球桌上坐着，拥过去闻她身上那股沐浴后的清淡香味。

陈溺的拖鞋掉在地上，把脚蹬在他腰那儿：“谁是你老婆？”

江辙握着她小巧的脚丫，眉眼漆黑恣意，又去亲她：“戒指都戴上了，还能是谁。”

被他闹了好一会儿，快要出汗了，陈溺用脚想把他踢远点，但脚没分寸，踢到了别的地儿。

江辙闷哼了声，脑袋搁在她胸口控诉：“陈绿酒，想谋杀亲夫？”

“我没注意……”陈溺心虚地磕巴了一下，“很疼吗？”

江辙半环住她哑声诱哄：“都弄疼我了，你不得补偿一下？”

陈溺无言以对，只能随着他，嘴贴在他肩膀上狠狠地咬了一口。

外头有人推门推了几下没推开，应该是去拿钥匙了。

陈溺细细地喘着气，羞恼地推他：“我要回去。”

“行。”他的指腹摩挲着陈溺的下唇瓣，笑得痞坏，“不过，你的‘逢凶化吉’好像掉了。”

掉了枚戒指也不是什么大事，免费的，而且一看做工就很廉价。

陈溺这样安慰着自己。

不过也不知道是什么时候掉的，江辙说肯定不是掉在台球室，因为他抓着她手的时候就没感觉到。

或许是在晚饭后的洗碗池那儿被冲进了下水道，又或许是掉进了温泉里，反正就是找不回来了。

她摸着空落落的手指回了房间，路鹿睡着了，给她留了盏灯。

大清晨，江辙给她发了好几条消息：【醒了没？】

陈溺浅眠，手机放在枕头下，振动几下就把她吵醒了，她憋着气性回他：【又干什么？】

江辙回：【给你买了橘子，出来。】

有毛病，现在才清晨五点。

陈溺揉了揉还惺忪的睡眼，轻手轻脚地出门前还在想，要是橘子不甜，她一定掐死这个扰人清梦的人。

清晨山间的温度很低，她忙着下楼也没管这么多，到门口才搓搓胳膊。

江辙就坐在门外小山丘上，穿着件美式刺绣挡风外套，长腿屈着，面朝着远方，眼里沉着连绵群山，侧脸疏落寡冷。

听见脚步声，他也没回头。

陈溺被风吹得吸了几下鼻子，自然地往他怀里钻，她冻红的脸颊贴着他温热的胸膛，咕哝一句："就知道你又是骗人。"

江辙嘴角扬了扬，用外套把她裹紧了点。

两人都没再开口说话，安安静静地吹着松林间的风，耳边偶尔传来叽叽喳喳的鸟叫声。

远处的云雾尽散开，他们等到了这个清晨想看的日出。

晨雾云露被一轮火红朝霞赫赫照耀着，而陈溺鼻间恰好闻到一阵橘香。

刚一抬头，他骨节清晰的手指已经捏着瓣橘子喂进她嘴里。

初夏的橘子能酸倒牙，陈溺不满地把脸皱成一团。而江辙存着坏心眼，看着她狼狈的样子大笑，笑得没心没肺。

这青山多妩媚，却不如眼前人。

她靠在他怀里，望向迢迢远山，幻想遥遥朝暮。

那时太年轻，爱了就盲目得义无反顾。偏爱汹涌太上头，只剩下整片心动。

2

在度假村玩了几天后，陈溺拎着行李箱回了家。

暑期两个月过完，她再回学校已经是大二学姐了，今年海洋系社团的迎新工作顺应着也落到了她的肩上。

江辙上午给她发过消息，说和贺以昼一起在面试系学生会新入会员。

陈溺往学生会开会那栋楼走过去时，正好就碰见了楼下正帮新生办卡的一伙人。

江辙坐在最靠边的椅子上，手上拿着个魔方在玩。

明明他不是办理业务的人，周边却一堆女孩围着，跟他一来一回地聊天调笑，看上去气氛十分融洽。

女孩子分很多种，有陈溺这种矛盾别扭的，自然也有热烈奔放的。

初入大学的学妹们，最容易被他这种意气风发的学长迷得神魂颠倒。

江辙这张脸放在哪里都一骑绝尘、帅得显眼。棱角分明的五官满满攻击性，气质上又有股痞坏的颓懒，是不含半点杂质的英俊长相。

他人又玩得野，虽然看着话少闲散，但很少给人下脸，在人群里也算得上好相处又吸引视线的那一个。

旁边有个很壮的男生吆喝着只要学妹们都去他那儿办校园电话卡，就能扫到江学长的好友二维码。

一群人凑热闹般蜂拥而上，江辙抱着手臂靠在一边，看着男生拿过他的手机去加学妹，没阻止也没反驳，眉梢挂着慵懒的笑。

陈溺往前走的脚步就停在那儿，把手里买的一袋饮料顺手塞进了过路帮忙搬桌椅的一个同学怀里。

没等人反应过来，她冷淡地点点头："辛苦了。"

周日，江辙回了趟爷爷那儿。

江老爷子从退休之后也没其他闲事，住在大院里除了和哨兵聊聊天，就只能没事打个电话喊孙子回来陪自己下棋。

"该你走了，这把要丢一个车吧。"江老爷子乐呵呵地敲棋盘，抬眼才发现这小子根本没用心下，"你老盯着手机看干什么？"

江辙放手机时没留心，把棋盘撞乱了，耸耸肩，坦然地说："等消息。"

江老爷子一看他这一心二用的样子就来气："那句话怎么说的，'少年人须有老成之识见'。你好歹二十岁的人了，怎么还这么毛毛糙糙，没个正形？"

"二十岁怎么了？您快八十岁也没正形。"江辙嘴皮子比谁都能顶，抽空又刷新了一下消息栏。

江老爷子瞧他这样，估摸着："是女朋友？"

江辙打了个哈欠，恹恹地开口："总不能是男朋友。"

"……有空就带回来看看吧。"

江辙笑笑："她想来就一定带她来。"

察觉到陈溺对他的故意冷落是在开学两周后，本以为是她考试压力大，江辙就一直没去找她。

直到昨天看见路鹿的朋友圈，路鹿和陈溺两个人在新生联谊会上玩得还挺开心。

打了两个电话都被挂断的时候，江辙直接打车去了她兼职的补习机构。

机构在周末最忙碌，他找了几个教室才找到陈溺。

玻璃门内，陈溺穿着一身白色棉布裙站在讲台上，乌发黑眸，声音温和软糯。

她教的是高中英语，怕声音不够大，腰上还别了个"小蜜蜂"。

被学生提醒了好几遍外面有人在看，陈溺这才从黑板前转过头。

江辙手插着兜倚着门，个子很高，目光晃晃悠悠地在她身上打转，不知道看了她多久。

陈溺下一秒就把视线收回，权当没看见一样继续上课。

等到铃声响起，有男生拿着作业本上来找她问问题，只不过问的是数学题。

陈溺长相嫩，看上去和高中生差不多，男生最容易把她这种温柔沉静的大姐姐当白月光。

陈溺高考时的数学拉分最大，此刻盯着那道看似是几何，实际是函数的例题小半天，她有点苦恼：“其实我的数学也……”

身侧一个高大身影覆下来，语气欠揍：“哟，做 2003 年的题呢。”

男生被江辙突然的插入硬生生地被逼得往后退了一步，慌乱地看了眼面前的小陈老师。

江辙站在陈溺背后，这姿势就跟故意环绕住她一样，拿起边上的笔一阵划拉：“内接圆柱的底面半径求出来是 3，列出圆锥曲线的准线方程，再求这个的反函数，然后代进去算，懂了吗？”

男生被他省略步骤的讲解弄得有点蒙。

陈溺被他这么简略地一说倒是明白过来了，用自己的话又耐心地给男生讲解了一遍。

把题讲完，男生没急着走。

江辙揽过陈溺的肩：“下班时间再问问题得加钱了。”

陈溺脸色平淡，收拾好教案：“方同学，你早点回家吧，英语课上没听懂的可以在手机上再问我。”

男生在江辙压迫性的眼神下，悻悻然地说：“小陈老师再见。”

小教室空了，陈溺甩开江辙的手要走。

江辙打开微信，把未通过好友申请列表给她看：“路鹿说你生气了，可我一个也没加。”

陈溺抬眼：“你以前加的还少？”

提以前的事儿，那他真没办法了。

说实话，他也不怎么在意微信好友这种东西，很多人会想方设法地加他，但他又不是陪聊，加上了也没聊过。

江辙语气混赖：“那你得去怪之前的江辙，现在的江辙不背这个锅。”

陈溺差点被他绕进去，沉默半晌后骂了句：“你要不要脸？”

他接得很快：“我要活着。”

他俩谈恋爱以来这算是头一回吵架，被江辙察觉到是冷战后，又不到一小时就和好。

在他眼里没有吵架这种说法，以前都是他烦了就分开，对人不满意就看人能不能把他弄满意。

对方先烦那就更好，省得他浪费时间，多费口舌。

但陈溺不一样。

和他在一起之后什么都顺着他来，这难得发个脾气，他得哄。

被江辙塞进车里的时候，陈溺手上还多了个他的手机。

他手机、电脑都没有设密码的习惯，一切好坏都向人袒露着，让人没有费心去窥伺的机会和欲望。

在陈溺面前，他也从不遮掩轻佻、爱玩、奢靡的公子哥本性。

不怕她跑，或许也是因为不在意她会不会跑。

江辙带她去吃了个晚饭，打着方向盘，慢腾腾地开口："看谁不满意就删掉。"

陈溺谁也没删，看了眼就把手机丢回他怀里。

车停在游乐园门口，他牵住陈溺的手去玩飞椅、海盗船……最后是稍显平和的摩天轮。

座舱并不大，脑袋上方还能听见温馨的情歌。

窗口开着，有温热的夜风吹进来，满城璀璨的夜景尽收眼底，外滩那儿还有人在放电子烟花。

陈溺抬眸去看坐在自己对面的人。

他神情很淡，心不在焉地望着窗外景色，一双漠然的眼格外出尘。

江辙一直是这样，烟酒靡靡、推杯换盏的夜场，他看似能很好地融入世俗烟火里。但更多时候，他只是漫不经心地望着跳舞的群体。

那双沾着醉意的眼眸微敛着，他天生就是个三分热情外显、七分颓冷内藏的人。

摩天轮缓缓升到最高处，江辙坐姿懒散，把她捞到自己腿上来。

他的眼睛漆黑有神，深隽的五官轮廓在半明半暗的光线下也不掩桀骜英挺。

眼前这个人，忽然之间，满眼都是她。

"看。世界在下沉，我们……"江辙的声音多了分缱绻的意味，轻佻地托着她的脸对视，把话说完，“在热吻。”

话音落下，陈溺的呼吸被覆上他的气息。

唇舌相贴，炽热汲取。

他是世间荒唐人，而她在陪他一起变荒唐。

3

江辙在摩天轮上刚亲她的时候，她那两颗小犬牙又不小心咬破了这位少爷的唇。

从摩天轮上下来后，陈溺迅速在小摊子上买了一顶黑色棒球帽给他戴上，若无其事地压低他的帽檐，小声说：“这样就不会有人看见了。”

江辙配合她弯下颈，看着她欲盖弥彰强装镇定的样子就想笑：“陈绿酒，掩耳盗铃你倒是挺会啊。”

陈溺伸出指腹，轻轻摸了摸他唇瓣，语气很无辜：“那我都说你不要碰了，不怪我。”

江辙这还真没法反驳她，怎么可能忍得住。

十指一扣上，陈溺对他那枚戒指的触感尤为敏感：“我的都掉了。”

“你还真信那算命的？”

她只是总感觉怪不自在的。

江辙知道她在想什么，捏了捏她的尾指：“我替你戴着了，你怕什么？”

“再说了。”他笑得嚣张放浪，旁若无人地亲她的头顶，“你该信的是我。”

“……”

回到停车场，陈溺不自觉地多看了江辙几眼。

他本来就是冷白皮，被她咬破的唇在车里光线下显得更加红艳绮靡，黑长的睫毛低下，拓成淡淡阴影落在眼睑下方。

车钥匙刚插进去，江辙的余光瞥见她盯着自己的嘴看，伸手一扯，把她人捞过来，神情略显浪荡地对上她的视线：“凑近点是不是能看得更满意？”

陈溺下意识地撑住他的肩，眼也没眨地盯着他的下唇，嘟囔：“你说你一大男人，为什么细皮嫩肉的？”

江辙“哧”了声——得，好坏都让她给说了。

“你怎么不问问自己？”

陈溺眼睛不太清明：“问自己什么？”

“每次被我亲都情不自禁地咬我。”他侧过身，手抬起她的下巴，侧着脸吻着她的下颌、脖颈和锁骨，缓慢开口，“你是有多喜欢我？”

江辙眼眸漆黑，眼里的侵略性满满，嘴角坏坏地勾着，声音低哑暧昧：“快说，说完就让你回去。”

陈溺的视线有点涣散，迟钝地喃喃：“一定要回去吗？”

江辙动作一顿，往后靠了点。

“我是说……要是待会儿路上堵车的话，回去，宿管阿姨已经关门了。”她声音越来越小，也有点迷茫，不知道该不该继续说下去。

江辙缓了口气，长指撑着太阳穴，手肘抵在一边的车窗上，饶有趣味地觑着她，鼓励似的问：“然后呢？”

回答他的是颈脖处突如其来的湿热。

陈溺为数不多的主动，无疑给今晚加了把火，烧得江辙的嗓子又干又哑。

酒店房间里只开了盏床头柜的灯，是温暖的橙黄色。

说不清道不明的男人荷尔蒙气息扑面而来，江辙的右腿屈着，跪在陈溺身侧，虔诚地闭着眼吻着身下的女孩。

他卸掉了手上的腕表和戒指，怕磕着她。

陈溺搂着他的脖子往他身上靠，微微仰着头，声音不自在地软了几个度：“我想看看你后背的文身。”

江辙直起上身把衣服扯开，精瘦的肌肉线条流畅，人鱼线没入身下。

他背上的文身图案极其性感蛊惑，两边是黑色走线描绘出的一对巨翅，像雄鹰展开的一部分。

而巨翅中间是一个即将溺毙的人形模样，陈溺伸手触碰了一下，认出那是希腊神话里的人物——

一个沉重而绝望的、往下坠落沉没的伊卡洛斯。

在跨不过去的深墙烂沟里徒劳地活跃，爱上销魂的、虚幻的迷醉欢畅。

想要保持清醒，飞出囚禁自己的地牢，那就会像伊卡洛斯一样坠入海中，彻底淹死。

这是陈溺对这段西方文明的理解。

亦是江辙的挣扎。

文这个图案时，他最初的目的是为了遮盖伤疤。

黎中怡在情绪失控时曾经烫伤他的背，在她清醒之后，每逢看见那块疤痕都会难过好久。

而他如今小心翼翼地把伤疤展现给另一个人看，也从来不是需要女孩的同情。

只是因为她想看的，他都会给。

凌晨三点多的时候，窗外下起了雨。

淅淅沥沥的雨点打在玻璃上，陈溺被吵醒时，隐约在空气中闻到了烟味。

被子里另一处的余温还在，她深吸了一口气。

明确的记忆画面从几个小时前就开始混乱，闭上眼，印象深刻的只有他下颌滑下的汗珠和唇舌的温度。

而罪魁祸首正在阳台那儿，跷着个二郎腿抽烟。

江辙慢悠悠的闲散视线朝她这边晃了过来，见她醒了就开始弯着唇笑。他裸着上身，英挺桀骜的眉眼被青白烟雾笼着，身后是连绵落下的雨线。

夜色下，他脸上的柔情都像虚假的存在。

陈溺也不知道他在笑什么，两人无声地对视了半分钟，她扛不住这羞耻劲，难为情地往被子底下缩了缩。

没一会儿，外面的人进来了。

江辙掀开被子躺进来，微凉的手掌摸到她小腿上。

“江辙。”她声音有些哑，有些软，“我还困。”

折腾大半宿，她也没睡多久。

江辙却精神亢奋，甚至打开手机打算玩几把游戏，免得又想东想西。

他随口说：“睡啊，天都没亮。”

陈溺慢吞吞地开口：“那你陪我一起。”

“跟我撒娇？”江辙放下手机，手臂环住她，眼眸深沉，“嗯？”

她抿抿唇，背对着他半遮在被子里，闷闷出声：“我只是觉得我一个人睡，不太好。”

江辙从她这句话里还听出点有福同享、有难同当的意思来了。

他笑了下，垂下漆黑的眼睫，跟哄小孩似的拍拍陈溺的背：“行，我陪你睡。”

次日早上，陈溺起床的时候瞧见江辙正打算续房。

被她那清凌凌的视线锁住，江辙将电话撂下。

江辙每回被她这么看都觉得不自在，手指揩了下鼻梁：“我没其他意思啊，就是看你还在睡。”

她不冷不热地反问：“是吗？”

摆明了不信他。

江辙探身过去压住她，鼻尖相碰：“不信我？”

陈溺眨了下眼。

回学校之前，江辙在附近的营业厅里办了张新的电话卡，还把之前那张卡销了户。

陈溺手上捧着杯草莓奶昔，问他：“你怎么突然换号码？”

他一只手牵着她，另一只手拿着手机捣鼓，低着眼睫漫不经心地说：“我何止换号码？通过一下。”

陈溺迟疑了一秒，低头看着自己的微信。

好友申请里跳出一条通知，ID依旧是JZ，头像却是刚刚随手拍的，是她手上那杯奶昔，她捧着奶昔的手当然也入了镜。

她有点蒙地点开他之前那个号，点进朋友圈时发现他几分钟前发了一条动态：【换号，不熟的别加了。】

共同好友都纷纷在下面评论：

【我有钱你有病：小美人的手好白喔！】

【项大帅哥：好端端换号干什么？之前那个好友满了？】

【是黎鸣不是黑夜：某人昨晚不在寝室，也不在公寓！这时候发了张女孩手的照片，懂的都懂哈。】

【何不舍昼夜：竟没看出这是碗狗粮。/抱拳/抱拳。】

……

陈溺把江辙的新号加上，抬头看他："你之前那个号加了多少人啊？"

江辙也没正儿八经拉到最底下看过，随便说了个数："好像两千多个。"

恐怕平时他会聊天的都不超过二十个，也不知道这种无效社交有什么意义。

加他的人也是无聊，跟看什么新鲜玩意儿似的，就算素未谋面，听着名声也想加上个好友。

"你看着通过。"江辙把手机丢给她，拿过她手上的草莓奶昔喝了口。

甜得他眼睛都眯了下，眉头稍蹙着又尝试着再喝了一口。

陈溺拿着他的手机就跟拿了个定时炸弹一样，申请列表那儿很快就多了一列好友名单。

往下刷了几排，男的女的都有。

她把手机丢回给江辙，表情平静，把话也还给他："你看着通过吧。"

让她费心思阻挡第三者是不可能的，上回的事也仅此一次。

陈溺这人凡事无波无澜惯了，第一次谈恋爱，她对另一半也没什么要求，但至少对她要做到不隐瞒、不分心。

江辙那新号的第一条动态就是把新换上的头像又发了一遍，配了两个字：【我的。】

奶昔是他的，喝奶昔的人也是。

月底，人工智能专业选了几个大三学生去参加中国大学生 VR/AR 开发大赛。

江辙这种专业优等生无疑要被推选过去参加，他整个寝室也在跟着他一块儿做项目。

几个人被导师抓着在实验室里黑灯瞎火地干，听说那些竞争对手都把重点放在了机器人争霸赛上面。而江辙惯会别出心裁走别的路，于是主张把人机交互和虚拟空间联合在一起。

陈溺当时听项浩宇他们几个讲的时候就云里雾里，尽管海洋环工系也学过工程课，但到底隔行如隔山。

后来到几十所高校决赛的时候，地点定在安清市科技馆，江辙给她找了张票进去看。

不进一个圈不知道，陈溺本以为这是个小众的专业，没多少人关注。但进去后发现，几百号人的观众席上座无虚席，各个学校的陪同人员看上去都显得无比兴奋，倒弄得陈溺和路鹿两个无波无澜的“随从家属”有点无所适从。

两个女孩为了不丢家属团的面子，特地跟追星似的去弄了个挥舞星光棒。

路鹿脑门上还绑了根发带，写着“安大加油！必胜”。

而陈溺相较安静地坐在旁边，但脸上也被她用粉色马克笔画了几个字。

台上的林教授瞥见陈溺，一袭黑色及膝连衣裙，眼珠子乌黑清凌，表情很淡，看上去不太爱笑，挺乖冷的打扮。只是白皙干净的一张脸上，画的那几个字母太过花里胡哨，倒显得突兀。

“那是你女朋友？”

江辙手插兜，专注看着面前两大学府的同龄人正在操纵机器人，不经意地点点头，也没回头看：“后边第三排第六个。”

林教授又看了眼：“挺好一小姑娘。”

“您认识？”

“上回期末考，赖教授喊她做演讲总汇。”林教授说，“她全程用英文还讲得挺好……没想到你找了个三好学生。”

江辙回过神，不乐意了：“什么叫没想到，不然能和我这么配？”

“你就皮吧，也就和你混一块儿才让人吃惊。”林教授想到什么，又说，“说起来你这女朋友还是海洋环工的啊。”

“是。”

林教授略一思忖：“我想起来有个海洋类项目，或许你能试试。咱们这个专业读完大学四年也不够水准，读研了，你倒能专攻一项。”

“海洋类？”江辙笑了下，很快猜到，“无人军舰，无人艇？”

“是。”林教授跟他说起这些也轻松，毕竟谁都喜欢聪明的学生，“2012年，国内才开始有了海洋无人艇平台，像ES.M30采样监测、M80B海洋测量、公海的警戒巡逻……这几个系列都算是走在前沿，用在环保、安防、海洋环境调查等领域，国家也正缺这类科研人员……”

师徒俩凑在一块儿聊着，主赛场上两台机器人比赛也不分伯仲。

裁判宣布入水做最终比试，最后B大的海鳗机器人用尾巴一扫，把对方的人形机器人摁进水底，获得胜利。

陈溺抱着胳膊坐在那儿有点无聊，快要睡着之前终于听见路鹿喊她：“小美人！该我们学校了！”

但真到了江辙他们上场，反倒没什么激烈的大场面。

提到智能化，大家首先想到的就是机器人。十所高校里，八所都在用机器人一争高低。

而江辙他们团队弄的VR展览独树一帜，没人撞选题，也因此连竞争对手都没有。

这项目展示操作起来也简单，毕竟之前都已经设置好了程序。

舞台上一扇圆锥形的聚光灯打下来，虚拟出来的人物通过江辙这个主策划人手下的电脑操纵而出现。

台上讲了个童话故事，《海的女儿》。

所有观众看到末尾都陡然一惊。

人鱼小公主救了陆地上的王子，但王子回去后却和邻国公主联姻成亲，大家都知道这个故事本来的结尾。

陈溺记得那时看他正在看这篇童话，就提了一嘴。

她要是这个人鱼公主，才不会甘愿受苦换双腿，就为了去见那个不知道还记不记得她的王子。

江辙当时还挺有兴趣，问她为什么。

“痛啊。”陈溺答得理所当然，“把自己的命交到别人手里，多傻啊。”

于是台上这个故事的结局被改得有些血腥，完完全全是个黑色童话——

王子娶公主那天，小人鱼把抢占她救命恩情的邻国公主掳走献给了巫婆，从巫婆那儿换回了自己的嗓音。确认王子对自己没有一点感情之后，又用刀刺中了王子的心脏，拥有了鱼尾并顺利回到了海洋。

真是一个 happy ending（美满结局），尤其是配上结尾的喜庆 BGM（背景音乐）之后。

全场大概有长达十秒的沉默。

后来裁判席上有个女总裁很赞赏这个创意，率先拍掌表示认可，场上的掌声才陆陆续续变大。各大高校的展示告一段落，裁判席进了休息室商量最后的名次奖项。

这场决赛直播在网上掀起了一阵小热潮。

不仅是机器人比赛吸睛，还包括其中的参赛选手。

很快，发在安清大学论坛、贴吧、告白墙上的照片被转载到各大社交平台上。

江辙屈着腿坐在台上一角，穿着件白卫衣，鼻挺唇薄，下颌弧线凌厉分明，一双漆黑深长的眸专注地看着电脑画面，游刃有余地输入编程的照片被疯转。

“早知道贵校学长长这样，我就该报考安清大学了啊！”

“看着挺不靠谱的，没想到专业能力也这么强？！”

“虽然学 C 语言是从入门到入土。但是你可以来我校偶遇江辙！一个冷痞、有才的大帅哥！”

“帅哥学什么不好，学这专业，也不怕秃头吗？不过就算秃头，恐怕也是最帅的秃子！”

……

路鹿负责把那些网友的好笑评论给陈溺看。

江辙还没下台，坐在角落的椅子上百无聊赖地晃腿，懒洋洋又勾人的目光看向了观众席。

为了画面效果强烈，他在的这地方其实有些暗，从观众席上看不清他的脸。

边上那柱光的投影没关，他给陈溺发了条消息：【往台上看。】

不用他说，陈溺也一直在盯着他那儿：【看什么？】

江辙侧着脸，在电脑上敲打出一行代码。

片刻后，连接着的光影下出现一行黑色的字，写着：

Chen Ni, welcome to my world（陈溺，欢迎来到我的世界）.

第十一章
分手

X

一条路她陪着走，有时牵手，最后不见

1

赛程结束，各大学校的人都在现场休息，自然也有旁人注意到了台上的异常。

"跟谁说呢？他女朋友？"

"真会玩啊。"

耳边传来这样那样的惊呼。

观众席上的陈溺不由得弯弯唇，真够轻狂的。

江辙这人就是这样，从来都有资本也有底气，在一群优秀的人里也是颗熠熠生辉的星。

台下以项浩宇带头的那几个人看见了在空中浮着的那行字，一个个开始骂他："小江爷，别秀了，别秀了！"

"往哪儿秀恩爱呢？直播镜头可还没关啊。"

"这还没拿奖呢，嘚瑟过头了！"

江辙没搭理他们，低头看陈溺发来的照片，笑意潋滟。

是张她的半脸自拍，素净的一张脸上没什么情绪，脸上不知道是不是路鹿画的字母，有好几个他名字的缩写：JZ。

他手指放在屏幕上，指腹顺着她的侧脸轮廓转了一圈，然后抬头看向观众席上的女孩。

密集的人山人海里，他一眼就看见了她。

大赛公布结果时让人觉得在意料之外，却又无可厚非。

第一名是 B 大团队的电鳗机器人，江辙这边位居第二的原因是虽然 VR 展览的创意亮点很足，但故事的价值观有待商榷。

毕竟当初安徒生创作这篇童话时，想要歌颂的就是人鱼公主善良纯洁，为爱奋不顾身的美好高尚品德。

而江辙这么一改，小美人鱼仿佛变成了恶毒的食人鱼，整个一复仇黑化的童话，当然不能为大众所接受。

这个成绩，就连 B 大团队的那位总策划人都来向他们表示了遗憾。

内行人看技术，光凭江辙展示出来的画面，也能看出他们在空间设计基础和虚拟现实算法上有出色的决策执行能力。

江辙半点儿不客气，还煞有介事地拍拍那人的肩，语气很欠：“没关系，你们下次也能做得更好。”

在场的一群人有些无语。

总决赛暨颁奖典礼上，赞助商是目前国内数一数二的科研公司。

董事长上场给人颁奖后，无疑要说些官方的场面话。

“本次 VR/AR 开发大赛能见到作为人工智能后备军和新鲜血液的各位高校学子，我深感荣幸……也希望这次大赛能吸引更多中国大学生将自己的专业背景和作品结合，让我们看到未来 VR/AR 与更多行业合作的可能！”

陈溺在一边心不在焉地听完，看见江辙面前有几个其他学校的女生要和他一块儿合影。

她没跟着路鹿一块儿跑上前，只是给他发了条自己先出去等他的消息。

赛场上的人渐渐散去，各个学校的参赛选手也相继出了展览厅。

林教授对这个结果倒也没有不开心，论奖项，江辙入校的前两年就为学校拿了不少。

ACM-ICPC 国际大学生程序设计竞赛、国内五百强科兴企业举办的机器人竞赛，还有一些叫不出来名字的电子设计赛……只要江辙去了，都能捧金奖回来。

学生也分天赋型和勤奋型，江辙显然是前者。

林教授教过这么多学生，也摸清了江辙的脾性：年轻气盛，却没有勃勃野心。

他太懒了，又是个三分钟热度的人，很多事都是图新鲜好玩。

不过这倒也符合他身上那股漫不经心却又注定活在风光之下的气场。

鼓励完团队里这几位年轻大学生，林教授还在滔滔不绝地让他们再接再厉："HTC、VIVE 都有提供这类的资金来支持和赞助大学生创业创新，像这种智能技术，将来在教育、游戏、商用市场等，都能有……"

"教授，不好意思。"江辙捏着手机打断他，指指正前方站着等他的陈溺，气定神闲地说，"我得和我女朋友先走了。"

林教授兴致勃勃地讲到一半，见江辙这恋爱脑的样子就来气，就差吹胡子瞪眼了。他挥挥手："走走走！"

原本大家都是坐校车一块儿走，但江辙昨晚临时查出一个漏洞，光改程序就熬了一个通宵。下了赛场，他眼皮子都快撑不住了，也懒得再听教授的鸡汤演讲，牵住陈溺的手，坐上车就靠在她肩头犯困。

他私下没什么脾气时，其实很黏人，又难哄，像个随心所欲的小孩。

陈溺看着车里的后视镜在发呆，隐约能感受到锁骨那儿有男生的呼吸。

下班时间的市中心很堵，司机往后看了他们一眼："小姑娘还在上学吧，在读高中？"

她颈边的人低低地笑了声。

陈溺知道他醒了，也没刻意放低音量："不是，大二了。"

"长得显小。"司机嘿嘿直笑，说，"读大学好啊，大学恋爱自由，也不怕耽误学习。"

车快到小区门口时，江辙在公寓前的一家药店那儿喊了停车。

陈溺跟在他身后："要买什么？"

江辙边熟练地在货架上挑常见的感冒药，边用指尖挠挠她的喉咙："你感冒一上午了，自己还没听出来？"

一到秋冬换季，陈溺的抵抗力就会变得很差。

被这么一提醒，她也觉得嗓子有点干哑。

不过好在眼前这个人是江辙而不是她妈潘黛香女士，否则这个时候她妈肯定会大惊小怪地带她上医院了。

回到家，江辙给她端了杯白开水，把胶囊一颗颗掰出来："吃了。"

陈溺皱了下鼻子，当着他的面把药吞了。

见他一脸倦意，她也没打算在这儿待太久："那你先回房间去睡觉，我回学校了。"

她才转过身，下一刻，就被拉回来抵在门板上。

江辙压住她的手，严丝合缝地贴过去，居高临下地垂眼："为什么走这么快？"

"江、江辙！"她的手被压在头顶上方，急着躲开他凑近的脸，"我感冒——"

"一起啊。"他不为所动，钳住她下巴不让她躲，重重地吻上去，手抚摸着她脸上那几处马克笔的痕迹，喃了声，"我的。"

在实验室被林教授折腾了近一个月，上一回好不容易见到她想亲亲，还被她嫌弃胡子扎人。

江辙也挺憋屈的，学科研的弄一个项目少说也得十天半个月，胡子拉碴都是常见的事。

这会儿他总算闲下来了，说什么也得把之前欠下的给补上。

陈溺感觉自己又被他骗了，明明在车上他还一脸恹恹的模样。

能呼吸的氧气告急，眼尾被硬生生逼出泪花，她不甘示弱地咬他："你浑不浑？"

江辙吻得更深，毫不在意地笑，边吻边含混不清地反问："你才知道？"

……

不计后果的亲密接触之后，江辙尝到了恶果。

才第二天，两人就在共用感冒药了。陈溺下完早课来公寓，摸到他额头有些烫，忙拉着他出门。

这段时间正好盛行流感，楼下的小诊所里人满为患，光是做个检测都要等一个半小时。

病室里人越来越多，医生怕陪同患者的家属们也被传染，就单独弄了个隔间，让家属都去外边候着。

江辙被安排吊三瓶盐水，陈溺进不去，只能隔着个玻璃门守着。

躺在那儿过了一个小时，江辙热出了一身汗。

他睁眼往玻璃门那儿看过去，陈溺还没走。他睡之前见她在看手机，但现在她腿上搁了个笔记本，似乎在做作业。

像是心有灵犀般，陈溺在他的注视下抬头看了他这个方向一眼，见他起床了，她发消息问他："饿不饿？"

江辙瞥了眼手机，朝她摇摇头。

陈溺又打上一行字：【那我去喊护士给你换盐水，就剩一瓶了。】

她走得急，裙角被风稍稍刮起。

人一脆弱就容易有些矫情的想法。就比如此刻，江辙望着她的背影，突然就觉得活久点还不赖。

以前没想过会拥有的，现在他好像都等到了。

江辙并不轻易生病，但一生病却好得慢。

陈溺那几天就没少向辅导员请假在外留宿，本意当然是更方便照顾他。

大三的课程比大二少了很多，像江辙这个专业的人，有人在考虑读研，有人在考虑就业。但他总是不慌不忙，和以前没什么两样。

陈溺倒是也挺理解，反正他前路坦顺。

转眼一学期的课程也接近尾声，期末考试这段时间，两个人专业考试的时间不一致，两个礼拜才能见上一次。

陈溺在考虑寒假要不要在安清市找个实习工作，就加了海洋系那些师兄师姐推荐的兼职群。

最后还是傅斯年给她发了几个公司的招聘岗位。

周五晚上考完最后一科，陈溺和室友们在食堂吃完饭就直接去了椿树湾公寓。

江辙来开门的时候电脑还开着视频，对方听见陈溺的声音就哇哇乱叫："臭小子！怎么会有女人说话？你还把女人带进公寓里了？"

陈溺脱外套的动作一顿，也许是因为对面也是个年轻的女声，她有点疑惑地朝那儿看了一眼。

江辙没注意这么多，拉着她坐在腿上："我堂姐，江晚葭。"

陈溺对上屏幕里的人，确实是个姐姐的模样，看起来比他们要大几岁，素着张脸在做瑜伽，动作豪放不羁，半点没把他们当外人。

江晚葭在美国，落地窗外的景观还是大白天，室内很亮堂，猝不及防被一双陌生的眼看着，不免恼羞成怒："江辙，你——"

话音在她看清陈溺这张脸时停住，倏地变得很平易近人："哎呀，妹妹好！妹妹好啊。"

陈溺对江晚葭这个名字有点印象，好像之前有一次来他这儿吃的软糖就是这位堂姐寄过来的。

她礼貌地问了声好，刚开个头就被江晚葭锁定般问东问西。

陈溺注意到自己还坐在江辙腿上，挣扎着要下来。

但身后那人不让，手臂牢牢地环过她的腰，懒声威胁了句："再动就当着她面亲你。"

得亏江晚葭嗓门大，完全没注意他们这边的动静。

陈溺就快被这位热情的堂姐问出朵花来了，好在纽约时间终于到了早上九点，江晚葭快要上班了，两个人这才告别。

江辙在后边专心玩手机，也没注意到她们关了视频，消息振动声嗡嗡响了好几声。

陈溺侧过脸去看，顺口问："谁的消息啊？"

"不重要的人。"他也懒得回，把手机直接关了屏，丢到一边桌上要去亲她，还不满道，"跟江晚葭聊得真多。"

光他不经意听见的字眼就有很多是陈溺从来不跟他说的。

陈溺本来也不是自然熟的人，但架不住对方太热情，又是他堂姐，她只能有问必答了。

听他这语气，就跟胡乱吃醋一样。

她被抱到桌上坐着，捶了他一下：“明明是你让我跟她视频的，讲不讲道理？”

江辙附在她耳边笑，嗓音低沉、愉悦、理直气壮：“我就不讲道理。”

陈溺有点迷糊：“你朋友是不是喊你去哪儿？”

刚才她好像看见聊天页面上有一个定位地址发了过来。

江辙漫不经心地说：“晚点再过去。”

她看了眼时间，抱紧他：“那么晚，你别去了。”

他笑了声，亲亲她的鼻尖，把人抱着往卧室走：“好啊，我陪着你。”

两个多小时后，床的另一边空了。

陈溺睁眼时，身上还穿着江辙的衬衣。看着空荡的房间几秒，她深吸口气，也不知道是什么急事，大半夜了他还要赶过去。

她清醒了就有点难入眠，决定在这儿打发下时间，顺便等他回来。

坐到电脑桌前，陈溺随手点开了一部历史浏览里的老电影。

桌面上一条微信信息闪过，是江辙登录在电脑上的微信没退，和手机是同步的。

陈溺起初没在意，但闪了好几次，她犹豫了一下，点进去看。

是项浩宇问江辙在哪儿，连发了几个表情包。

片刻后，江辙甩了个酒吧地址给他。

陈溺在这儿看他们男生对话觉得还挺好笑，都是能打一个字就绝不多打，简略得不行。

她准备退出去，眼睛却无意瞥见项浩宇下边的对话框，备注叫“丘语妍”。

显然是个女孩，而且就是给他发地址的人。

陈溺手指放在触控板上良久，点开了江辙和丘语妍的对话框：

【唉，被困在酒吧了，老板不让我走。】

【开了五套神龙、两瓶路易、八瓶理查。我的卡已经刷爆了，快来救我！】

【人呢？在路上没？我给你发个位置。】

这个人或许又是他什么堂姐、表姐之类的吧。

陈溺这样想着，点开了丘语妍的朋友圈。

最新的一条是一张照片。

昏暗夜场里，女生的手掌心有串狼牙项链和一枚戒指，配的文字是：战利品。

那两样东西是谁的，没人比陈溺更清楚。她的眼神像被烫了一下，好半天才回神。

她把电脑关了，拿起手机给江辙打了一个电话。

那边接得很快。

“你在哪儿？”

江辙没迟疑，直接给她报了一个酒吧的名字。

陈溺听见他如实说，居然有点庆幸。

“想我了？”他拖着懒调的尾音，语气里没半点醉意，“我现在就回来。”

陈溺张了张唇：“我来找你吧。”

2

考试周刚结束，酒吧里有不少大学生来放松。

在威士忌酒精和易燃易炸的音乐影响下，昏暗灯光里有人跳着贴身舞，有人在暗处热吻。

被黎鸣和他女朋友秀了一脸恩爱的贺以昼手上拎着瓶科罗娜，迅速转移阵地到江辙这儿，拍拍他的肩膀：“我的辙，接谁电话呢？”

江辙把手机收好，坐在高脚凳上：“还能有谁？”

“陈妹查岗？”贺以昼一屁股坐下，纳闷，“她之前不是不太管你出来吗？”

江辙捏着手机沉思：“不知道，她还说要过来。”

“啊？那你要不……”贺以昼看了一眼台上正在打碟的女人，摸摸鼻子把话吞了。

他也只是江辙的大学同学，并不了解台上那女人和江辙的关系。看着他俩从见面以来，江辙除了把她在酒吧欠的酒钱付了，也没什么亲密举动，应该不至于背着陈溺出来见面。

边上一同专业的男生接话，笑嘻嘻地调侃：“小江爷谈恋爱以来没怎么出来玩了，没想到是个妻管严啊！”

“小江爷能是妻管严？”有人像听了什么笑话，灌了口酒聊起陈溺，“……他这女朋友谈得够久的啊，是不是和之前的不一样？”

几个男生大笑。

这群人喝高了就这个烂德行，贺以昼听他们嘴上胡侃，酒都被吓醒了一大半。

他往后看了眼坐在那儿的江辙，宽肩窄腰，侧脸轮廓落拓冷漠，不少女孩蠢蠢欲动想来搭讪，不过江辙的注意力却不在这堆酒鬼身上。

江辙是开车来的，进门就没喝过一杯酒，原本付完钱就准备走，现在坐在那儿似乎是在等陈溺过来。

台上的丘语妍往下一跃，几个男生上道地扶着她。

她比这群大学生都年长几岁，大波浪鬈发，吊带裙配黑丝袜，御姐的风格很吸睛。

听见他们在谈江辙的女朋友，她兴趣盎然地凑过来：“江辙的女朋友长什么样啊？等等，你们说的是他哪一个女朋友？”

“就现在这个学妹，挺乖的长相，是个三好学生呢。”

江辙心不在焉地看了看手机，刷新几次，没有新消息。

他有点不耐烦地起身往门口走，想去接接人，蓦地眼前凑上一个脑袋。

丘语妍怀里抱着瓶酒，打了个酒嗝：“小辙，他们说你在和叫陈溺的女生谈恋爱！那完了，你不记得你爸妈还想让我嫁给你欸？”

哪怕知道她在开玩笑，江辙也不想配合，垂眼警告：“别发酒疯。”

“干什么急着走啊，和女朋友分开这么会儿就舍不得了。”丘语妍拉住他的衣角，语气没点避讳，随意又大大咧咧。

边上几个男生听了，做了个双手抱拳的动作：这姐姐是真猛。

看着江辙冷下脸，大家其实都不太敢造次和逗乐了，毕竟也不是没看过他发火。

但丘语妍半点不在乎他是什么反应一般，依旧乐呵呵地龇着牙。

她也许是知道他不会对自己怎么样，才这么肆无忌惮。

手里的手机屏幕亮起，来电显示是陈溺打来的。

丘语妍眯着眼看了看，捂着一只耳朵，大声问：“为啥叫她小九啊？噢，是你上大学以来第九个女朋友吧。”

没等江辙接起电话，黎鸣站起来小幅度地推了推他，示意他往门口看。

丘语妍也抓了把头发，和他一起看了过去。

单凭一眼就能锁定目标，离他们不到一米的距离。

陈溺长发披在脑后，一张脸很素净。她穿着件白色打底衬衫，外面是件黑色的飞行服夹克外套，小腿白皙纤细，像块色泽光滑的白翡玉。

一看她这一身就知道是谁的衣服，男生的外套很大，完全盖住了她裸露在外的大腿。

她脸上也没什么表情，只是薄削的肩微微靠着墙，应该在那儿站了有一会儿了。

也许女人都有奇妙的第六感，丘语妍突然把头转回来，放低音量：“你跟她说过你家里的事吗？”

江辙表情很淡：“说了。”

丘语妍笑了，不太相信地咬了咬殷红的唇：“真的说完了？”

“你喝多了。”江辙眼神很冷，暖色灯光打在他高挺鼻骨上也不见染有半分温度，“闭上嘴。”

丘语妍体内的酒精作祟，叫嚣着继续挑衅。

她点点头，松开了拽着他衣角的手：“我是喝多了，那你送我回去呗。”

陈溺终于把手机放进口袋里，趿拉着拖鞋走过来：“我陪你一起送她回去。”

丘语妍没想到陈溺的声音是软的，还有点哑，确实如那群人所说的“挺乖”。她憋不住笑：“好啊妹妹，正好我跟你聊聊天！”

“不用。”江辙皱眉，拉开她放在陈溺肩上的手，“离她远点。”

这话也不知道是对谁说的。

他拒绝得太快，让陈溺稍稍愣了一下。

江辙忽然没再看着陈溺的眼睛，很刻意地躲开视线，宽大手掌想摸摸陈溺的脑袋安抚她：“你想在这儿和他们玩会儿也行，账记我这儿。”

他身上的味道清冽又好闻，和留在衣服上的气味一模一样。

陈溺却往后退了一步，让他的手落了空。

一双漆黑清透的眼眸盯着他空空的尾指，她又重复了一遍：“我陪你一起送她回去。”

“让她一起呀，你怕什么——啊！”丘语妍在旁边幸灾乐祸地出声，肩膀蓦地被攥住，疼得她皱紧了眉。

江辙神色漠然地把人拽到自己跟前，冷戾阴鸷的一双眼扫在她脸上，压低声，冷着脸威胁了句：“你今晚想安全到家，就给老子闭嘴。”

丘语妍疼得冷汗都出来了，五官皱得难看，但余光瞥见陈溺还站在边上，她强行挤出个笑：“行，我的好弟弟。”

他们之间的汹涌气场只有彼此知道，而在周边的一群人包括陈溺只看见了他俩的互动很亲昵。

江辙带着丘语妍从门口经过，和陈溺错身时顿了下，想说点什么，但只是留下了一句：“别喝太多酒。”

陈溺面无表情地低着眼，没应他。

须臾后，她拿过桌边的矿泉水瓶往他背上毫不手软地砸了过去，水瓶掉在地上，往她脚边滚回来。

酒吧依旧很吵，但靠近门这块的空气几乎都凝滞了。

江辙没有转身，也没有松开握着丘语妍肩膀的手。

陈溺就这么看着他继续往前走，没回一下头。她手掌握拳，指甲刻在细嫩皮肉上，强迫自己清醒点。

真奇怪，他们明明一个钟头前还那么亲密，可现在她却要看着另一个人以胜利者的姿态对她回头笑。

一群男生这会儿都很蒙，有人嘀咕了句："老天，说好的乖妹呢，她刚才是砸了小江爷吗？"

"这我得直呼厉害了，有生以来头回看见小江爷被砸！"

贺以昼看见这混乱的场面也很慌，急着把自己灌醉，把黎鸣往前推，大着舌头："你负责收拾江辙的烂摊子吧。"

最后还是黎鸣的女朋友走上去给陈溺递了包纸巾。

陈溺抬起脸回视，连眼眶都没红一下，看上去也没有一点被男友抛下的难过情绪。

"你没事吧？"

"没事，谢谢。"陈溺没再待在那儿，直接出了门。

这群人见陈溺走了才放下心继续聊天。

他们也没把江辙和陈溺这段恋爱太当回事儿，熟一点的黎鸣都知道，和江辙谈恋爱最不能做的事就是作、闹小脾气。

"……之前那个什么樱，有回打电话查岗被小贺的女朋友拿错手机误接了。小樱姑娘跟他闹脾气，问江辙知道错哪儿了吗？江辙说知道，然后她问他想怎么解决。"

有人听着有趣："小江爷怎么说？"

"江辙那语气。"黎鸣摇摇头，无奈，"他说：'分手，什么问题都解决了。'"

"哈哈哈哈哈哈，真的损！那这个是不是也快分了？"另一个男生摇着色子，"其实刚才看妍姐和小江爷也没来电那意思，应该就是玩得好的朋友吧。"

……

入冬的晚风凄清，今年的冬天比去年却又要温暖一点。

陈溺的脸被风吹麻了，沿着大马路走时发现身后有辆车打着双闪，朝她鸣了喇叭。

是江辙的车，但从车窗那儿探出脑袋的人却是项浩宇："陈妹！"

他匆匆忙忙地从学校寝室赶过来，从泊车员那儿拿了江辙留下的车钥匙。

陈溺坐上了副驾驶，准确来说是蜷缩在了那儿。

她出来得急，只穿了双拖鞋，在这种冬夜里也不抗冻。

项浩宇瞥见她脚指头都被冻红了，把空调又往上调了几度，再把手边上买的热可可递给她："对，差点忘了这个。是江辙提醒我给你带的。"

他在电话里就听江辙交代了几句，但看陈溺的脸色大概也猜到了点。

"陈妹，看见妍姐了？"

陈溺握着那杯热饮，没喝："她是江辙的什么人？"

"你放心，不是什么人！"项浩宇想着为兄弟多说点实话，挑挑拣拣地介绍了一番丘语妍。

丘语妍比江辙大三岁，虽然说两人从小就认识，但关系一直很平淡，连"朋友"二字都说不上。只是两人的父母关系还不错，以前倒是开过玩笑说结姻亲。

"但是江辙这人吧，小时候就挺嫌弃妍姐，这个娃娃亲也只能说是两家家长的一厢情愿。"项浩宇说到这儿，看了眼陈溺的表情，"他俩真不可能有什么关系。江辙会管她，顶多是因为妍姐的家人都移民了，国内也没个照应。"

陈溺静静地听着，不知道在想什么，蓦地面露讽刺地笑笑："一个晚上，忙着让你来接我这个女朋友，又忙着送他那个娃娃亲对象，他真厉害。"

项浩宇没谈过恋爱，不太了解女生这样说到底是个什么想法。

担心自己把娃娃亲那事说得太过了，他忙解释："江辙那娃娃亲就是个笑话，他不想做的事，你觉得谁能逼他做吗？他和妍姐不像我妹和她未婚夫……"

陈溺听到这儿才有点反应："路鹿和她未婚夫？"

“她没和你说过啊？”项浩宇想想也是，“我妹没心没肺惯了，可能都不知道自己十八岁生日时收了人家的订婚礼物。路家和卓家的那事才叫板上钉钉呢，大家族，门当户对，联姻也有好处。”

陈溺试图从项浩宇脸上找出其他情绪存在的痕迹，但车里太暗了，她眼眶也太酸了，什么也看不清。

一安静下来，项浩宇就怕陈溺哭，刚想再说几句活跃活跃气氛，突然听见她哑着嗓子笑了两声。

他下意识地减速，问：“怎、怎么了？”

“没什么。”陈溺望着车窗外急速向后退去的路两边的灌木，轻声喃了句，“只是不知道我和她谁更惨。”

项浩宇把陈溺送回了椿树湾公寓，确认人进屋了才给江辙打了个电话：“人送到了啊，兄弟。”

“谢了。”

“小事。”项浩宇说，“你还不赶紧回来哄哄？我看陈妹不太开心啊。”

江辙拿着新办的酒店房卡，蹙眉看了眼自己身上被吐的一堆秽物：“太晚了，让她好好睡一觉。”

3

一大早，丘语妍酒醒后揉了揉头发，拿起手机翻了翻，给江辙打电话：“我没钱吃早点，借我两千块。”

江辙也醒得很早，给她转了两万块。

丘语妍心满意足地多续了两天房，又给他发消息：【来陪姐吃个早饭。】

【JZ：别得寸进尺。】

“嘁。”

丘语妍捏了捏昨晚被他攥疼的肩胛，手贱地又发了条过去：【忙着去哄你女朋友？啧啧啧，你不是跟我说你把家里的事告诉她了吗？】

【丘语妍：既然告诉过她，为什么怕她和我们坐同一辆车，不会是怕我跟她说吧？原来你也会怕啊。】

【丘语妍：不过你哄也来不及了，那个妹妹看上去好冷漠无情噢！我赌你女朋友没了，女人眼里都是容不得沙子的。】

江辙没回她了。

其实以他以前的性格，大抵早就把她拉黑了。

丘语妍弯弯唇，当年在江家的游泳池边上，那通救护车电话真是没白打，否则也不可能让这么桀骜浑不吝的江辙到现在都对她步步忍让。

她想到之前他对着自己的那副臭脸，还真是爽。

丘语妍和江辙认识十多年了，对他们不熟悉的人说不定还以为他俩是一对。可只有她自己清楚，他们互相之间有多看不上对方。

丘语妍从小就漂亮高傲，家里人宠着，性子也娇纵。

没有人不喜欢她。或许换一种方式来说，就算有人不喜欢她，也从来不敢表现出来。

但这群人里，不包括总和她作对的江辙。

他看不起她一到夏天每日都要换三套高奢裙子的娇气，也看不起她一生气就爱让人教训学校里惹她不开心的女生。

长辈们都说他们般配，可每次的聚餐家宴他都没给过她台阶下。

从小学到初中，他戳穿她作弊得来的三好学生奖状，羞辱她脑子里为数不多的知识储备量，对她从来不多看几眼。

他比她还小三岁，凭什么这么得意扬扬？

周围也没有比她更好看、更有钱的女孩，他又凭什么不喜欢她？

丘语妍忘了是在年少的哪个时刻把江辙当成了自己的假想敌。

他喜欢打篮球，她就去和校篮球队的队长谈过家家的早恋。

有女生敢追他，她就大张旗鼓地在外散播谣言说他喜欢自己。

日复一日的恶作剧多了，两人依旧没有和解。

记得她读初三，江辙读初一时，他刚进学校就因为长得俊朗引起一波高年级女生的青睐。他代表新生站在国旗下演讲，明明只是个小小少年的模样，眼神却是一如既往的傲气轻狂，让周边一群人都黯然失色。

丘语妍不知道自己为什么这么讨厌他。

也许是讨厌这样意气风发的少年，讨厌他从来没把她放在眼里过。

也终于，在某年的冬至，她发现了江辙的秘密。

外人眼里的天之骄子也不过是这种家庭里出生的过街老鼠。

亲妈宁愿他没出生。

没有人会觉得他这种人应该存在，他有什么好狂的？

他越风光无限，在她眼里却越普通可怜。

丘语妍甚至恶劣地想过，会不会他身体里也藏着和他爸同样的基因？所以上大学后他才谈这么多女朋友，只是为了做给别人看？

不过这想法在她昨晚见到陈溺的时候稍稍破碎了点。

他好像很紧张那个女孩，至少比她想象的要喜欢很多。

可她才不会帮江辙解释，他们之间够不到这种伸出援手的关系。

丘语妍甚至想着添油加醋，做那个高高在上、作壁上观，看着他失去一切的局外人。

江辙这种人知道什么是喜欢吗？

他不配。

手机那端破天荒地来了一条江辙的消息：【你什么时候回去？】

丘语妍一哂，她才不急。

考试周结束，寒假开始了，寝室楼下的行李箱滑轮在柏油路上发出聒噪的摩擦声。

江辙还穿着昨天的衣服，头发有些乱，遮住了漆黑的眼："走了？"

"是啊，说是买的票很早，寝室门一开，她就收拾东西回家了。"路鹿拖着行李箱边给项浩宇发消息，边打了个哈欠，"江辙哥，你是不是又惹小美人生气了？感觉她没睡好，眼睛有点肿。"

江辙有点怔。

他早上回公寓的时候就没见到陈溺，衣服也带走了，房间里找不到她生活过的痕迹。

在爷爷家过完春节，江辙又跑到南港市，在陈溺家小区楼下守了几天。

来来往往的人很多，就是没有她。

他这个寒假打她电话从来没有接通过，消息也没人回。

江辙有生以来，第一次主动追着一个女孩要回复。

买机票准备回安清的那天，他在机场外边的电话亭里给陈溺打了最后一通电话，会被接通在他意料之外。

“陈溺？”他听着那边的沉默先开了口。

一个多月的假期两人没有半点交流，留给彼此的除了陌生，还是陌生。

最初的那些拈酸情绪在这一刻已经消磨得只剩一点点，女孩冷静下来，只会把问题放在最根本的本质上。

陈溺语气凉淡：“你找我？”

江辙张口，略显别扭地问：“为什么把东西都拿走了？”

他指的是她留在公寓里的衣物，陈溺说：“那是我的东西。”

他沉默了几秒，尝试沟通：“那天晚上你见到的人叫丘语妍，是我母亲朋友的女儿……”

“项学长跟我说过了。”她打断他，“我没有误会你和她之间有什么。但我想问问你，你们这种父母都乐见其成的关系，你还和她走这么近，你是怎么想的？”

“对不起，她——”

“我看过你微信的聊天记录，那天晚上那么晚你还特地赶过去……”陈溺咬住下唇瓣，嗓音微不可闻地有些抖，她有点难以相信自己会问出这么难堪的问题。

“我一直在想你跟我谈恋爱的时候，会不会有一秒钟是在想这位困在酒吧的‘朋友’？”

无力感席卷了江辙全身，语言在咄咄逼人的质问下变得苍白，他嗓音喑哑：“没有。”

“你答应过我不去，但你还是去了。你觉得你在我这儿还有可信度吗？”

江辙抓了把头发，有些烦躁：“那晚酒吧老板打电话给我，说她喝醉了在砸乐器。”

陈溺在那头冷笑：“所以你着急了。”

“我和她真的没有半点感情，只是看在她父母的面子上……”

“我说过了！我从始至终都相信你和她没关系。”陈溺捏紧了手机，连名带姓地喊他，语气尽量放平静，“可是江辙，我想起那晚就觉得你很恶心。”

她把电话挂了，顺便还关了机，好像再多听他说一句都觉得难受。

房间里在这一瞬间静得吓人，窗帘拉得密不透光，暖黄色橘光下，书桌一角上放着一张少年的照片，而那张照片旁边还有一块高中校牌。

上面写着：安清四中高一（0）班江辙。

陈溺提醒过他，他们很早就见过。

在思鹤镇中学读初三那年，陈溺还没从家中发生的变故转变好心态。

这里学校不大，环境和条件也很差，大冬天都没有热水。

门卫是个老头，从来不管校外社会人员进校参观的事。

校门口对面是条很破的街道，两边的巷子很黑。陈溺从那儿经过回家时，经常能听见有人求饶、哭泣的声音。

陈溺知道是那群不务正业的地痞混混，连同校园里那几位经常化着浓妆、自以为傍上了“靠山”的女生。

临近初中毕业的最后一个晚自习，被拉进巷子里的人变成了她自己。

三个女生围着陈溺，身后是两个抽着烟的男生。

“就她，听说是从城市里搬过来的，肯定很有钱。”说话的是陈溺隔壁班的大姐大，边说边伸手掏她的口袋，拿走她身上的书包使劲翻。

小乡镇的晚上，连盏路灯都没有，家家户户冷漠地紧闭门，一切都显得猖獗、明目张胆。

书散落在地上，里面没有钱。

身后那个眼睛有点斜视的男生走上前来，拉住她的衣领：“城里来的？难怪长得这么水嫩啊。”

“你没见过女的啊！”另一个女生有些不满地推了推他，手上使着狠劲拽过陈溺头发，“钱呢？”

陈溺疼得咬住腮肉，牙关打战：“我没带……”

“白捞个穷鬼过来。”

女生很烦躁，刚想给她一巴掌，被身后抽烟的男生截住。

“打她干什么？赏给麻子啊。”男生把身后比他矮半个头的人推上前，“来，好歹快十八岁了，还没摸过女孩的手，哥哥让你们俩认识认识！”

几个女生不约而同地发出娇笑声。

被喊作麻子的男生急急忙忙地凑上来，表情看着温和很多：“妹子，去、去吃、吃烧烤吗？”

他说起话来是个结巴，陈溺靠他太近，闻到他嘴里那股恶臭的怪味就想吐，像地沟油里浸过一遍的味道。

她慌急了，一个劲地摇头喊叫：“你放开我，滚开！”

五脏六腑都在艰难地翻涌，她从来没有这么急切地想有个利器在手上，大不了同归于尽。

身后的几个女生以此为乐，推搡着麻子：“靠近点捂着她嘴啊，不然怎么和人家联络感情？”

麻子朝她身上撞过来，顺手搂着她的肩，女孩身上稚嫩香甜的体香让他忘乎所以：“你、你叫什么？我、我……”

“你你你是什么，我我我什么我？”

一句突兀又刺耳的清朗嘲笑声从身侧阶梯那儿传过来。

少年身后那家院子里亮了灯，照亮了他肩宽窄腰的身体轮廓。

他戴着个帽子，额前碎发被压塌至睫毛以上，一身蓝白色的校服外套，脸上还有青红的伤痕，像是刚从哪儿打完一架过来的。

陈溺见过他，中午出校门时，他们站在同一个红灯前。

男生长得精致凌厉，下颌的伤也太明显，像是被什么尖锐的东西划破了一样。

他看上去挑剔、严苛、冷厉，好像寻常女孩光是站在那儿多看他几眼，他就能知道对方有什么心思。

“不准哭。”江辙把手上那瓶给外婆买的酱油放在一边，戾气很重地看向麻子，话却是说给陈溺听的，“你很吵。”

陈溺眼睛瞪得很大，脸上的泪水粘住凌乱的发丝，呼吸快要停住了。

“你是谁啊？”

麻子身后的男生急着要为小弟出头，袖子还没撸起来，突然眼前一黑，被这个和自己差不多个头的少年一脚踹倒，而后又被提起来摁着往墙上撞。

江辙力气很大，动作迅猛又无所顾忌。后边那几个女的想来帮忙，他抓住男生的头发往她们身上甩过去。

男生摔在地上，胸口被他踩在脚下，颤颤巍巍地起来了点，又被他重重碾下去，几个女生更是被吓到一屁股坐在地上。

麻子被他拽过领口，声音发抖：“我、我不认识你……”

“这……这不是特意来与你认识一下？”江辙笑得很坏，故意学麻子的口吃，视线闲散地落在陈溺身上，只一眼就带过。

“哥、哥们儿，我哪……哪儿惹着你了？”

“吵到我了。”江辙食指抬了抬帽檐，冷峻的五官被月色分割成凌厉的两半，一双漆黑深邃的眼微微眯起，嚣张的嘴角稍弯，“给我揍两拳玩玩，不过分吧？”

地上躺着的男生立刻甩锅，指着一边的陈溺：“是她哭得太大声吵到你，你打她！”

“对对……你揍她！”麻子反应过来，一把揪住陈溺的衣服，把她推了过去。

几个人趁这片刻立马逃窜离开。

陈溺被人像是丢包袱一样甩到江辙跟前，要不是腰间被箍住，她差点就直接朝他跪了下去。

男生身上的外套是清冽干净的皂角香，她有须臾恍惚，有种刚出虎穴，又入狼窝的恐慌感。

但眼前这匹“狼”似乎对揍她这件事并不感兴趣。

江辙扶稳她，往后退开点距离，没说一句话，捞起地上放的那瓶酱油就走了。

陈溺腿软地瘫坐在地上，脚边踩到一块校牌。

那时候，她对江辙的帮忙并没有表现出太大的感激。

因为他全程表现得像是嫌她太吵，所以才勉为其难来让他们闭嘴。

她不是会因这件事就默默喜欢一个男生多年的人，只是恰好记住了。

可是真不公平，总是她先记住他这么久。

后来读高三的春日里，她遇到了一场夜雨。

男生五官长开了很多，更锋利了，也比那时候高上六七厘米，没能让人第一眼就认出来。

她在想，那天晚上就应该接受他的伞，而不是在冒雨淋湿之后又后悔地回想这个人。

如果当时拿了伞，就不会带着遗憾特意记这么久了，更不会在再次相见的时候对他耿耿于怀。

陈母回来时，外面在下小雪。

她掸去一身冰霜，看见陈溺坐在阳台处："小九，不是让你去阿猫店里提生日蛋糕吗？"

"我提了。"陈溺肩上围着块披肩，没回头，声音很轻，"回家路上摔了一跤，蛋糕也弄脏了。"

"这么大个人了怎么还会摔跤啊，没摔到哪儿吧？"

"没有。"她眉眼里不声不响地慢慢噙了泪，执拗地说，"妈妈，我的蛋糕弄脏了。"

潘黛香以为她是怕被责骂，连忙弯下身安慰，拍拍她的背脊："脏了就不要了，多大点事儿。我们晚点去买个新的。"

陈溺没应答，眼神有些怔忪，新的就不是她想要的了。

也许是因为和江辙的最后一句话说得太过绝情难听，陈溺返校后并没有再见过他。

不过，她不用想也清楚。

他那样骄傲又不可一世的人，能低声下气来找她解释求和已经是突破底线，恐怕他也是第一次被女孩这样对待。

他没有耐心哄她，她也懒得应付他的漫不经心。

从辅导员那儿回来，陈溺碰上了许久没见过的傅斯年。

“手上拿的什么？”

陈溺有点尴尬：“生物海洋学的补考资料。”

“挂科了？”果然是很夸张的语气，傅斯年接过看了一眼，“差了几分？”

“0.5 分。”

傅斯年：“你这是惹老师不开心了吧？”

一般来说，不会有教授特意卡这个分数让学生不及格。

陈溺舔了舔唇：“嗯，翘过她几节课。”

“为了谁？”傅斯年何其聪明，像是冷讽了一句，“今天在这儿能碰见你也真不容易，平时一下课就跑他那儿去了。”

见她不说话，傅斯年猜测：“分手了？”

“没有。”

“那是准备异国恋了？”

陈溺错愕：“什么？”

“他没告诉你？”傅斯年笑了一声，“人工智能系有一批成绩优异满足直研条件的学生被选进了吴教授的荣誉博士班，和斯坦福、康奈尔等大学有 3+1 出国交流机会。”

陈溺眼睫眨了一下，还在挣扎：“是……最近决定的吗？”

“你觉得江辙的名额是最近决定的？”傅斯年看着她，目光里有点怜悯，“陈溺，你谈个恋爱把脑子也谈没了。

“江辙进校这两年在各大竞赛中都拿的金奖，成绩一贯优异不说，就算凭他那家世背景，学校也会对他重点培育。他难道是到大三了才知道自己会被保送到常青藤？”

陈溺被他问得哑口无言，心口钝得发麻。

“他没跟你提过,是因为没想过能和你长久吧？所以才觉得无关紧要。”傅斯年毫不留情地碾灭她最后一丝幻想，语气冷然。

“小九，你爸好赌都知道戒。你步他后尘，还赌输了。”

这是他们重逢以来，傅斯年第一次提到陈父的事，没想到会是在这种狠心打击她的时候。

沉默了半分钟，像在纂写漫长的编年史，陈溺垂下眼，良久后自嘲地笑了声。

生在这世上，没有谁的感情不是千疮百孔。但有些人太幸运了，他一生只开了一个洞。

拳击俱乐部夜场里。

台下在放快节奏的音乐，台上两个人正在练格挡，拳击声和喘息声被下面几个男生的议论掩盖。

“小江爷多久没这么打拳了啊？”黎鸣看着台上的陪练，同情地搓了搓胳膊，“他最近气压低得我都不敢把我女朋友带身边来。”

贺以昼不解：“为什么？”

“蠢蛋，看不出来他这段时间都没去找陈妹？”黎鸣把拳套摘下，说，“估摸是还在吃醋，小江爷又不会哄，可能也哄不好……”

贺以昼：“有什么好吃醋的？我都感觉咱们辙宝和陈妹谈上之后很守‘男德’了。”

“就是就是！现在一块儿出去玩，在他眼里就剩两种人——就那陈学妹和你们。”说到这儿，边上的男生还挺气愤，“我还不能算个男人啊，只能划分到‘你们’这个词里面！”

贺以昼点头赞同：“再说了不就吵个架，总不至于吵一两次架就分手吧。”

“但是你们不觉得陈妹那性格其实挺阴暗的吗……也不能说是阴暗，就是平时什么都顺着小江爷来，乖得不行，但要真觉得心里有根刺了，她肯定是全盘丢了也不委屈自己。”

男生们在这儿嘀咕小半天，后头教练喊了一句：“阿辙，你手机响了！”

台上的江辙裸着上身，凛冽的下颌线锋芒毕露，块状分明的肌肉间浸着汗珠，顺着紧实的人鱼线一路滑下，野痞劲头十足。

他松开按在陪练胸口的拳头，手肘搭在护栏那儿，眼皮半耷拉下：“拿给我。”

一群人默不作声地看着这位哥的表情就跟多变的天气一般。

先是低着眼接通电话，嘴里蹦出两个“嗯”字，而后从拳击台上一跃而下，偏头，嘴咬开拳套，大步走向更衣室：“你就待那儿，我现在回来。”

几个人不约而同地对上眼：得，肯定是那位妹妹。

离椿树湾最近的公交站台，陈溺刚坐下没多久，天空就飘下了雨丝。

一辆车急刹停在她面前，江辙把副驾车门打开，深远的视线放在她脸上：“进来。”

两个人太久没冷静下来交流，生疏感在车里蔓延。

江辙的目光一寸寸地在她脸上游移，咳了声：“吃不吃东西？”

陈溺摇头，表情很平静：“你就在附近停一下车，我晚点还要回学校。”

车停在街对面的停车区域。

陈溺回过头，注意到他一直在望着自己：“你在看什么？”

“给我抱一下。”江辙抿直唇线，声音很低，不等她同意就解开安全带，急匆匆地抱上去。

他把人搂紧在怀里，以一种不太舒服的姿势。

忍了十几秒，他放弃了端着高冷的架子，将下巴搁在她肩上：“以后别不接我电话了行不行？”

陈溺没推开他，淡声说：“我上次用你的电脑看见了你那个朋友的动态，她把你的项链和戒指都拿走了。”

江辙急着解释：“我拿回来了。上回是她喝多了，跟我猜拳……”

陈溺突然牵住了他的手。

他很快反握住，却发觉她的手指异常冰冷，正沿着他那根尾指把戒指取下来，说的每一个字都像是把他凌迟。

“我没这么蠢，把我们这段感情寄托在一枚破戒指上。”

把戒指攥在掌心，陈溺从他怀里出来，话语没有任何温度：“可你不该在我面前表现得这么重视，私下却随便把戒指给了其他女孩做游戏的赌注。”

他想辩驳，却无从下口。

“你好像学不会怎么认真地去喜欢一个人。”陈溺以为自己能镇定自若，这一刻望着他却狼狈地低下眼，带着鼻音问，“喜欢一个人会想什么？会想以后。可你连要出国的事也没告诉过我。”

被这么一提，江辙才有了印象：“我没把那当重要的事……”

没人会干涉他，他也习惯了没有人管他。他独来独往惯了，确实没把留学交换的事看得很重。

陈溺咬着唇，艰难地哽咽，一条条宣判他的“死刑”：“在你眼里，什么是重要的？我和别人又有什么不一样？

“可以半夜三更把我撂一边，跑去给另一个女性朋友付酒债。可以把贴身戴的项链和有含义的戒指当游戏赌注，就连留学交换的事也没和我这个女朋友提过一次……如果这些都是你不在意的，那你在意什么啊？”

她眼里是湿的，却倔强得没掉泪，只是执拗地盯着他。

江辙极少看她在日常生活中眼红，又怕她眼眶里盛不住泪，手足无措的懊恼感让他唯恐词不达意：“抱歉。以后你想知道什么，你可以问。”

又是这样，为什么总是让她去朝他努力？他甚至不会主动一步。

交流出现偏航，已经没有继续的必要。陈溺扯扯嘴角，语气极为疲惫：“我不想问了，以后也不会问了。”

江辙才回过神，她不是来找自己和好的。

他敛下眼眸，声音里是少有的颓然笨拙，却强装冷漠：“你是不是一直就看不上我？”

她在旁人眼里是活得清醒、目标明确的三好学生。

而他本质颓丧，就是个重欲奢靡、流连声色犬马的花花公子，享乐主义者。

“我哪敢看不上。”她故意说，“祝小江爷多病多灾，长命百岁。”

他一听反倒眼梢带笑，笑意还未达眼底，又听见陈溺冷静下来般，轻声把话收回去：“假的。祝你英年有成，喜乐顺遂。”

到这儿江辙才真的有些慌了，像是心脏那儿空了一块。他把车落了锁，不让人走：“你要是在意我和丘语妍……你想听，我都能解释。”

“我没有在意她。我也不喜欢听解释，我觉得你解释的每一个字都在敷衍我，事实上你应该也不擅长解释。”

陈溺把一串话说完，顿了下，惊讶于自己还能对着他轻松地说：“这种时候，你擅长分手。”

江辙握紧她的手腕，呼吸声沉重：“你别说了，我不同意分手。”

“死缠烂打就没意思了。继续下去，大家都不会开心。”说到这一刻，所有的话都会变得残忍，她继续道，“江辙，我们从一开始就不是对等的。”

她终于敢承认，她动心比他早，爱得也比他更认真。

“我记得你说过我坏，也许吧，我确实不是什么好人。”

她看着安静乖巧，其实很记仇，让她觉得不自在的人，她都不会让对方太好过。

“但我放过你了。”陈溺情绪很麻木，酝酿了一天的话全都宣泄出口，但并没有想象中那么好受。她眨了眨无神的眼睛，挣开江辙的手，把车锁打开，“你不欠我什么，是我咎由自取。”

她今天晚上说了很多话，嗓子痛得厉害。

气氛僵硬难堪，陈溺推开车门，临走前留下最后一句：“江辙，我们就到这儿了。”

后来陈溺想起路鹿其实在某个寻常的下午提醒过自己。

说江辙这人真不像什么好东西，像块让人深陷的沼泽，有着情感冷漠症的特质。

他爱你吗？他第一次追的人是你，也会第一次分手后还来挽回你。

可你看着他那副凡事带点心不在焉的死样子，你会觉得这是你永远没法确定的事。

有些人就是顽劣得死性不改。

那就愿你一直年少轻狂，永凭直觉觅对象。

外面雨下得很大，陈溺在第二辆公交车来时上了车。

那枚廉价可笑的戒指被丢进了马路边的下水道里。她留了最后一点力气，给自己一个体面的退场。

车内的江辙死死盯着女孩的身影，盯得眼睛血红也没等到她回头，握着方向盘的手因用力过度而现出清晰分明的青筋。

她真的喜欢过他吗？

发脾气也没声音，连背影都这么薄情。

公交车从他身边经过了一辆又一辆，雨刷自动摇了起来，车窗没关全，冰冷的春雨飘进来，打在他低温的手背上。

他不得不正视这个事实，在陈溺眼里，他们之间好像彻底完了。

手机铃声响了几圈，是路鹿打来的电话，听声音就很喜出望外："江辙哥！小美人是去找你了吗？嘿嘿，你和她——"

"散了。"他声音低冷，截断她后面要问的话。

江辙看着空了许久的手心，慢慢握紧："我说我们散了。"

都一样。

一条路她陪着走，有时牵手，最后不见。

4

回寝室的时候，雨越下越大。

淋了场大雨，陈溺还倒霉地碰上来例假，在卫生间待了很久才出去，今晚的寝室格外宁静。

第二天是满课，倪欢一大早起来，摸陈溺的额头发觉她在发高烧，忙招呼着盛小芋扛着她去医务室。

陈溺神志还足够清醒，既不想去挨针，又不想太麻烦她们："帮我跟辅导员请个假，我在被子里焐一上午就好了。"

但这次她预估失败，本就不是抵抗力很强的身体在这场大雨的摧残下变得异常脆弱。她焐着被子出了一身冷汗，高烧依旧没退。

感冒来势汹汹，就连平时来例假从来不痛的肚子也在跟她唱反调。

午休时间的校园里人并不多。

陈溺轻手轻脚地下了床，披上件开衫外套出了寝室。

从医务室拎了一袋退烧药，思政楼外一辆粉红色玛莎拉蒂开了进来，敞篷车里的丘语妍戴着墨镜，涂了个烈焰红唇。

陈溺下意识地不再往前走，捂着稍稍疼痛的小腹蹲下来休息。

她蹲在校园路标下没多久，男寝室楼方向有个熟悉的人影背着单肩包从那儿走了出来。

一个晚上没见，他们都有些憔悴。

还没入夏，春风在暖阳下也有些料峭生寒。

江辙却穿得很单薄，一件黑色 T 恤，配上工装裤和黑色的英伦马丁靴，背脊挺拔笔直，肩膀宽阔，风把他的上衣下摆吹得稍稍鼓起。

他眼下倦怠，手插进兜，话语声听着很懒："走吧。"

陈溺低头看着鞋尖，片刻后若无其事地站起身，往相反方向走开。

离交换项目还有半个学期，看来他是想提前离开了。

……

丘语妍坐在车上朝江辙招手："哇，刚从校门过来，你们学校帅哥还挺多，个个都和你一样高，就是脸比你差远了。"

她这话歧义很重，有点调情的意味。

江辙冷眼瞥过她，一言不发地把包丢上了车后座，人也顺势坐进去，一种只把她当司机的意思。

丘语妍见他那样也见怪不怪："欸，你女朋友是哪个系的？"

她装模作样地捂了一下嘴，佯装抱歉道："对不起对不起，我差点忘了，是你的'前女友'！听小鹿说叫什么来着，陈溺？"

她把“前女友”三个字咬得很重，摆明了想看他发脾气。

江辙眼神逐渐变得阴郁，终于掀起薄薄的眼皮，嗓音低沉压抑：“少打听她。”

“你别这样吓我啊，我和她又没什么叙旧的交情。”丘语妍被他这语气震慑了几秒，反应过来她才应该是那个不怕事的人。她打着方向盘倒车，声音愉快，“别生气别生气，江伯伯还在太平洋彼岸的医院里等你过去呢。”

那年的夏季格外热，不知道是不是漫长的燥热始终让人无法低下姿态。

陈溺在某个蝉鸣声聒噪的午后把置顶取消了，江辙的微信头像没再换过。

点进他朋友圈时，她发现了一条新动态。

是昨天半夜发的，换算过来恰好是当地时间的中午。

他发了一张合照，背景是美国康奈尔大学的校门口。身边是一个染着金色长发的女孩，女孩看上去气质宁静，微微抿着桃粉色的唇，眉眼细细长长。

陈溺说不上来，自己和她竟然有几分相像。

很奇怪，隔了这么久没见，他也没像想象中那样变得平凡，还是很迷人英气，让人移不开眼。

她无意中刷到过和他一块儿去交换的黎鸣的朋友圈。

动态多是夜场的视频，一点开就是震耳欲聋的电音，五彩镭射光在衣着裸露的国外女孩身上穿梭。隔着屏幕都能感受到朗姆酒味和烟草气有多刺鼻，陈溺时常以为自己会冷不防地从这堆群体里看见一个人。

也许和平时见到的差不多：他会咬着根烟坐在高台上，下颌线条冷硬，穿着五六位数的潮牌，指间时不时撩着打火机机匣，一双寡凉玩味的眼看向台下靡靡作乐的人群。

但奇怪的是，江辙没在这种镜头里出现过一次。

当天实习下班后，陈溺心血来潮地走进耳环店里打了两个耳洞。

只是她经验不足，一周后耳洞发炎，流脓出血，把洞堵住了。

她忍着痛又去打了一次，在学校附近新开的饰品店还碰见了一个不算熟的校友：方晴好。

她们都比刚进大学时成长了不少。

“……我应该感谢你当时让我自爱点。”方晴好看着她安静的眉眼，如释重负般把话说完，“你都留不住他，我更不可能了。但是陈溺，你是不是放手得也太快了？”

陈溺微微弯眼：“你有没有看过《小王子》？”

“嗯？”

“书里说：如果你要驯服一个人，就要冒着掉眼泪的风险。”她嘴角弧度微翘，笑得温柔，“我不想再掉眼泪了。”

说来，离那批交换生回国只剩半学期的课程时，江辙倒给她打过一次电话，就在发完那张和金发女孩的合照没两天，他主动提了一嘴那是他小姑。

其实陈溺压根儿没想问，也没刻意朝那种关系想过。

他艰难别扭地说着想挽回的话，大概把生平骄傲纨绔的气性都丢到了脚底。

而彼时她的动摇情绪早已经渐渐冷却，耳边放着歌——

“其实你我这美梦气数早已尽，重来也是无用。”

她想了一千遍一万遍他们在一起的样子，又觉得再也不要和他在一起了。

没办法拥有的人，该及时道别。

她不可能一而再再而三地教一个人去认真专心地爱人。

江辙活得太自由也太冷漠了，像只四处流浪从不愿意停下的无脚鸟。见到好玩能逗弄的陈溺，他也只是带着她一起乱撞乱飞，从没想过他能被留住。

江辙浪荡又自私，可不是所有人都能和他一样收放自如，及时抽身。

他用可怜的语气挽求她，他太孤单，日子过得乏味枯燥，所以再多陪他走一段路吧。

但陈溺只能拒绝。

不走了，不敢走了。

十七岁再遇见他时没想过会没结果地牵扯这么久，此后山长路远，她就陪到这儿。

那通电话成了他们之间最后一次联系。

他还是有着顽劣长不大的孩子气,得不到自己想要的答案就迅速挂断，连句虚伪的祝好都不愿意听。

他们两个人，分不清到底是谁更狠心。

收场不够成熟，分开时的坚决也显得潦潦草草。

后来，陈溺升入大四那年，去留学的那批人回来了一半，另一半人留在那儿继续读研，其中包括江辙。

也有人说江辙不会再回国了，他家有往美国发展生意的打算。围绕他，总是有太多传言。

一年多过去，已经没人再提起他们这段超出众人预期的恋情。

大家都以为她也淡忘了，可陈溺还是会常想起他，痞坏颓冷的他，轻易又随意地进入一个人的心。

她没有像最开始那样的决心，以为自己能不那么难受。有时心烦意乱，她会随便坐上一辆外线的公交车。

车窗打开，脸颊迎面吹着温热的海风。

艳阳高照的日子里，她听见广场上帅气的流浪歌手在弹吉他，看见海鸥轻轻掠过不起波澜的水面。路上有小朋友在放风筝，有骑着机车耍酷快速驰远的年轻大男孩，后座的女生捧着一杯奶茶搂住男生的腰。

两边的梧桐树高而茂密，阳光从青绿色树叶的罅隙穿透，斑斑点点地洒在斑马线上。

大四的下学期，娱乐新闻里说“落日飞鸟”里的笋子结婚了，他们很久没出过新的专辑。

而陈溺的耳机里不知道在什么时候，早就变成了某人爱听的周杰伦和陈奕迅的歌。

在克制不住想念的时候，她会频繁安静地路过篮球场，坐在三食堂，途经教学楼……这座校园的每个角落都有他们曾经在一起过的痕迹。

理智知道不应该，感情上却又迟迟放不下。

她比从前更努力学习，听从傅斯年的建议准备考公，让自己充实起来，不慌不忙地遗忘，过回像以前一样的生活。

日子机械地往前走，终于也到了毕业的拨穗典礼上。

在校长手里接过毕业证书，又和同学们拍完照，陈溺见到了来给她送一束白色蔷薇的人，居然是项浩宇。

他说是替人来送花。

于是陈溺问他路鹿还好吗？大四开学没多久，路鹿的姥姥去世，她家里据说还出了些问题，休学后也不常联系。

大家都长大了，也就自然而然走散了。

这天晚上的聚餐，所有人都在风华正茂的年纪里喝着各奔东西的酒，巴不得醉到地老天荒。

离校那天，陈溺把手机卡销了，买了张机票。她是第一次从这儿坐飞机回家，才发现原来从安清回到南港只要一个半小时。

以前不觉得这段路程这么短，就像她曾经以为很多事能比她想象的要更长远。

登机口那儿的广播在放一首粤语老歌，叫《绵绵》，歌词让陈溺想到曾经的暧昧期到热恋，没想到已经是两年前。

或许她不会再回到这座城市了，也不会再等这座城市的红绿灯亮起。

她在几万米的高空上很平静地哭了一场，谁也没惊动。

好的坏的，难忘的难过的，最终不过是像当初那样淋一场大雨，高烧终会退去。

– 上部完 –